수행만점
독서법

완벽한 국어 수행평가 준비를 위한 **4가지 관점** 독서와 글쓰기

수행만점 독서법

글 김미진 김방환 박현정 정현숙

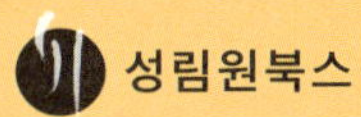
성림원북스

문학은 우리 안의
생각을 깨우는 첫 수업입니다

우리는 누구나 문학과 함께 성장합니다. 어릴 적 부모님이 들려주시던 그림책을 넘기던 순간부터 동화, 소설, 시와 같은 이야기들이 늘 우리 곁에 있었습니다. 집에서, 학교에서, 우리는 문학이라는 또 다른 세계와 마주하며 삶의 다양한 면을 경험하고 이해했습니다. 어떤 이는 이 과정에서 문학의 매력에 빠져들고, 또 어떤 이는 점점 문학과 멀어지게 되었을지 모릅니다.

문학은 특히 교실에서 하나의 교과목으로 다가오기도 합니다. 교과서를 통해 작품을 읽고, 감상문을 쓰며, 때로는 토론으로 생각을 나눕니다. 이처럼 문학을 '배운다'는 일은 학생들에게 조금은 어렵고 진지하게 느껴질 수 있습니다. '그냥 읽고 느끼면 되는 거 아닌가요?' 하고 속으로 되묻는 학생도 있을 것입니다. 문학은 우리가 자연스럽게 다가가고 싶은 이야기인데, 왜 굳이 '읽는 방법'까지 배워야 하느냐고 말이지요.

하지만 문학을 진정으로 만난다는 것은 단순히 글자를 읽는 데에서 그치지 않습니다. 가슴을 울리는 한 문장이 왜 그토록 인상적인지, 책 속의 어떤 장면이 오래도록 기억에 남는 이유는 무엇인지 곱씹어 보면서 우리는 서로 다른 방식으로 문학을 느끼고 있음을 알게 됩니다. 누군가는 아름다운 표현에 감탄하고, 누군가는 치밀한 구성에 매료되며, 또 다른 누군가는 작가가 던진 묵직한 질문에 깊이 공감합니다. 그렇게 각자의 방식으로 문학을 마주할 때, 우리는 막연했던 감동에 이름을 붙이고 그 의미를 더욱 풍성하게 이해하게 됩니다.

이 책은 세계적인 단편소설 24편을 통해 문학을 바라보는 여러 관점을 소개합니다. 네 명의 필자가 작품마다 두 가지 방식의 감상문을 제시하였으며, 각각은 문학 비평의 대표적 관점인 구조론, 반영론, 표현론, 효용론에 기초하고 있습니다. 이 네 가지 관점은 작품을 바라보는 서로 다른 창문과도 같아, 한 작품이 다양한 방식으로 해석될 수 있음을 보여줍니다.

먼저, 구조론적 관점은 작품의 구성, 표현 방식, 언어의 사용과 같은 내적 구조와 미적 완성도에 주목합니다. 한 작품이 지닌 고유한 아름다움을 찾아내려는 방식입니다. 반영론적 관점은 문학을 시대를 비추는 거울로 보며, 작품에 담긴 사회적·역사적 맥락을 중시합니다. 표현론적 관점은 작품 뒤에 숨겨진 작가의 삶과 감정, 세계관에 주목합니다. 작가가 자신의 경험과 철학을 어떻게 작품에 담아냈는지를 살피는 것입니다. 마지막으로 효용론적 관점은 독자에게 미치는 감정적·윤리적 영향을 중시하며, 문학을 통해 얻는 위로와 깨달음의 가치를 강조합니다.

이 책은 네 가지 문학 비평 관점을 바탕으로 독자들이 문학을 입체적으로 감상할 수 있도록 안내합니다. 이를 통해 자신의 독서 방식을 점검하고, 내가 어떤 시선으로 문학을 바라보고 있는지를 자각하는 계기가 되기를 바랍니다. 특히 중·고등학생과 학부모님께는 수행평가와 문학 감상 활동에 실질적인 도움이 될 수 있을 것입니다. 이 책에 담긴 다양한 시선들이 여러분이 문학에 한 걸음 더 다가가는 든든한 발판이 되기를 기대합니다.

저자 일동

이 책의 활용법

▪ 24편의 의미

이 책은 세계적인 단편소설 24편을 엄선하여 담았습니다. 작품 수를 24편으로 정한 이유는 학습 과정의 리듬을 고려했기 때문입니다. 학생들은 한 달에 네 편씩 한 학기(6개월) 안에 주요 세계 문학을 균형 있게 접할 수 있고, 교사와 학부모의 입장에서도 지속적이고 효율적인 독서 지도가 가능합니다. 단순히 '많이 읽는' 것이 아니라, 일정한 속도와 균형 속에서 문학적 성장을 경험하는 것을 목표로 했습니다.

▪ 통합적 독서

한 작품을 여러 비평적 관점으로 읽는 활동은 문학을 단순한 감상에서 비판적·창의적 학습으로 확장시킵니다. 같은 작품이라도 구조론, 반영론, 표현론, 효용론이라는 네 가지 창을 통해 바라보면, 학생은 "나는 어떤 시각에 공감하는가?", "왜 서로 다른 해석이 가능한가?"라는 질문을 던지게 됩니다. 이를 통해 단순히 내용을 아는 것에서 그치지 않고, 하나의 주제를 다각도로 이해하고 통합하여 비판적으로 사고하는 힘을 기를 수 있습니다.

▪ 비평 관점

이 책이 제시하는 네 가지 관점은 실제 중·고등학교 국어 수업과 수행평가에서 자주 활용되는 비평의 틀입니다.

> · **구조론적 관점**: 작품의 구성, 표현, 언어적 완성도를 살핍니다.
> · **반영론적 관점**: 문학을 사회와 시대의 거울로 읽습니다.
> · **표현론적 관점**: 작품에 담긴 작가의 경험과 세계관을 이해합니다.
> · **효용론적 관점**: 작품이 독자에게 주는 감동과 교훈을 강조합니다.

이 네 가지 틀은 작품을 해석하는 대표적인 기준이자, 교과 과정과 직접적으로 연결되어 학생들의 수행평가 준비에도 효과적으로 활용할 수 있습니다.

▪ 깊이 읽기

작품을 풍부하게 이해하기 위해서는 텍스트뿐 아니라 그 배경까지 살필 필요가 있습니다. 이 책은 교과서에 담기지 않은 역사적 사건, 철학적 맥락, 어휘와 표현 등을 함께 소개합니다. 이러한 배경지식은 학생들의 시야를 넓히고, 행간의 의미를 읽는 힘과 문해력을 길러주는 중요한 바탕이 됩니다.

▪ 교과 연계 글쓰기

마지막 단계에서는 교과 연계 글쓰기 활동을 제안합니다. 현 중고등학교 국어 시간에 가장 많이 활용되는 글쓰기 형식을 담았습니다. 글쓰기는 단순한 기록이 아니라 읽고 생각한 것을 구조화하고 내면화하는 과정입니다. 글쓰기 부담을 덜어주기 위해 개요 작성 예시, 구체적인 방법을 함께 제시하였습니다. 작품과 연계된 글쓰기 과제는 학생들에게 자기 성찰과 표현의 기회를 제공하며, 실제 수행평가 대비에도 도움이 됩니다.

▪ 성장의 길잡이

이 책은 학생들에게 세계 문학을 친근하게 접할 기회를 주는 동시에, 작품을 깊이 읽고 다양한 관점에서 사고하는 훈련을 통해 독해력, 비판적 사고력, 창의적 표현력을 균형 있게 길러줍니다. 또한 질문을 통한 토론과 글쓰기 과정으로 이어지며 학업 성취도는 물론 자기 성찰 능력, 삶을 바라보는 시각까지 확장할 수 있습니다. 교사에게는 든든한 수업 자료로, 학부모에게는 자녀의 독서 지도서로, 학생에게는 자기 주도 학습의 길잡이로 활용될 수 있습니다.

나라별 작가 분류

나라	작가 이름
남아프리카공화국	앨런 페이턴
독 일	헤르만 헤세
러시아	니콜라이 고골, 안톤 체호프, 레프 톨스토이
미 국	어니스트 헤밍웨이, 에드거 앨런 포, 오 헨리, 워싱턴 어빙
영 국	윌리엄 위마크 제이콥스, 캐서린 맨스필드
일 본	아쿠타가와 류노스케
체코/독일어권	프란츠 카프카
중 국	루쉰
케 냐	그레이스 A. 오고트
폴란드	헨리크 시엔키에비치
프랑스	기 드 모파상, 빅토르 위고, 알퐁스 도데

시대별 작가 분류

시 대	대표 작가
19세기 전반(~1850) (낭만주의, 사실주의 초기)	빅토르 위고, 니콜라이 고골, 워싱턴 어빙, 에드거 앨런 포
19세기후반(1850~1900) (사실주의, 자연주의 전성기)	기 드 모파상, 알퐁스 도데, 안톤 체호프, 헨리크 시엔키에비치, 오 헨리, 레프 톨스토이
20세기 전반(1900~1945) (모더니즘, 심리주의, 전쟁 전후 사회 변화 반영)	아쿠타가와 류노스케, 프란츠 카프카, 어니스트 헤밍웨이, 윌리엄 위마크 제이콥스, 헤르만 헤세, 캐서린 맨스필드, 루쉰
20세기 후반(1945~1980) (식민지 후기 문학, 인종 문제, 사회 비판)	앨런 페이턴, 그레이스 A. 오고트

교과 연계 글쓰기 구성

작품명	글쓰기 활동	
가난한 사람들	인터뷰 대본 쓰기	27쪽
목걸이	사회문화적 배경을 바탕으로 독후감 쓰기	38쪽
아Q정전	유추를 활용한 논증 글쓰기	50쪽
의자 고치는 여인	자서전 쓰기	61쪽
강우	문제 해결 과정 글쓰기	73쪽
복도에서 마신 한 잔	관용어 활용한 다짐하는 글쓰기	84쪽
외투	주장하는 글쓰기	96쪽
카멜레온	토론문 쓰기	107쪽
노인과 바다	인물 중심 독후감 쓰기	121쪽
라쇼몬	상징을 소재로 한 단편소설 쓰기	133쪽
세 가지 질문	질문 만들기	144쪽
이반 일리치의 죽음	연극 대본으로 각색하기	155쪽
되찾은 양심	독서 기록지 작성하기	167쪽
마지막 수업	노랫말 만들기	178쪽
이십 년 후	설득하는 글쓰기	189쪽
코르니유 영감의 비밀	토의문 쓰기	199쪽
가든파티	성찰하는 시 쓰기	214쪽
나비	액자식 구성의 시 쓰기	225쪽
등대지기	뒷이야기 상상하기	236쪽
뚱뚱한 신사	귀납 논리 주장하는 글쓰기	248쪽
검은 고양이	속담·관용어 활용한 감상문 쓰기	261쪽
변신	결말 바꿔 쓰기	273쪽
원숭이 발	질문하기 모형 활용한 글쓰기	286쪽
황금 뇌를 가진 사나이	등장인물에게 편지 쓰기	297쪽

2022 개정 교육과정 중등 국어 영역별 성취 기준 연계

읽기	**[9국02-01]** 읽기는 사회·문화적 맥락에서 의미를 구성하는 과정임을 이해하며 사회적 독서에 참여하고 사회적 독서 문화 형성에 기여한다. **[9국02-03]** 독자의 배경지식과 글에 나타난 정보 등을 활용하여 글에 드러나지 않은 의도나 관점을 추론하며 읽는다. **[9국02-04]** 복합양식으로 구성된 글이나 자료의 내용 타당성과 신뢰성, 표현 방법의 적절성을 평가하며 읽는다. **[9국02-05]** 글에 사용된 다양한 설명 방법과 논증 방법을 파악하고, 그 타당성을 평가하며 읽는다.
쓰기	**[9국03-01]** 대상의 특성에 적합한 설명 방법을 활용하여 글을 쓴다. **[9국03-03]** 주장을 뒷받침할 수 있는 타당한 근거를 들고 적절한 표현을 사용하여 주장하는 글을 쓴다. **[9국03-04]** 의견 차이가 있는 사안에 대해 자료를 수집하고 사회·문화적 맥락을 고려하며 주장하는 글을 쓴다. **[9국03-05]** 자신의 삶과 경험을 바탕으로 정서를 진솔하게 표현하는 글을 쓴다. **[9국03-06]** 다양한 표현을 활용하여 자신의 생각과 느낌이 드러나는 글을 쓰고 독자와 공유한다. **[9국03-09]** 언어 공동체의 구성원인 필자로서 자신에 대해 성찰하며, 윤리적 소통 문화를 형성하는 데에 기여한다.
문법	**[9국04-01]** 국어의 음운 체계와 문자 체계를 이해하고 국어생활에 활용한다. **[9국04-02]** 단어의 짜임을 분석하여 새말 형성의 원리를 이해한다. **[9국04-03]** 품사의 종류와 특성을 이해하고 국어 자료를 분석한다. **[9국04-04]** 문장의 짜임을 이해하고 표현 효과를 고려하여 문장을 구성한다. **[9국04-05]** 피동 표현과 인용 표현의 의도와 효과를 분석하고 상황에 맞게 활용한다. **[9국04-06]** 한글 맞춤법의 기본 원리와 내용을 이해하고 국어생활에 적용한다.

문학	**[9국05-01]** 운율, 비유, 상징의 특성과 효과에 유의하며 작품을 감상하고 창작한다.
	[9국05-02] 갈등의 진행과 해결 과정을 파악하며 작품을 감상한다.
	[9국05-03] 인간의 성장을 다룬 작품을 읽으며 문학의 가치를 내면화한다.
	[9국05-04] 보는 이나 말하는 이의 특성과 효과를 파악하며 작품을 감상한다.
	[9국05-05] 작품에 반영된 사회·문화적 상황을 이해하며 작품을 감상한다.
	[9국05-06] 자신의 경험을 개성적인 발상과 표현으로 형상화한다.
	[9국05-07] 연관성이 있는 다른 작품들과의 관계를 파악하며 작품을 감상한다.
	[9국05-09] 문학을 통해 타자를 이해하고 공동체의 문제에 참여하는 태도를 지닌다.

이 책은 '2022 개정 교육과정에 따른 중등 국어 성취기준'을 바탕으로 구성되었습니다.

동일한 주제를 다룬 서로 다른 관점의 글과 자료를 비교하며 읽고, 쟁점을 파악해 자신의 관점을 세우는 능력을 기르고자 합니다. 다양한 형식의 글을 대조하며 편견 없이 합리적으로 사고하고, 자신의 생각을 구성하고 표현하는 역량을 함께 키울 수 있도록 구성하였습니다.

더 나아가 사회·문화적 맥락을 고려하여 자료에 근거한 논리적 주장을 펼치는 글쓰기, 대상에 알맞은 설명 방식을 활용한 글쓰기, 자신의 삶과 정서를 진솔하게 표현하는 글쓰기 활동을 포함하였습니다. 또한 문학 감상에서는 운율, 비유, 상징 등의 표현 기법을 이해하고, 갈등의 흐름과 인물의 성장을 파악하며, 작품에 담긴 사회·문화적 상황을 이해할 수 있도록 구성하였습니다. 이러한 과정을 통해 학생들이 체계적으로 문학을 배우고 감상하며, 국어 역량을 기르는 데 도움이 되기를 바랍니다.

차례

PART 1 가난과 사회의 불평등

PART 2 권력과 불공정

PART 3 삶과 죽음의 무게

PART 1

가난과 사회의
불평등

"왜 어떤 사람은 힘들게 살까?
사회가 개인에게 어떤 영향을 줄까?"

이 장에서는 가난과 차별, 그리고 사회 제도 속에서 살아가는 사람들의 모습을 다룹니다. 작품 속 인물들은 힘겨운 현실에 맞서며 인간의 존엄성을 지키려 애쓰거나, 불평등이 만들어내는 고통 속에 무너져 갑니다. 빅토르 위고의 「가난한 사람들」, 기 드 모파상의 「목걸이」, 루쉰의 「아Q정전」, 그리고 기 드 모파상의 「의자 고치는 여인」은 사회 구조가 개인의 삶을 어떻게 규정짓는지, 또 불평등이 인간에게 어떤 상처를 남기는지를 보여줍니다.

01

가난한 사람들

작가 소개

빅토르 위고(1802-1885)는 프랑스 브장송에서 태어난 작가로, 낭만주의 운동의 핵심 인물이었다. 어린 시절부터 시와 희곡, 소설 등 여러 장르에서 탁월한 재능을 보였으며, 정치적 격변기인 19세기를 살면서 왕정복고와 제2제정에 맞서 자유주의적 목소리를 내던 중 망명을 겪기도 했다. 그의 작품은 사회적 부조리와 가난한 사람들의 삶을 사실적이면서도 서정적으로 그려내어 당대 독자들에게 큰 반향을 일으켰다. 낭만주의 특유의 서정성과 사회 비판 정신을 결합한 빅토르 위고의 문학은 프랑스 문학사에서 새로운 이정표로 평가받는다. 대표작으로는 『노트르담 드 파리』, 『레 미제라블』 등이 있다.

폭풍우가 심하게 몰아치던 어느 날 밤, 가난한 어부의 아내 쟈니는 집 안에서 어망을 손질하며 고기잡이 나간 남편을 기다리고 있었다. 창문을 세차게 두드리는 비바람 소리와 멀리서 들려오는 거센 파도 소리에 마음은 점점 불안해졌다. 자정이 넘도록 남편이 돌아오지 않자, 걱정이 된 쟈니는 등불을 들고 어두운 거리로 나갔다.

남편을 만나지 못한 채 집으로 돌아오던 길에 그녀는 평소 알고 지내던 이웃 과부의 집 앞에 이르렀다. 창문 사이로 아무 불빛도 새어 나오지 않아 이상함을 느낀 쟈니는 조심스럽게 문을 열고 안으로 들어갔다. 집 안은 싸늘하고 적막했다. 그 한가운데에는 과부가 이미 숨을 거둔 채 누워 있었고, 그 곁에는 두 명의 어린아이가 있었다. 아이들은 어머니가 세상을 떠난 줄도 모르고 바닥에서 이불도 덮지 않고 고요히 잠들어 있었다.

쟈니는 잠시 그 자리에 서서 생각에 잠겼다가, 곧 결심한 듯 무언가를 품에 안고 폭풍우 속을 다시 걸어 집으로 돌아왔다.

한편 남편은 거센 풍랑 속에서 고기를 잡으려 애를 썼지만, 파도가 너무 높고 위험하여 결국 아무것도 잡지 못하고 돌아왔다. 그는 빈손으로 돌아온 것을 걱정했지만 아내는 무사히 돌아온 것만도 다행이라며 따뜻하게 맞아주었다.

잠시 후 쟈니는 조심스럽게 이웃 과부가 세상을 떠났다는 사실을 남편에게 전했다. 남편은 놀라며 두 아이는 어떻게 했는지 묻고 당장 데려와야 한다고 말했다. 그러자 쟈니는 말없이 그의 손을 잡고 침대 쪽으로 데려갔다. 거기에는 이미 쟈니가 데려온 두 아이가 포근한 이불 속에서 곤히 잠들어 있었다.

작품 한눈에 보기

주제	빈곤 속에서도 빛나는 인간애
갈래	단편소설 (원작: 서사시 형식)
시대적 배경	19세기 중반 프랑스 산업혁명 시기
주요 등장인물	쟈니 부부, 고아 아이들
시점	3인칭 전지적 시점
작품 특징	사실적 묘사, 서정적 문체
현대적 의의	빈곤과 불평등을 공감과 연대로 극복하자는 메시지

1. 시대와 사회의 모습을 중심으로 읽기

반영론적 관점

#산업화 이면에 감춰진 빈곤과 불평등 #가난 속 인간애와 연대

빈곤한 시대를 살아간 따뜻한 사람들

19세기 중반, 프랑스는 나폴레옹 3세의 도시 재개발로 빠르게 변하고 있었다. 좁고 오래된 골목과 낡은 집들은 철거되고 그 자리에는 넓은 대로와 공원, 신식 건물들이 들어섰다. 겉으로는 도시가 점차 세련되고 정돈된 근대 도시로 바뀌어 가는 듯 보였지만, 그 뒤에는 가난한 사람들의 희생이 숨어 있었다. 노동자와 빈민층은 값싼 노동력을 제공하며 산업화를 떠받쳤으나 정작 새롭게 변한 도시에서는 설 자리를 잃고 외곽이나 낙후된 지역으로 밀려났다. 부유층은 개발로 얻은 이익을 독차지했고 가난한 사람들의 삶은 오히려 더 열악해졌다.

빅토르 위고의 「가난한 사람들」은 바로 이런 시대 상황을 바탕으로, 가난한 어부 가족의 삶을 그리고 있다. 폭풍우가 몰아치는 위험한 상황에서도 바다로 나간 어부와 집에서 낡은 어망을 꿰매며 남편을 기다리는 아내 쟈니가 작품의 중심인물이다. 궂은 날씨에도 쟈니의 남편

은 고기잡이를 나갔다. 그에게 바다로 나가는 일은 선택이 아니라 생
존을 위한 필수였다. 일하지 않으면 당장 끼니조차 해결할 수 없는 절
박한 현실 속에서 날씨와 위험을 따질 여유가 없었던 것이다.

쟈니와 그녀의 가족은 늘 가난 속에서 하루하루를 버텨야 했다. 두
꺼운 외투가 없어 외출할 때는 얇은 옷을 겹겹이 껴입었는데, 그것조
차 가족끼리 번갈아 입어야 했다. 아이들 중에는 신발이 없어 맨발로
겨울을 보내는 경우도 있었다. 쟈니의 소원은 그저 가족이 따뜻한 옷
을 입고 하루 세 끼를 배불리 먹는 것이었지만 그마저도 쉽지 않았다.
이웃들 역시 사정은 비슷해 굶주림과 추위로 병에 걸리거나 목숨을 잃
는 일도 흔했다.

이 작품은 성실하게 일해도 가난에서 벗어나기 어려웠던 당시 프랑
스 사회의 현실을 쟈니 가족의 삶을 통해 사실감 있게 보여준다. 이는
가난한 사람들의 삶이 개인의 게으름이나 불성실, 혹은 사치 때문이
아니라는 점을 증명하듯 말하고 있다. 가난은 불평등한 사회 구조가
끊임없이 재생산한 모순의 결과였다. 이처럼 작품은 한 가족의 사례
를 통해, 개인의 노력만으로는 해결할 수 없는 구조적 빈곤 문제를 사
회 전체의 시선에서 바라보게 만든다.

하지만 이 작품은 비극적 현실의 묘사에만 머무르지 않는다. 거센
바람과 높은 파도, 그리고 지독한 가난이 삶을 옥죄지만, 그 속에서도
피어나는 작은 온정에 주목한다. 산업화와 도시 발전 뒤에 가려진 불
평등과 빈곤을 드러내면서도 여전히 사라지지 않는 인간애와 연대의

가능성을 함께 보여주는 것이다. 이 작품은 어려운 상황 속에서도 서로를 보듬는 따뜻한 마음이야말로 삶을 지탱하는 가장 큰 힘임을 일깨워 준다.

2. 작가의 경험과 세계관을 중심으로 읽기

#사회 정의에 대한 위고의 신념 #숭고한 인간애와 이타심의 가치

빅토르 위고가 꿈꾼 '함께 살아가는 세상'

빅토르 위고는 프랑스를 대표하는 작가로, 가난과 불평등 속에서도 빛나는 인간애를 주제로 한 작품들을 다수 남겼다. 문학뿐 아니라 당시 사회와 정치에도 큰 영향을 미친 그는, 『노트르담 드 파리』를 통해 노트르담 대성당 복원 운동을 일으켰고, 『사형수 최후의 날』로는 사형제도 폐지 운동에 힘을 보탰다. 특히 대표작 『레 미제라블』은 '불쌍한 사람들'이라는 원제처럼 어려운 처지에 놓인 사람들의 존엄성을 강조하며, 인간에 대한 깊은 애정과 통찰을 바탕으로 사회적 변화를 이끌어 내고자 했던 그의 문학적 신념을 잘 보여주고 있다.

　「가난한 사람들」 또한 이러한 그의 신념이 짙게 배어있는 작품이다. 이 작품은 가난하게 살아가는 주인공 쟈니 가족이 자신들보다 더 어려운 처지에 놓인 다른 가족을 돕는 이야기를 담고 있다. 폭풍우가

치던 어느 날 밤, 가난한 어부 가족은 추운 겨울을 버틸 옷가지도 변변 치 않고 먹을거리조차 부족한 상황이었으나, 엄마를 잃고 죽을 위험에 처한 아이들을 자신의 집으로 데려온다. 그들 역시 겨우 생활을 이어 갈 정도로 궁핍했지만 극심한 추위와 배고픔에 내몰린 아이들을 외면 하지 않았다.

작가는 이러한 가족의 행동을 무모하거나 지나친 친절로 표현하지 않는다. 오히려 가난이 인간성을 무너뜨리지 않으며, 이타적 행동을 통해 인간의 존엄과 사회적 정의가 드러남을 보여준다. 그 안에는 물 질적 궁핍 속에서도 희망을 간직하고, 사랑과 헌신을 선택할 수 있는 인간의 존엄에 대한 작가의 믿음이 담겨 있다. 이는 곧 인간다움의 근 간을 이루는 사랑과 헌신이 곤궁한 현실에서도 빛을 발한다는 사실을 역설하는 대목이기도 하다.

「가난한 사람들」은 자칫 이기적으로 흐르기 쉬운 상황에서도 이웃을 향한 연대와 이타적 행동이 얼마나 중요한가를 일깨워 주는 작품이다. 작가는 이를 통해 물질적 제약을 뛰어넘는 인간애와 헌신의 가치를 강 조하며, 그것이 사회적 정의의 초석이 된다는 메시지를 전한다. 오늘 날에도 이 작품은 인간이 본래 지닌 따뜻함과 배려가 공동체를 더욱 건 강하게 만든다는 사실을 일깨우며, 빅토르 위고가 평생 문학을 통해 추구했던 '함께 살아가는 세상'에 대한 희망을 되새기게 한다. _김미진

글로 완성하는 나의 읽기

1. 더 알아보기

빅토르 위고의 「가난한 사람들」은 본래 서사시로 쓰인 작품입니다. 서사시(敍事詩)에 대해 자세히 알아봅시다.

서사시

빅토르 위고의 「가난한 사람들」은 프랑스 나폴레옹 3세 시절 망명지에서 완성한 서사시집 『세기의 전설』에 수록되어 있는 작품입니다. 후대에 소설 형태로 각색되어 지금까지 널리 읽히고 있습니다.

서사시는 주로 한 민족이나 국가의 문화, 역사적 영웅 또는 신화 속의 신을 중심으로 장엄하고 웅장하게 풀어낸 형태의 이야기 시를 말합니다. 『일리아드』, 『오디세이아』, 『길가메시 서사시』가 대표적입니다. 이러한 작품들은 고대 사회에서 중요했던 사건이나 영웅의 행적을 소재로 다룹니다.

그런데 빅토르 위고는 전통적인 서사시의 주제에서 벗어나, 일상 속의 비극과 그 안에서 피어나는 인간애까지 폭넓게 표현했습니다. 「가난한 사람들」은 평범하고 소외된 이웃들의 이야기를 담으며, 이들을 "이름 없는 작은 영웅들"로 표현하여 독자들에게 감동을 전합니다. 서

사시의 웅장한 스케일과 일상적이고 소박한 이야기가 만나 그의 작품
은 더욱 특별한 문학적 가치를 지니게 되었습니다.

2. 독자에게 미치는 영향을 중심으로 읽기 POINT
효용론적 관점

작품 속 가난한 어부 부부는 자신들의 생계조차 어려운 상황에서도 고
아 두 명을 기꺼이 받아들입니다. 만약 부부가 고아들을 외면했다면
두 아이는 목숨을 잃었을 것입니다. 이들은 극한의 가난 속에서도 타
인의 아픔을 지나치지 않고 손을 내밉니다. 단지 그들의 행동에 감동
하는 것에 머무르지 않고, 오늘날 우리 역시 타인과 연대하고 도움을
실천하는 것이 왜 중요한지 생각하며 읽어보세요.

1. 작품 속 부부는 가난 속에서도 고아들을 받아들였습니다. 만약 내가 같은
   상황에 처한다면, 나는 어떤 선택을 했을까요?

2. 현대 사회에서 '가난한 사람들'은 누구이며, 나는 그들을 어떻게 대해야 할
   까요?

3. 우리 사회의 약자를 돕기 위한 제도적 장치나 공동체적인 노력을 알아보고,
   보완할 점을 생각해 보세요.

3. 교과 연계 글쓰기

인터뷰 대본은 기자가 기사나 방송 보도를 위해 인터뷰 대상자에게 질문할 내용을 미리 준비해 놓은 문서입니다. 인터뷰의 목적을 명확히 설정하는 것이 중요합니다.

또한 인터뷰 시작 전에 대상자가 살아온 모습을 간략히 소개하는 영상 자료 또는 사진 자료를 준비하면 인터뷰가 더 생생하고 풍성해질 수 있습니다.

〈인터뷰 대본 쓰기〉 개요 예시

빅토르 위고의 작품 「가난한 사람들」 속 주인공 부부와의 인터뷰 대본을 작성해 봅시다.

이웃과 나누는 따뜻한 삶: 쟈니 부부와의 인터뷰

구성	내용
목적	어려운 경제적 상황에서도 고아가 된 두 아이를 돌본 쟈니 부부의 이야기를 통해, 함께 살아가는 삶의 소중함을 알리고 이웃과 사회에 따뜻한 메시지를 전하는 것을 목적으로 한다.
대상	쟈니 부부
인터뷰 순서	1. 쟈니 부부 소개 및 인사 2. 인터뷰 질문 진행 3. 마무리 및 인사
시작 인사	안녕하세요. 오늘은 많은 분들이 만나 뵙고 싶어 하셨던 특별한 두 분을 모셨습니다. 어려운 상황 속에서도 두 아이를 가족으로 맞아 따뜻한 사랑으로 돌보며, 많은 이들에게 큰 감동을 전해주고 계신 분들이죠. 바로 쟈니 부부를 모셨습니다.

인터뷰 질문	1. 아이들을 처음 만났을 때의 상황과 당시 감정이 어떠셨는지 자세히 말씀해 주시겠습니까? 2. 아이들을 돌보면서 가장 힘들었던 점은 무엇인가요? 3. 아이들을 데려온 걸 후회하신 적은 없으셨나요? 4. 두 아이를 같이 키우겠단 부모님의 결정에, 다른 자녀들의 반응은 어땠나요? 불만이나 반대는 없었나요? 5. 아이들을 돌보면서 가장 보람과 행복을 느꼈던 순간은 언제였나요? 6. 앞으로 이루고 싶은 목표나 꿈이 있다면 무엇인가요? 구체적인 계획도 함께 들려주세요. 7. 이웃이나 지역사회에 전하고 싶은 말씀이 있으시다면 얘기해주세요.
마무리 인사	두 분의 말씀을 통해, 사랑과 나눔이 누군가에게는 삶을 지탱하는 힘이 될 수 있다는 사실을 다시금 깨달았습니다. 어려움 속에서도 사랑과 헌신으로 길을 만들어 가신 두 분의 이야기가 시청자 여러분께도 깊은 울림을 주었으리라 믿습니다. 앞으로의 걸음도 진심으로 응원하며, 오늘 귀한 시간을 내어주신 데 다시 한번 감사드립니다.

02

목걸이

작가 소개

기 드 모파상(1850~1893)은 19세기 프랑스를 대표하는 사실주의, 자연주의 작가이다. 간결한 문체와 날카로운 사실적 묘사로 인간의 어리석음과 삶의 비참함을 그려낸 단편들로 유명하다. 그는 프랑스 노르망디 지방에서 태어나 플로베르의 문학적 영향을 받았으며, 1880년부터 1890년까지 300편에 달하는 단편소설과 6편의 장편소설을 발표했다. 주로 프랑스와 독일의 전쟁, 그가 속했던 관료 사회와 노르망디 농민들, 센 강 주변의 생활 등을 작품의 소재로 삼았다. 대표작으로 「비곗덩어리」, 「두 친구」, 「오를라」 등이 있다.

　　마틸다 르와젤은 어려운 형편에서 자랐지만, 예쁘고 매력적인 아가씨였다. 평범한 하급 공무원과 결혼할 수밖에 없었던 그녀는 부유하고 화려한 생활을 동경하며 자신의 신분과 생활에 늘 불만을 품고 있었다. 그녀는 사치스러운 옷과 보석을 꿈꾸지만, 현실과 거리가 멀었다.

　　어느 날 남편 르와젤이 직장에서 주최하는 무도회 초대장을 가져왔다. 마틸다는 입을 옷이 없다며 투덜거렸고, 남편은 새 드레스 구입을 위해 자신이 모아 두었던 돈을 내주었다. 하지만 드레스만으로 만족하지 못한 마틸다는 장신구가 없다며 불평했고, 친구 포레스티에 부인에게서 값비싸 보이는 다이아몬드 목걸이를 빌렸다.

　　무도회에서 마틸다는 모든 이의 시선을 받으며 즐거운 시간을 보냈다. 귀가 후 목걸이가 사라진 것을 알아차린 부부는 온갖 방법을 동원해 찾아보지만 끝내 찾지 못했다. 파리 시내의 보석상을 돌아다닌 끝에 똑같은 다이아몬드 목걸이를 발견하고 르와젤이 아버지에게 받은 유산과 여기저기에서 빌린 돈으로 목걸이를 구입해 포레스티에 부인에게 갖다주었다.

　　이후 부부는 막대한 빚을 갚기 위해 고된 생활을 시작했다. 10년 동안 이어진 궁핍하고 힘겨운 생활은 마틸다의 외모와 성격을 완전히 바꾸어 놓았다. 그녀는 예전의 젊고 아름다운 모습이 아닌 거칠고 초라한 중년 여인이 되어 있었다.

빚을 모두 갚은 어느 날, 마틸다는 샹젤리제 거리에서 우연히 포레스티에 부인을 만났다. 그녀는 자신이 빌린 목걸이를 잃어버려 그것을 갚느라 지난 10년간 얼마나 힘들게 살았는지 털어놓았다. 포레스티에 부인은 마틸다에게 그 목걸이는 사실 고작 500프랑밖에 안 되는 가짜였다고 말했다.

작품 한눈에 보기

주제	허영심과 물질적 욕망이 불러온 비극
갈래	단편소설
시대적 배경	19세기 말 프랑스 파리, 사회적 계층의식과 허영이 만연한 시대
주요 등장인물	마틸다, 르와젤(마틸다 남편), 포레스티에 부인
시점	3인칭 전지적 시점
작품 특징	일상의 평범한 사건에서 비극적 반전을 만들어내는 구성
현대적 의의	허영심과 물질주의의 위험성을 알리고 성실함과 내적 만족의 가치를 일깨움

1. 작품의 내적 구조와 표현을 중심으로 읽기

구조론적 관점

#내면의 성숙과 책임감을 깨닫게 된 십 년 #성실한 삶의 자세의 중요성

욕망의 값비싼 대가

마틸다는 자신의 아름다움이 상류층의 삶에 어울린다고 믿으며 화려한 삶을 꿈꾸었다. 그러나 현실은 그녀의 기대와는 거리가 멀었다. 하급 공무원인 남편과 결혼해 검소하고 단조로운 생활을 이어가는 현재의 삶은 그녀가 가진 매력이나 욕망과 어울리지 않아 불만이었다. 이러한 불만은 그녀의 내면에서 이상과 현실 사이의 충돌을 불러일으키며 마틸다가 상류층의 삶을 강하게 동경하게 되는 배경이 되었다. 이처럼 욕망과 현실의 대립은 작품 전반에 걸쳐 반복적으로 나타나는 중심 갈등이다.

모파상의 「목걸이」에서 목걸이는 상류층의 화려함과 허영심을 상징하는 동시에 인물들 간의 계층적 대립 구조를 드러내는 핵심적인 소재이다. 포레스티에 부인에게 목걸이는 그녀의 부유함과 여유를 나타내는 사치품이었다. 반면 마틸다에게 목걸이는 일시적으로나마 상류층의 삶을 체험할 수 있는 수단이자 가질 수 없는 갈망의 대상이었다. 남편에게 목걸이는 자신의 경제적 한계를 뛰어넘어 아내의 욕망을 충족시키기 위한 희생과 헌신의 상징이 되었다. 마틸다는 파티에 참석하기 위해 포레스티에 부인에게 목걸이를 빌렸고, 그 순간만큼은 상류층 여인의 삶을 누린 듯한 환상에 빠졌다. 이러한 경험은 상류층에 대한 동경을 더욱 부채질했다.

소설은 목걸이 분실 사건 이후로 전환점을 맞이한다. 목걸이 값을 지불하기 위해 시작된 10년간의 노동과 억척스러운 생활은 상류층에 대한 환상을 무너뜨리고 마틸다에게 현실의 가혹함을 깨닫게 했다. 마틸다를 성숙하게 만드는 계기가 된 것은 빚을 갚을 수 있을지 없을지 모르는 불안한 미래에서도 반드시 빚을 갚겠다는 다짐이었다. 가난한 가정의 부인처럼 외형적으로 거칠게 바뀌었지만 알뜰하게 살림하고 생활하면서 부지런해졌다. 그 과정에서 외적인 아름다움에 대한 갈망도 사라졌다. 비로소 그녀는 외적인 아름다움보다 내면의 성숙과 책임감의 중요성을 배워갔다.

목걸이가 가짜였다는 반전은 독자에게 강렬한 충격을 준다. 이는 겉모습에 집착했던 마틸다의 삶과 가치관이 얼마나 허망했는지를 부각시키고 허영심의 결과가 얼마나 비극적일 수 있는지를 보여준다. 목걸이를 둘러싼 사건은 외적 아름다움이나 사치가 결코 삶의 본질적인 가치를 보장하지 않음을 증명한다. 마틸다의 상류층에 대한 동경과 허영심은 고통스러운 현실만을 남겼다. 마틸다와 남편의 고난을 통해 독자는 겉으로 보이는 것보다 중요한 것은 하루하루를 충실하게 살아가고 성실한 삶의 자세를 갖는 것이라는 깨달음을 얻게 된다.

2. 시대와 사회를 통해 작품 읽기

#물질주의와 허영심, 계층 구조의 한계 비판 #내면을 가꾸는 삶

화려함에 감춰진 사회 현실

19세기 프랑스는 산업화와 도시화가 빠르게 진행되며 경제적으로 계층 간의 격차가 극심해졌다. 부를 축적한 신흥 부르주아 계층의 화려한 생활은 중하층민 사람들에게 동경과 허영심을 불러일으켰지만, 계층 상승은 대부분의 사람들에게 실현되기 어려운 꿈이었다. 이러한 배경은 주인공 마틸다의 삶 속에 잘 반영되어 있다. 마틸다는 자신이 속한 계층의 한계를 넘어서고자 하는 욕망을 품고 있었다. 그러나 당시의 사회 구조 속에서 그런 욕망은 현실적인 제약에 부딪혀 좌절될 수밖에 없었다. 그녀의 남편 르와젤은 하급 공무원으로 안정된 직업을 가지고 있었지만 경제적으로 부유해지거나 사회적 지위를 높이기엔 한계가 있었다.

산업혁명 이후 자본주의가 확산되면서 돈은 사회적 지위와 권력을 결정짓는 중요한 요소가 되었다. 이러한 환경 속에서 사람들은 외적인 부와 화려함을 과시하려는 경향을 보였다. 마틸다가 파티에 참석하기 위해 친구에게서 빌린 목걸이는 상류층의 부와 명예를 상징하는 동시에 그녀의 허영심과 계층 상승에 대한 갈망을 대변한다. 그러나 그 화려함은 오래 가지 않았다. 마틸다와 남편 르와젤은 목걸이를 잃어버린 뒤 그것을 갚기 위해 오랜 시간 고된 노동에 시달리게 되었고, 그 결과 마틸다는 아름다움을 잃고 억세고 거친 성격으로 변해버렸다. 이런 변화는 당시 사회의 계층 차이와 그로 인한 삶의 어려움을 사실적으로 보여준다.

당시 상류층과 중산층 사이에서는 사교 모임과 파티가 중요한 사회적 활동으로 여겨졌다. 특히 여성들은 파티에서 입는 드레스나 착용하는 장신구를 통해 자신의 사회적 지위를 과시하려 했다. 마틸다가 파티에 참석하기 위해 고급 드레스와 목걸이를 준비하는 모습은 이러한 사회 분위기와 여성들이 겪는 외모 중심적 평가에 대한 압박을 보여준다. 소비문화가 확산되고 외모에 대한 사회적 평가가 중요해진 시대에 중산층과 하층민조차 상류층처럼 보이기 위해 사치와 허영을 좇는 경향이 강해졌다. 그러나 마틸다의 아름다움은 그녀가 꿈꾸던 상류층의 삶을 보장하지 않았다. 개인의 욕망과 사회적 현실 사이의 간극을 드러내며 오히려 계층 간 차이를 더 비극적으로 만들었다.

작가는「목걸이」를 통해 당시 프랑스 사회의 물질주의와 허영심, 그리고 사회 계층 구조의 한계를 사실적으로 반영한다. 작품 속 인물들의 삶은 외적 화려함을 좇는 사회 분위기와 경제적 현실의 괴리를 드러내며 당시 사회의 가치관이 인간의 삶을 어떻게 왜곡시키는지를 비판적으로 보여준다. 이러한 문제의식은 오늘날에도 여전히 유효하다. 물질적 가치가 중심이 된 사회 속에서 진정한 자아를 발견하고 그에 맞는 삶의 가치를 지켜나가는 일이 얼마나 중요한지 일깨워 준다. _김방환

글로 완성하는 나의 읽기

1. 더 알아보기

프랑스 사실주의와 자연주의 문학에 대해 살펴보고 모파상의 문학에 어떠한 영향을 미쳤는지 알아봅시다.

프랑스 사실주의, 자연주의 문학과 모파상

19세기 후반 프랑스 문학은 사실주의(Realism)에서 발전한 자연주의(Naturalism)라는 새로운 흐름을 맞이하게 됩니다. 이 둘은 인간과 사회를 있는 그대로 바라보려는 공통점이 있지만 접근 방식과 강조점에서 차이가 있습니다.

사실주의는 현실을 왜곡 없이 있는 그대로 묘사하려는 문학적 경향으로 일상적 삶, 평범한 인물, 객관적 관찰에 초점을 맞춥니다. 작가들

은 인간의 삶을 꾸밈없이 재현하고 사회적 구조 속에서 인물들이 어떻게 행동하는지를 분석적으로 묘사하려 했습니다. 자연주의는 당대의 과학 발전, 특히 생물학, 심리학, 사회학의 영향을 깊이 받아 인간은 자유로운 의지를 가진 존재라기보다는 주어진 조건 속에서 필연적으로 반응하는 존재로 인식했습니다.

예컨대 「목걸이」에서는 계층 구조 속에서 허영심을 키워온 여주인공 마틸다가 비극을 겪는 과정을 사실적으로 표현하고 환경과 욕망이 인간의 삶을 결정짓는다는 자연주의적 시각을 보여줍니다.

2. 작가의 경험과 세계관을 중심으로 읽기 POINT

표현론적 관점

모파상은 프랑스 노르망디 출신으로 중산층 가정에서 성장했지만 경제적으로 불안정한 환경에서 자랐습니다. 그는 젊은 시절에 정부 관료로 일하면서 파리의 부유한 상류층과 빈곤한 하층민의 삶을 가까이에서 목격했습니다. 이러한 경험은 그의 작품에서 사회적 불평등과 인간의 허영심을 비판하는 주제로 반영되었습니다. 또한, 그의 작품은 예상치 못한 반전과 아이러니한 결말이 나타나는 것이 특징입니다.

1. 모파상이 젊은 시절 경험한 사회적 환경과 「목걸이」의 배경이 된 19세기 프랑스 중산층의 삶은 어떻게 연결되나요?

2. 모파상은 사실주의와 자연주의의 영향을 받은 작가입니다. 「목걸이」에서 이러한 문학적 특징이 어떻게 나타났나요?

3. 목걸이가 가짜였다는 반전은 당시 사회에 대한 모파상의 비판 의식을 어떻게 반영하고 있나요?

3. 교과 연계 글쓰기

소설이 창작된 사회문화적 배경을 이해하려면 등장인물의 말과 행동, 인물들 간의 관계, 사건 등을 중심으로 살펴야 합니다. 소설 속 과거의 삶과 오늘날의 삶을 비교하며, 변하지 않는 가치와 새롭게 평가할 수 있는 가치를 발견하고 통찰하는 태도를 기를 수 있습니다.

〈사회문화적 배경을 바탕으로 독후감 쓰기〉 개요 예시

사회문화적 배경을 바탕으로 「목걸이」 주인공의 삶의 태도를 정리해 봅시다. 마틸다의 태도를 오늘날 삶의 태도와 비교해 보고 나의 삶과 관련지어 생각해 봅시다.

목걸이 보다 빛나는 나의 가치

구성	내용
처음	**작품의 사회문화적 배경 소개** 19세기 프랑스는 산업화와 도시화로 계층 간 격차가 심화되어 상류층은 화려한 생활을 누린 반면, 중하층은 안정된 삶조차 유지하기 어려웠다. 물질적 욕망과 사회적 지위가 인간의 행동과 선택에 큰 영향을 미쳤다.
중간	**주인공 마틸다의 삶의 태도** 1. 마틸다는 자신의 어려운 형편에 불만이 많았고 부유한 삶을 갈망했다. 2. 남편이 자신을 위해 성실하게 노력했음에도 더 많은 것을 누리고 싶어하며 현실에 불만족스러워했다. 3. 남편의 비상금으로 파티 드레스를 마련하고, 목걸이를 빌리는 등 겉모습을 치장하는 데 신경을 썼다. **오늘날의 사회문화적 배경을 바탕으로 한 비교** 1. 물질적 가치를 중요하게 여기며 과도한 소비 문화가 확산되고 있다. 2. 명품 구매나 해외여행 등 화려한 삶을 SNS에 과시하는 데 많은 시간을 쏟는다. 3. 사람들은 겉모습, 학벌, 경제력 등 종종 겉모습과 사회적 지위로 타인을 판단한다.
끝	**작품을 통해 얻은 교훈** 1. 내면의 성장과 만족을 추구하는 것이 더 의미 있는 삶이다. 2. 외적인 평가보다 자기 자신을 가치 있게 만드는 태도가 중요하다. **나의 삶과 연결하기** 1. 진정한 행복이란 무엇인지 생각해 본다. 2. 과도한 소비나 타인의 시선을 의식하는 삶은 결국 스스로를 힘들게 만드는 경우가 많다. 자기만의 방식으로 가치를 찾는 사람들이 행복한 삶을 살아간다.

03

아Q정전

작가 소개

루쉰(1881-1936)은 필명으로 그의 본명은 저우수런(周樹人)이다. 그는 지주 집안에서 태어나 중국 정부 장학생으로 일본에서 의학을 공부하던 중 문학을 통해 사람의 정신을 치유하고자 본국으로 돌아왔다. 그는 중국 민중의 계몽을 위해 문학을 공부하기 시작했으며 많은 외국 작가의 작품을 번역하고 교사로 학생들을 가르치기도 했다. 그는 구시대적 사회 제도와 모순을 척결하고자 했으며 이러한 그의 사상은 작품 「광인 일기」를 통해 드러났다. 그의 주요 작품은 「공을기」, 「고향」, 「축복」 등이 있으며 그중에서 「아Q정전」은 그의 대표작으로 중국 근대 문학의 출발점으로 평가받는다.

중국의 시골 마을 웨이장에서 아Q는 떠돌이 날품팔이꾼으로 근근이 살아가고 있었다. 그는 이름도 고향도 분명하지 않은 인물이었고 무식하고 가난했다.

어느 날, 자오 영감의 아들이 과거에 급제하자 아Q는 자신도 자오 집안사람이라며 허풍을 떨다가 자오 영감에게 따귀를 맞고 촌장에게 훈계를 들은 뒤 사죄의 뜻으로 술값까지 내야 했다. 이렇게 어리석은 아Q는 평소 무시했던 왕털보와 싸움을 벌였으나 참담하게 패했고, 변발을 자른 첸 영감의 큰아들에게는 가짜 양놈이라 욕했다가 두들겨 맞았다. 그 뒤 그는 마음을 달래려 선술집으로 가던 길에 우연히 마주친 여승에게 분풀이하며 희롱했다. 아Q는 억울한 일을 당했을 때도 자신의 뺨을 몇 차례 때린 뒤 때린 건 나고 맞은 건 남이라는 식으로 자신만의 정신 승리법으로 현실을 합리화했다.

여승 사건 이후, 여자의 필요성을 느꼈던 아Q는 자오 집안의 하녀인 우마에게 동침하자고 했다가 몽둥이로 얻어맞았다. 결국 촌장에게 또다시 훈계를 듣고 술값을 치를 돈이 없어 털모자를 맡기며 다섯 가지 조항에 서명하게 된다.

이처럼 말썽을 자주 일으켜서 마을 사람들은 아Q에게 더 이상 일을 맡기지 않았다. 그는 샤오D가 자신의 일거리를 빼앗으려 한다는 사실을 알고 싸움을 벌였으나 아무런 성과를 얻지 못했다. 굶주리던 아Q는 밭에서 무를 훔치다 늙은 여승에게 들킨 뒤 마을에서 자취를 감췄다.

추석 무렵, 아Q는 웨이장으로 돌아왔는데 그는 더 이상 예전의 초라한 모습이 아니었다. 그는 일을 해서 돈을 벌었다고 말했으나 도둑질한 사실이 드러나 또다시 사람들의 멸시를 받았다.

그 무렵 중국에서는 신해혁명이 일어났고 그 여파는 웨이장에도 퍼져나갔다. 이를 목격한 아Q는 혁명당에 가입하겠다며 가짜 양놈이라 욕했던 첸 가의 아들을 찾아갔다.

얼마 뒤, 자오 영감의 집에 폭도들이 들이닥쳐 물건을 약탈하는 사건이 발생했다. 아Q는 이 사건의 주모자로 지목되어 체포되었고 형장으로 끌려갔다. 그는 살다 보면 처형당할 수도 있는 법이라며 다시 자기만의 정신 승리로 상황을 합리화했다. 결국 아Q는 억울한 누명을 쓴 채 처형당했다.

작품 한눈에 보기

주제	혁명 이후, 자기 합리화로 변화하지 못한 민중을 풍자
갈래	중편소설
시대적 배경	청나라 말기 중국, 신해혁명 전후의 시기
주요 등장인물	아Q, 자오 영감, 촌장, 마을 사람들, 혁명 당원들
시점	3인칭 전지적 시점
작품 특징	· 민중이 이해하기 쉽도록 구어체로 표현된 백화(白話) 소설 · 아Q의 정신 승리법을 풍자하고 해학적으로 나타냄
현대적 의의	문제 상황에 대한 자기 합리화와 현실 회피적 태도 비판

1. 작품의 내적 구조와 표현을 중심으로 읽기

구조론적 관점

#서술자의 직접 제시 #아Q에 나타난 풍자성과 해학성

서술자의 시선으로 본 아Q

서술자는 소설의 도입부에서 아Q에 대해 직접 설명하는 방식을 취한다. 이러한 직접 제시 방법은 사건 전개를 빠르게 하며 인물에 관한 정보를 왜곡 없이 독자에게 전달할 수 있다는 이점이 있다. 이처럼 서술자가 아Q를 간접적으로 서술하지 않고 직접적으로 서술함으로써 독자에게 아Q의 어떤 점을 부각하고자 했는지 의도를 파악하며 읽게 한다.

아Q의 이름은 당시 정체성이 뚜렷하지 않은 중국 하층민을 상징한다. 아(阿)는 보통 상대방의 이름 앞에 붙이는 접두사로 중국인들이 상대방을 부를 때 친근감을 표시하기 위함이다. 그의 이름에 대문자 Q는 당시 중국인들의 머리모양인 변발을 상징하기 때문에 그는 평범한 중국 민중을 의미한다. 아무도 아Q의 성과 이름 쓰는 방식을 잘 모르며 그의 이름에 알파벳 Q를 쓰는 형식은 영어 단어 Question의 앞 글자를 따와서 그는 알 수 없는 자라는 의미를 내포한다. 이처럼 아Q의 이름은 정체성이 분명하지 않은 자를 의미한다.

서술자는 아Q의 본적과 살아온 행적이 알 수 없는 인물이라는 점에서 모호한 인물임을 더 강조한다. 아Q의 범죄 조서를 고향 사람에게 부탁하여 조사해 보았지만 그에 관한 기록이 없던 건지 아니면 조사해 보지 않았던 건지 알 도리가 없다고 서술했다. 그는 일손이 필요한 곳에 가서 품팔이를 하는 자이기 때문에 사람들이 바쁠 때면 그를 떠올렸지만 한가해지면 그의 존재를 까맣게 잊어버렸다. 이렇게 서술자는 인물에 대해 직접적으로 서술하여 아Q는 아무개 또는 익명의 존재임을 드러낸다.

아Q는 바보스러운 인물로 「아Q정전」의 제목과는 어울리지 않는 인물이다. 정전(正傳)이라는 것은 후세에 전할 만한 인물에 대한 기록을 말하는데 아Q는 그러한 인물이 되지 못했기 때문이다. 서술자는 소설의 도입부에서 아Q를 위해 정전을 지으려고 했지만 망설여진다고 말함으로써 이것을 방증한다. 소설에서 어떤 늙은이가 아Q는 일을 잘한다고 칭찬했더니 그는 우쭐대며 웃통을 벗고 삐쩍 말라 초라한 몸을 드러냈다. 이렇게 묘사되는 아Q의 행동과 모습은 그의 어리숙함을 드러내어 인물을 희화화하고 있다.

이처럼 아Q는 어리숙하고, 사람이나 상황에 따라 다른 태도를 보인다. 그는 지주인 자오 영감과 그의 아들 앞에서는 꼼짝도 못 했지만 자기처럼 품팔이를 하는 샤오 D에게는 폭력을 사용했고 과부인 우 씨와 여승을 만만하게 보고 희롱하기까지 했다. 그는 강한 자 앞에서는 약자의 태도를 보이고, 약자 앞에서는 강자의 태도를 보인다. 또한 아Q는 평소에 가짜 양놈이라고 욕했던 첸에게 혁명당에 가입하기 위해서 굽신거리기까지 했다. 이렇게 불리한 상황에 놓이면 그는 언제든지 자신의 태도를 바꾸는 인물로 풍자된다. 서술자는 직접 제시 방법을 통해 아Q의 어리석음과 문제점을 부각하고 왜곡 없이 전달한다.

2. 시대와 사회의 모습을 중심으로 읽기

반영론적 관점

#격변 속에 희생된 우매한 민중 #중화사상과 아Q의 정신 승리법

아Q, 혁명의 허상과 민중의 자화상

이 소설의 시대적 배경은 청나라가 무너지고 중화민국이 세워지면서 신해혁명이 일어났던 전·후 시기였다. 국가의 기존 체제가 무너지고 새로운 체제가 등장하는 격변 속에 주인공 아Q와 주변 인물들의 모습은 당대 중국 사람들의 모습을 반영한다. 이들 중에서 시대의 변화를 깨닫지 못했던 우매한 사람들의 모습이다. 작가는 이들의 모습을 사실적으로 그려내어 당시 중국 사회가 가지고 있던 문제점을 드러낸다.

특히 아Q는 새로운 변화를 깨닫지 못하고 낡은 관습에 얽매인 민중을 대표한다. 그는 날품팔이로 생계를 겨우 이어가는 최하층민이다. 그는 집이 없어서 땅의 신에게 제사를 지내는 사당에서 지냈다. 그가 거주하는 사당이라는 공간은 낡은 과거의 관습이 머무는 장소이며 시대의 변화에 맞지 않는 곳이다. 이 공간은 근대화 과정의 변화를 깨닫지 못하고 여전히 옛것에만 머물러 있던 아Q와 같은 당시 중국 사람들을 상징한다.

또한 아Q는 중국을 세상의 중심으로 바라보는 중화사상에 사로잡혀 있던 중국인을 의미한다. 아Q는 문제가 생겼을 때 문제 상황을 제대로 인식하지 못했고, 실패도 인정하지 않으며 자기 합리화했다. 그는 투전판에서 얻어맞고 은화도 몽땅 잃어버렸던 상황에서도 자신의 뺨을 때리고 자기가 남을 친 것으로 생각하며 억지로 자신의 상황을 합리화했다. 이는 패배를 승리로 바꾸는 아Q만의 정신 승리법으로 마치 왜곡된 영웅 의식처럼 보인다. 이러한 모습은 당시 신해혁명 실패 이후 닥친 위기를 위기로 받아들이지 않고 중국은 건재하다는 의식을 가지고 있던 민중을 희화화한다.

아Q는 혁명이 무엇인지 모르고 혁명의 분위기에만 휩쓸렸던 겉핥기식 혁명을 좇으며 기회에 편승하려 했다. 이에 따라 아Q는 급변한 정치 상황에 의해 희생당했다. 청나라가 무너지고 쑨원으로부터 임시 대총통을 이양받은 위안스카이가 갑자기 태도를 바꾸어 혁명당원들을 탄압했고 자신이 황제가 되려는 음모를 꾸몄다. 소설에서 아Q도 혁명당원들이 반역의 무리로 간주 되어 참수되는 것을 목격했음에도 불구하고 혁명당원에 가입했다. 왜냐하면 아Q는 혁명당원이 되었다는 이유만으로 이름을 날리는 것이 부러웠기 때문에 뒤늦게 혁명당에 가입하기로 마음먹었고 첸 가의 아들을 찾아갔다. 첸 가의 아들은 아Q가 가짜 양놈이라고 욕했던 인물이었다. 이처럼 혁명의 허상을 좇던 아Q는 혁명이 무엇인지 알지 못한 채 자오 영감의 집을 습격했다는 누명으로 체포되었다.

소설의 마지막 장면에서 아Q는 자기 이름자도 쓰지 못하여 겨우 동그라미로 서명을 한 뒤, 형장에 끌려갔다. 죽음을 앞에 두고도 그는 태연한 척 허세를 부리며 자기 상황을 합리화했다. 인물의 이러한 모습은 과거에 얽매여 변화의 위기를 깨닫지 못했던 중국인들의 모습을 사실적으로 그린다. 아Q가 자신만의 정신 승리법으로 상황을 극복하려 했던 방식은 곧 우매한 중국인들의 문제 해결 방식으로 보인다. 작가는 아Q를 통해 당시 계몽되지 못했던 중국인들의 모습을 풍자하고 있다. _정현숙

글로 완성하는 나의 읽기

1. 더 알아보기

소설 「아Q정전」의 시대적 배경이 되는 신해혁명을 살펴보며, 소설의 맥락을 더 풍부하게 이해해 봅시다.

신해혁명

청나라 말기 유럽 강국의 압박과 태평천국의 난 등으로 청 왕조의 지배체제가 위기에 처하게 되자 의화단이 부청멸양(청을 도와 서양을 몰아내자는 뜻)을 내걸고 서양 세력에 대해 극단적 적개심을 드러냅니다. 그러나 1901년에 청나라는 열강의 연합 군대에 의해 진압을 당하고, 외국 군대의 베이징 주둔을 허용하고 배상금을 지불하게 됩니다.

청나라의 무능과 부패가 드러나자, 각지에서 청조 타도와 혁명 운동이 일어납니다. 특히 청나라가 재정 위기 극복을 위해 민간 철도 국유화 선언을 하면서 반대 운동이 전국으로 확산했고 우창에서 무장봉기가 발생합니다. 이것이 혁명으로 연결되어 1911년에 신해혁명이 일어났고 절반 이상의 성이 청나라로부터 독립을 선포합니다.

1912년에 중화민국이 수립되고 임시 대총통이었던 쑨원은 청나라의 황제 푸이를 퇴위시키는 조건으로 위안스카이에게 대총통을 이양했습니다. 하지만 그는 이후 태도를 바꾸어 혁명파를 탄압하고 황제가 되려는 음모를 꾸미기도 했습니다. 혁명파는 제2, 제3의 혁명을 일으켜 위안스카이 정권과 대결했으나 반제(反帝), 반봉건의 과제는 해결되지 않았습니다. 이렇게 신해혁명은 실패했지만 중국 역사상 최초의 공화제가 성립되었다는 의의가 있습니다.

2. 작가의 경험과 세계관을 중심으로 읽기 POINT

작가 루쉰이 문학가의 길을 걷게 된 계기를 살펴보면 일본에서 의학을 배우던 중 한 중국인이 러시아군의 간첩으로 몰려 처형당하는데 이를 구경하던 중국인들이 마치 타인의 일로 여기는 영상을 보고 충격을 받습니다. 그때, 그는 몸을 치료하는 것보다 문학을 통해 사람의 정신을 치유하는 일이 더 중요하다는 것을 깨닫고 고국으로 돌아와 의사가 아닌 문학가의 길을 걷게 됩니다.

작가는 과거 중화사상에 빠져 시대 변화를 깨닫지 못했던 중국인들에게 아Q를 통해 어떤 내용을 전달하고 싶었는지에 대한 창작 의도를 생각해봅시다.

1. 작가는 의학 공부를 그만두고 문학가의 길을 선택했습니다. 그의 선택이 작품에 어떻게 드러나나요?

2. 유학을 중단하고 중국으로 돌아온 작가는 여전히 계몽되지 못한 민중들의 모습을 목격합니다. 당시 그가 느낀 감정과 생각은 소설 속 인물 형상화에 어떻게 반영되었나요?

3. 작가는 아Q라는 인물을 통해 당시 중국인들에게 어떤 메시지를 전달하고자 했나요?

3. 교과 연계 글쓰기

유추를 활용한 논증 글쓰기란 두 대상을 여러 면에서 비교하여 비슷한 점을 찾아내고 그 유사성을 근거로 다른 속성도 같을 것이라고 추론하는 방식입니다.

유추 논증을 잘 쓰려면 대상 간의 공통점을 구체적으로 제시하고 이를 바탕으로 추가적인 결론을 끌어내야 합니다.

〈유추를 활용한 논증 글쓰기〉 개요 예시

루쉰의 「아Q정전」의 주인공 아Q와 현대 학생들의 행동 유형을 비교하여, 유사점을 근거로 자기 합리화의 문제점을 논증하는 글을 완성하여 보세요.

「아Q정전」과 현대 학생들의 자기 합리화 유형 비교

구성	내용
서론	**1. 「아Q정전」 주인공 소개** 주인공 아Q는 실패나 굴욕을 겪을 때마다 현실을 인정하지 않고 스스로를 위로하는 '정신 승리법'을 사용하는 인물이다. 그는 상황의 원인을 외부에 돌리며 자신의 잘못을 돌아보지 않는다.
서론	**2. 글의 목적** 현대 학생들의 몇 가지 행동 유형이 아Q의 모습과 유사함을 근거로 들어 자기를 반성하고 성찰할 필요가 있음을 논증하고자 한다.

본론	**1. 자기합리화** ① 아Q: 실패와 굴욕을 인정하지 않고 '정신승리법'으로 상황을 합리화한다. ② 현대 학생 사례: 시험을 망쳤는데 "선생님이 문제를 이상하게 냈어." 또는 "운이 나빴어."라고만 생각하는 학생이 있다. ③ 유사점: 아Q처럼 실패의 원인을 자기 외부에서만 찾고 자신의 공부 방법이나 노력 부족은 돌아보지 않으며 문제 해결 없이 심리적으로만 만족한다. **2. 현실 회피** ① 아Q: 불리한 현실을 직면하지 않고 마음속에서 승리한 것으로 결론짓는다. ② 현대 학생 사례: 스포츠 경기에서 졌는데 "심판이 편파 판정을 해서 졌지. 사실 우리가 더 잘했어."라고 위안하는 학생이 있다. ③ 유사점: 패배를 제대로 인정하지 않고 '사실은 우리가 이겼다.'는 식으로 현실을 왜곡한다. **3. 변화·성장 거부** ① 아Q: 자기 성찰 없이 같은 행동을 반복하며 변화나 발전을 거부한다. ② 현대 학생 사례: 친구와 다툰 뒤 "전부 네 잘못이야."라고만 말하며 자신의 잘못은 돌아보지 않는 학생이 있다. ③ 유사점: 아Q처럼 갈등의 책임을 전적으로 상대방에게 전가하고 같은 행동 패턴을 고집하며 외부 환경 변화에 적응하지 못한다. **4. 유추 논증** ① 아Q와 현대 학생들의 사례는 여러 면에서 유사하다. 이러한 태도는 장기적으로 문제 해결 능력을 약화시키고 학업과 사회생활 모두에서 부정적인 결과를 초래한다. ② 시대와 환경이 달라져도 자기 합리화와 현실 회피는 문제 해결 능력을 약화시키고 결국 사회적, 개인적 실패를 불러온다는 점은 변하지 않는다.
결론	1. 아Q의 모습은 단순히 옛 중국 사회의 풍자가 아니라 오늘날 우리 주변에서도 찾아볼 수 있는 성격 유형이다. 2. 자기 합리화 대신 실패 원인을 냉정하게 돌아보고 변화를 위한 행동을 실천해야 성장의 기회를 놓치지 않을 수 있다.

04

의자 고치는 여인

작가 소개

기 드 모파상(1850-1893)은 19세기 프랑스를 대표하는 사실주의, 자연주의 작가이다. 간결한 문체와 날카로운 사실적 묘사로 인간의 어리석음과 삶의 비참함을 그려 낸 단편들로 유명하다. 그는 프랑스 노르망디 지방에서 태어나 플로베르의 문학적 영향을 받았으며, 1880년부터 1890년까지 300편에 달하는 단편소설과 6편의 장편소설을 발표했다. 주로 프랑스와 독일의 전쟁, 그가 속했던 관료 사회와 노르망디 농민들, 센 강 주변의 생활 등을 작품의 소재로 삼았다. 대표작으로 「비곗덩어리」, 「두 친구」, 「오를라」 등이 있다.

사냥의 시작을 기념하는 만찬 자리에서 여러 신사와 젊은 부인들, 그리고 그 지방의 의사가 둘러앉아 사랑을 주제로 논쟁을 벌였다. 남자들은 열정적인 사랑을 여러 번 할 수 있다고 주장하는 반면, 여자들은 진정한 사랑은 평생에 한 번만 오는 것이라고 말했다. 사람들은 이 논쟁에서 늙은 의사를 중재자로 내세웠고, 그는 55년간 단 한 번의 사랑을 지속한 의자 고치는 여인의 이야기를 전했다.

의자 고치는 여인은 어린 시절 부모와 함께 이리저리 떠돌며 의자를 수리하러 다니던 소녀였다. 그녀는 부모에게도 사랑받지 못했고, 주변 또래들에게도 무시당하기 일쑤였다. 어느 날, 돈을 도둑맞고 울고 있던 어린 소년 슈케를 우연히 보게 되고 자신이 가진 돈 전부를 그에게 모두 주면서 위로의 포옹을 했다. 그리고 그 소년에게 점점 깊은 사랑을 느끼게 되었다. 이후 소녀는 매년 같은 마을을 찾을 때마다 소년을 찾아가 돈을 주고 그와 입맞춤할 기회를 샀다. 이 일은 약 4년간 반복되며 그녀의 순수한 사랑이 이어졌다.

소년 슈케가 중학교에 진학한 뒤, 그는 소녀의 존재를 일부러 무시하고 모르는 척했다. 그러나 그녀는 매년 마을을 찾아와 슈케를 바라보며 그에게 다가가지는 못해도 바라보는 것만으로 살아가는 힘을 얻었다.

성인이 된 슈케는 그 마을의 약사가 되었다. 이후 슈케가 결혼했다는 소식을 들은 여인은 절망 끝에 연못에 투신하려 하지만 술 취한 행인이 그녀를 구해 약국까지 데려다주었다. 슈케는 그녀를 살피면서 앞으로 이러지 말라고 말하며 치료비를 받지 않았다. 그녀는 그것만으로도 위안을 받고 다시 살아갈 힘을 얻었다.

여인은 결국 외로움 속에서 생을 마감했다. 그리고 자신의 전 재산을 슈케에게 남기기로 유언했다. 의사가 유산을 슈케 씨 부부에게 전달하자, 부부는 가난한 여인이 그를 사랑했다는 사실에 모멸감을 느꼈다. 그러나 막상 그녀가 남긴 유산이 큰 금액이라는 사실을 알게 되자 거절하지 않고 당연하다는 듯 받아들였다.

이 이야기를 들은 후작 부인은 감동과 슬픔에 차서 "결국 진실한 사랑을 할 줄 아는 건 여자들뿐이군요!"라고 한숨을 쉬며 말했다.

작품 한눈에 보기

주제	평생 한 사람만을 사랑하며 헌신했으나 끝내 인정받지 못한 한 여인의 비극
갈래	단편소설
시대적 배경	19세기 후반 프랑스, 신분과 경제적 격차가 뚜렷하던 사회
주요 등장인물	의자 고치는 여인, 슈케, 시골 의사, 귀부인들
시점	3인칭 시점과 1인칭 관찰자 시점 서술의 혼합
작품 특징	액자식 구조를 활용해 사랑에 대해 논쟁함
현대적 의의	신분이나 경제적 차이가 사랑에 미치는 영향을 생각하게 함

1. 작가의 경험과 세계관을 중심으로 읽기

표현론적 관점

#사회적 약자의 삶에서 찾은 사랑의 본질 #하층민 여성에 대한 사회적 편견 비판

진실한 사랑을 아는 사람

기 드 모파상은 플로베르, 에밀 졸라와 함께 프랑스 자연주의 문학을 대표하는 작가로 인간의 본성과 사회 현실을 예리하게 관찰하고 폭로하는 작품을 다수 남겼다. 19세기 말 프랑스는 산업화와 도시화로 급격한 변화를 겪으며 계층 간 갈등과 하층민의 고통이 두드러졌고, 모파상은 특히 사회적 약자의 삶에 주목했다. 단편소설 「의자 고치는 여인」은 이러한 작가의 시선을 잘 보여주는 작품으로 하층민 여성이 처한 사회적 현실과 인간적인 내면세계를 사실적으로 그려낸다.

모파상은 플로베르의 가르침을 받아 일상에서 흔히 볼 수 있는 사소한 내용에서도 인간의 선한 면모를 포착했다. 그는 군더더기 없는 간결한 문체와 섬세한 관찰력을 바탕으로 인간의 내면과 사회적 현실을 사실적으로 묘사했다. 「의자 고치는 여인」에서도 이러한 특징이 나타나는데, 가난하지만 자립심을 가지고 살아가는 여인의 모습을 통해 그의 사실주의적 서술 방식을 잘 보여준다. 여인은 어린 시절 부모의 사랑을 받지 못했고 낮은 신분과 떠돌이 생활로 인해 외로운 삶을 살아야 했다. 하지만 친구에게 동전을 빼앗기고 울고 있던 어린 소년 슈케에게 자신이 가진 전부를 내어줄 만큼 따뜻한 마음을 지닌 인물로 그려졌다.

작가는 여인의 이야기를 액자식으로 구성해 액자 안 이야기에 집중하게 한다. 의사가 상류층 사람들과의 모임에서 의자 고치는 여인이 한때 사랑했던 마을의 약제사 슈케 씨에 대한 이야기를 회상한다. 이때 의사는 이야기를 객관적으로 전달하는 역할을 하며, 독자는 그의 시선을 통해 여인의 삶을 간접적으로 바라보게 된다. 이는 모파상이 자주 활용한 간접적 서술 기법의 하나로 독자가 인물의 언행만을 통해 사건의 의미를 스스로 해석하도록 유도한다. 또한, 상류층 인물들의 세련되고 품위 있는 사랑만이 가치 있다는 생각과 순수하고 숭고해 보이는 여인의 사랑이 대비되면서 사회적 편견을 지닌 사람들을 비판한다.

의사와 후작 부인의 대화는 모파상의 문학적 주제를 더욱 뚜렷하게 드러낸다. 의사는 중립적인 서술자의 역할을 수행하며 독자가 여인의 사랑이 진실했는지 아닌지 스스로 판단하도록 유도했다. 반면, 후작 부인은 "진실한 사랑을 할 수 있는 사람은 여자뿐"이라는 발언을 통해 여인의 헌신적인 사랑을 적극적으로 긍정했다. 이 장면은 하층민 여성의 사랑과 희생을 높이 평가하며 작가가 사회적 신분이나 외적 조건이 아니라 인간 본연의 감정과 내면적 가치에 주목하고 있음을 보여준다. 이 소설은 사회적 약자의 삶을 통해 겉으로 포장된 사랑의 의미가 아닌 사랑의 본질에 집중하게 한다. 사회적으로는 약자로 보이지만 사랑할 때는 인간 내면의 진정한 모습을 드러내어 사랑의 가치를 빛나게 한다.

2. 독자에게 미치는 영향을 중심으로 읽기

효용론적 관점

#일방적인 헌신과 사랑의 의미 #상호 존중과 소통의 필요성

성숙한 사랑의 조건

의자 고치는 여인과 슈케 씨의 이야기는 겉보기에는 한쪽의 헌신적인 사랑처럼 보이지만 그 안에는 사랑의 본질과 인간관계의 복잡한 면모가 담겨있다. 어릴 적 동전 두 닢을 빼앗기고 울고 있던 소년 슈케를 처음 본 순간 여인은 사랑에 빠졌다. 이후 그녀는 슈케를 만날 때마다 돈을 주며 입을 맞추는 행동을 반복했다. 슈케가 결혼을 하고 자신과는 다른 삶을 살아가도 그녀의 사랑은 변함없었고, 결국 여인은 의자를 고치며 힘겹게 모은 돈을 슈케 씨에게 전해달라는 유언을 남기며 삶을 마감했다.

여인의 삶에서 슈케는 사랑의 대상을 넘어선 존재였다. 그녀는 어린 시절 부모의 사랑을 받지 못했던 상처를 슈케를 사랑함으로써 보상

받고자 했다. 낮은 신분과 떠돌아다니는 삶으로 친구 하나 없이 외로운 나날을 보내던 여인에게 슈케는 그녀 삶에서 유일한 의미이자 위안이었다. 비록 슈케가 여인의 마음을 받아들이지 않았지만, 여인은 자신이 사랑을 줄 수 있다는 사실만으로도 감사하며 헌신적인 사랑을 이어갔다. 죽을 때까지도 슈케를 향한 그녀의 마음이 변하지 않았다는 점에서 그녀의 사랑은 진정성이 느껴지고 감동을 주는 동시에 안타까움을 자아낸다.

한편, 여인이 죽은 후 그녀의 유산을 전달받은 슈케의 냉담한 태도는 독자에게 당혹감을 안긴다. 그는 그녀에 대한 배려나 감사의 마음을 보이지 않았으며 그녀의 헌신적인 사랑을 당연하게 여기는 듯한 태도를 보였다. 물론 슈케 입장에서 자신이 관심 없는 사람에게 일방적으로 사랑받는 것은 부담스럽고 불편했을 수도 있다. 그러나 사랑을 받는 입장에서도 상대를 향한 최소한의 배려는 필요하다. 나에게 보여준 애정에 감사하고 상대방을 존중하는 태도를 갖는 것은 인간에 대한 기본적인 예의이기 때문이다.

사랑은 한 사람의 감정만으로 완성되지 않는다. 상호 존중과 소통이 있을 때 비로소 진정한 의미를 지닌다. 그런 점에서 여인의 사랑은 순수하고 아름답다기보다 일방적인 헌신 속에 머문 불완전한 사랑이라 할 수 있다. 슈케에게 있어 여인은 단지 도움을 주는 존재에 불과했고 여인은 자신이 사랑받지 못한다는 사실을 알면서도 자기만의 방식대로 사랑을 이어갔다. 이들의 모습을 통해 성숙한 사랑을 위해 필요한 마음가짐과 태도를 성찰할 수 있다. 여인과 슈케의 관계, 그리고 상류층 사람들의 사랑에 관한 논쟁은 진정한 사랑의 의미를 묻는다. 서로를 존중하는 관계 속에서 성숙한 사랑이 이루어진다. 사랑은 서로에게 긍정적인 영향을 주고받을 때 비로소 진정한 사랑이 된다. _김방환

글로 완성하는 나의 읽기

1. 더 알아보기

모파상의 『여자의 일생』과 「의자 고치는 여인」 두 작품은 사회적 제약 속에서 여성 주인공의 사랑과 삶의 좌절을 보여줍니다. 소설에서 사실주의적 관점이 어떻게 드러나 있는지 살펴봅시다.

모파상의 『여자의 일생』과 「의자 고치는 여인」 비교

1883년에 발표된 모파상의 첫 번째 장편소설 『여자의 일생』은 주인공 잔의 일생을 중심으로 그녀의 사랑, 결혼, 인생의 여러 고난을 다루고 있습니다. 잔은 이상적인 사랑을 꿈꾸며 결혼했지만 결국 결혼 생활에서 실망하고 고통과 배신을 경험하며 점차 현실에 냉소적인 시각을 갖게 됩니다. 「의자 고치는 여인」에서 여인은 일방적인 사랑과 헌신을

통해 슈케에게 모든 것을 바치지만 사랑은 결국 받아들여지지 않으며 여인의 죽음이라는 비극적인 결말을 맞이합니다.

두 작품은 인물의 반응에서 차이를 보입니다. 『여자의 일생』은 잔이 점진적으로 삶에 대한 냉소와 체념을 받아들이는 과정을 그리는 반면, 「의자 고치는 여인」은 한 여인의 평생 지속된 사랑과 비극적 결말을 압축적으로 보여줍니다. 또한 잔은 자신의 삶을 회고하고 점차 현실을 인식하게 되지만, 의자 고치는 여인은 끝까지 슈케에 대한 감정을 놓지 못한 채 무기력하게 사랑을 소비합니다.

2. 시대와 사회의 모습을 중심으로 읽기 POINT

반영론적 관점

19세기 말 프랑스의 산업화와 그로 인한 경제적 격차는 작품 속 등장 인물들이 경험하는 불평등을 더욱 부각합니다. 여인은 하류층 출신으로 경제적 어려움을 겪고 있으며 사회적으로 고립된 외로운 존재입니다. 이는 그녀가 슈케에게 헌신적으로 사랑을 바치게 되는 배경이 됩니다. 또한, 소설에서 여인이 겪는 고통과 희생은 당시 프랑스 사회의 계층 구조와 관련이 깊습니다. 여인은 상류층 남성인 슈케에게 헌신적으로 사랑을 바치면서도 자신의 위치와 신분을 극복할 수 없는 상황에 놓여 있습니다. 여인의 사랑이 이루어질 수 없었던 데에는 사회적 장벽이 또 하나의 중요한 요소로 작용했을 것입니다. 이는 당시 프랑스 사회의 불평등을 상징적으로 보여줍니다.

1. 사회적 약자로서 여인이 겪는 소외와 차별이 여인의 사랑에 어떤 영향을 미쳤을까요?
2. 여인이 남긴 돈을 당연하게 받아들인 슈케의 행동은 그 당시 사람들의 가치관을 어떻게 반영하나요?
3. 모파상은 작품 속 여인을 통해 당시 사회의 권력 구조와 남녀 관계를 어떻게 비판하고 있나요?

3. 교과 연계 글쓰기

자서전은 자신이 실제로 살아온 삶을 사실적으로 기록하는 글입니다. 자신의 삶에서 중요한 사건이나 인물 등을 떠올려 보고, 자서전에 어떤 내용을 담을 것인지 내용을 마련합니다. 글을 쓰는 과정에서 자신의 경험을 성찰해 봄으로써 자신을 성장시키고 성숙하게 하는 계기가 됩니다.

〈자서전 쓰기〉 개요 예시

책 내용을 바탕으로 의자 고치는 여인의 입장이 되어 자신이 지나온 삶을 돌이켜 보면서 경험을 기록해 봅시다. 여인의 삶과 사랑에 대한 가치관이 잘 드러나도록 글을 구성해 봅시다.

주는 사랑의 기쁨

구성	내용
처음	**서문: 나의 이름과 삶의 배경** 1. 이름을 소개하며 내가 자라온 환경에 대해 간략히 언급한다. 2. 어려운 가정환경과 부모의 사랑을 받지 못한 어린 시절을 이야기한다. 이러한 배경이 나의 삶에 어떤 영향을 미쳤는지 설명한다.
중간	**어릴 적 아픔과 외로움** 1. 슈케를 처음 만났을 때와 어린 시절의 기억을 되돌아보며 내가 느꼈던 외로움과 고통을 서술한다. 2. 어린 시절 부모의 사랑을 받지 못한 상처를 슈케와의 만남에서 어떻게 채우려 했는지 설명한다. **슈케와의 첫 만남과 사랑의 시작** 1. 처음으로 슈케를 만났을 때의 기억과 그 순간의 감정, 그로 인해 느낀 첫 번째 사랑의 감정을 서술한다. 2. 슈케에게 주기 시작한 돈과 입맞춤의 의미는 단순한 물질적인 보상이 아닌 사랑의 표현이었다고 말한다. 사랑을 받지 못했기 때문에 헌신적으로 사랑을 주기 시작했다고 설명한다. **헌신적인 사랑의 의미** 1. 슈케와의 관계에서 돈을 주었던 행동은 사랑을 주고자 했던 마음이었음을 강조한다. 2. 슈케가 결혼하고 나서도 변하지 않았던 나의 마음이 일방적인 사랑과 희생이었다는 사실을 고백한다.
끝	**삶의 끝과 유언** 1. 내가 슈케에게 물질적으로 유산을 남기고 싶었던 이유를 적는다. 2. 슈케에게 나의 사랑이 받아들여지지 못했을지라도 사랑을 표현한 것만으로도 충분히 가치 있는 경험이었다고 끝맺는다.

PART 2

권력과
불공정

"힘 있는 사람 앞에서 사람들은 왜 달라질까?
불공정한 상황은 어떻게 드러날까?"

이 장에서는 사회적 관습과 제도가 만들어 내는 권력의 폭력성과 불공정한 현실을 조명합니다. 힘 있는 사람 앞에서 인간이 달라지는 모습, 권위에 휘둘리는 군중의 태도, 그리고 부조리한 상황에서 드러나는 아이러니가 중심이 됩니다. 그레이스 A. 오고트의 「강우」, 엘렌 페이턴의 「복도에서 마신 한 잔」, 니콜라이 고골의 「외투」, 안톤 체호프의 「카멜레온」은 권력과 불공정이 어떻게 인간의 행동과 운명을 바꾸는지를 이야기합니다.

01

강우(降雨)

작가 소개

그레이스 A. 오고트(1930-2015)는 케냐 니안자 출생으로 우간다의 간호 훈련학교에서 간호사로 훈련받았고, BBC 방송국에서 언론인으로 일했다. 그녀는 영어와 루오어로 된 단편소설을 발표하면서 작가의 길에 들어섰으며 유엔총회의 케냐 대표로 선발되었을 뿐만 아니라 국회의원으로 임명되기도 했다. 역사학 교수인 남편의 영향을 받아 루오족의 구전된 전통과 역사에 관한 이야기를 작품에 반영했다. 그 때문에 그녀의 작품에는 루오 민족의 전통적 삶을 소재로 한 것이 많다. 첫 장편소설 『약속의 땅』을 발표했고, 『졸업』과 『천둥 없는 나라』가 주요 작품집이며, 「강우」는 현대 아프리카 이야기 모음집에 실려 있다.

오랜 가뭄으로 루오족의 모든 땅이 메말라가고, 가축은 물론 마을 사람들의 생명까지 위협받게 되었다. 비 소식을 애타게 기다리던 마을 사람들은 조상님께 가뭄의 고통에서 벗어나게 해 달라고 기도했다. 마침 기도를 마치고 돌아오던 족장 라봉고에게 마을 사람들은 비가 언제쯤 내릴지를 물었고, 오늘 안에 비 문제를 해결하지 못하면 라봉고는 끝이라고 말했다. 이에 라봉고는 한없이 수척한 모습으로 혼자 오두막에 들어갔다.

마을의 주술사 느디티는 비를 내리게 하려면 젊은 여성을 호수의 괴물에게 제물로 바쳐야 한다는 조상의 계시를 라봉고에게 전했다. 그는 제물이 되어야 할 사람이 다름 아닌 자신의 딸, 오간다라는 사실에 놀랐다. 오간다는 다섯 번째 부인과의 결혼을 통해 겨우 얻은 귀한 외동딸이었다.

루오족 사회에는 조상들의 계시를 거역할 수 없는 전통이 있었다. 그 때문에 라봉고와 가족들은 오간다가 제물로 바쳐져야 한다는 현실 앞에서 슬픔에 빠졌다. 그러나 마을 사람들은 오간다의 희생을 오히려 축하하며 각종 선물을 들고 왔다. 오간다는 가족과 마을 사람들에게 작별 인사를 한 뒤, 혼자서 신성한 땅을 향해 떠났다.

호수를 향해 걷던 오간다는 점점 괴물에 대한 두려움에 휩싸이기 시작했고, 누군가 자신을 따라오고 있다는 기분에 사로잡혔다. 그 순간, 거친 손이 그녀를 붙잡았고 오간다는 놀라서 정신을 잃고 말았다.

정신을 차렸을 때 그녀 앞에 나타난 사람은 어릴 적 친구였던 오신다였다. 오신다는 오간다에게 조상님과 괴물로부터 도망쳐서 아무도 모르는 땅으로 함께 가자고 말했다. 그러나 오간다는 조상들의 분노와 괴물의 복수가 두려워 망설였다. 결국 그녀는 오신다의 선택을 받아들였고, 둘은 함께 도망치기로 결심했다.

오신다는 브옴붸 나뭇가지를 엮어 만든 외투를 오간다에게 덮어 주며 그녀와 함께 신성한 땅을 빠져나갔다. 그날 밤, 마을에는 오랜만에 비가 내렸다.

작품 한눈에 보기

주제	공동체의 생존과 개인의 희생
갈래	단편소설
시대적 배경	현대 문명 이전의 케냐 루오족 공동체 사회
주요 등장인물	라봉고(족장), 느디티(주술사), 오간다(족장의 딸), 오신다(오간다의 친구)
시점	3인칭 전지적 시점
작품 특징	루오족 전통적 풍습을 나타낸 민속 소설
현대적 의의	·공동체의 이익을 위해 강요된 개인 희생의 문제점 ·전통적 가치관과 현대적 가치관의 갈등

1. 작품의 내적 구조와 표현을 중심으로 읽기

구조론적 관점

#공동체와 개인의 가치관 차이 #소설에 나타난 상징성과 루오족의 정신적 세계관

비, 희망의 시작

그레이스 A. 오고트의 「강우」는 아프리카 케냐 루오족의 전통적 풍습을 바탕으로 한 민속 소설이다. 루오족 마을은 오랜 가뭄으로 인해 마을 전체가 생존의 위협을 받는 상황이었다. 가뭄이라는 공동체의 문제를 시작으로 전개되는 구조는 긴장감을 주며 선택된 인물들의 대처 방식은 그들의 삶의 가치관을 나타낸다. 또한 소설에 등장하는 소재가 가지는 상징적 의미를 통해 루오족의 정신적 세계관을 엿볼 수 있다.

주술사 느디티는 마을에 비가 내리게 하려면 남자를 모르는 젊은 여자를 호수 괴물의 제물로 바쳐야 한다고 족장 라봉고에게 전했다. 주술사의 예언에 따라 희생 제물은 라봉고의 외동딸 오간다가 지목되었다. 제의 준비로 라봉고는 자신의 팔찌를 빼 딸의 팔에 끼워주었고, 마지막 작별 인사를 했다. 그녀는 신성한 땅으로 들어가다가 갑자기 나타난 오신다와 함께 그 땅에서 탈출했다. 이처럼 작품은 '예언 → 제물

선언 → 제의 준비 → 탈출 → 비'라는 구조로 전개되며, 사건의 발단이었던 가뭄은 비가 내림으로써 종결된다.

소설에서 사건은 마을에 내려진 예언에 대한 맹목적 믿음과 개인의 희생을 당연히 여기는 전통을 중심으로 전개된다. 오간다의 아버지 라봉고도 족장으로서의 책임감 때문에 이를 수용하는 태도를 보였다. 또한 희생 제물로 지목된 오간다조차도 자신의 의지를 나타내지 못했고, 공동체의 방식에 따랐다. 이들은 대체로 개인보다 공동체 이익을 더 중요시하였고, 자신이 속한 사회 제도 안에서 삶을 중요시하는 가치관을 따르고 있었다.

이와는 다르게 오신다는 미신적 관습에 따르지 않았다. 그는 위험을 무릅쓰고 신성한 땅으로 들어가 오간다를 구출했고, 그녀의 두려움 앞에서도 굳건히 자신의 신념을 지켰다. 오신다는 잘못된 사회 제도 속에서 개인이 희생되어서는 안 된다고 믿었으며, 미신의 굴레를 거부하고자 했다. 이렇듯 작품은 사건의 진행이나 해결 자체보다 인물들이 보여주는 행동과 반응을 통해 그 의미를 더 분명히 드러낸다.

이야기의 출발점은 마을 사람들의 간절한 바람, 즉 비가 내리기를 바라는 염원이었다. 실체를 알 수 없는 괴물에게 제물을 바치는 행위에는 과학적 근거가 없지만, 마을 사람들은 미신과 관습에서 해결책을 찾았다. 이들에게 비는 단순한 자연 현상을 넘어 가뭄 위기 가운데 삶을 이어가게 하는 생존이며 조상이 주는 응답과 같았다. 그러나 오신다와 오간다가 신성한 땅을 벗어난 후, 비가 내리는 장면에서 비는 과거의 관습을 씻어낸 이들에게 새로운 시작과 미래에 대한 희망을 상징한다. 이처럼 비는 사건을 마무리 짓는 결정적 요소로 기능한다.

2. 독자에게 미치는 영향을 중심으로 읽기

효용론적 관점

#공동체 이익을 위해 강요된 개인의 희생 #낡은 관습을 개선하기 위한 노력과 용기

관습을 넘어선 용기

가뭄으로 위험에 처한 루오족 마을 사람들은 생존을 위해 족장 라봉고에게 해결책을 요구했다. 주술사 느디티는 비가 내리려면 라봉고의 딸 오간다가 제물로 바쳐야 한다는 계시를 전달했고, 마을 사람들은 이 계시를 희망으로 여겼다. 전통적으로 내려오는 관습이 중요시되었던 문화권에서 이러한 계시를 따르는 것은 법을 준수하는 것과 동일시했다. 하지만 이러한 관습이 인간의 생명을 앗아가는 것이라면 어떤 선택과 결정을 해야 할까. 이 소설은 바로 이런 쟁점에 대해 생각해 보게 한다.

마을 사람들은 오간다를 제물로 바치는 것이 마을의 생존을 보장할 유일한 방법이라고 믿었다. 이들에게 조상의 계시는 하늘의 뜻이며 반드시 따라야 하는 믿음이었다. 루오족은 공동체의 생존을 위해 오간다와 같은 개인의 희생을 정당화시키는 문제점이 나타난다. 여기에서 희생은 육체적 고난과 고통을 넘어 생명을 잃는 것을 의미한다. 오늘날에도 사회의 제도와 관습이 중요시되는 문화권에서 개인의 목숨을 위협하는 희생이 강요될 경우, 이것은 어떠한 이유로도 정당화될 수 없다.

또한 루오족이 믿는 호수 괴물의 실체가 확인되지 않았다는 문제점이 있다. 마을 공동체가 오랜 기간 믿어 왔던 호수 괴물에 대한 믿음은 맹목적인 믿음이며 전통적 관습에서 벗어나지 못하게 하는 굴레이다. 이러한 미신의 굴레는 공동체 모두의 행복을 보장해 줄 수 없다. 우리 또한 전통적 관습이라는 명목으로 누군가의 희생을 강요하고 있는 것은 아닌지 신중하게 살펴보고 의사 결정을 해야 한다. 그래야 오간다와 같은 희생자가 생기는 것을 막을 수 있다.

그러기 위해서 오신다와 같은 사회 구성원의 역할이 중요하다. 오신다는 루오족이 지켜왔던 전통적 관습에 문제가 있음을 인식하고, 그 낡은 관습을 벗어던졌다. 오늘날 우리도 낡은 관습과 세대 간의 가치관 차이로 인한 갈등과 같은 문제점을 가지고 있다. 예를 들어, 결혼, 진로, 성역할, 소비습관 등에 대해 기성세대는 전통적인 것을 중시하고, 청년세대는 다양성과 변화를 중시한다. 우리는 이러한 문제점과 갈등을 개선하기 위해서 오신다와 같은 노력과 용기가 필요하다.

루오족에게 닥친 가뭄의 위기와 오간다가 처한 운명의 위기는 오랜만에 내린 비로 인하여 모두 해소된다. 비가 내리면서 루오족들은 이것이 조상의 계시가 이루어졌다고 믿었을 것이다. 그러나 확실한 것은 오간다와 오신다가 자신들의 운명을 조상의 계시에 맡기지 않고,

스스로 개척해 나갔던 점이다. 결말에서 비가 내리는 것은 조상의 계
시였는지 우연이었는지 확실치 않다. 그러나 이들의 탈출 이후에 비
가 내렸다는 점은 어떤 의미가 있는지 생각하게 하여 깊은 여운을 남
긴다. _정현숙

글로 완성하는 나의 읽기

1. 더 알아보기

소설 「강우」에서 루오족의 관습으로 나타나는 인신공양 설화에 대해
알아보고, 배경지식을 쌓아봅시다.

인신공양 설화

초월적 존재인 신과 소통하기 위해 인간을 제물로 바치는 인신공양의
제의적 행위는 동서양을 막론하고 오랜 전통을 가지고 있습니다.

13-16세기 아즈텍 사람들은 산 사람의 심장을 꺼내 태양신에게 바
치고, 아프리카에서는 사람을 제물로 바쳤습니다. 모든 자연 현상을
신의 의지라고 생각했던 옛날 사람들은 천재지변이 일어나면 쉽게 구
할 수 없는 제물을 바쳐 신의 노여움을 풀어야 한다고 생각했습니다.

우리나라에도 바다 신의 노여움을 풀기 위해 인당수에 몸을 던졌다는 심청 이야기, 마을을 괴롭히는 뱀을 달래기 위해 처녀를 제물로 바쳤다는 제주도 김녕굴 전설, 종을 만들 때 맑은 소리를 위해 어린아이를 쇳물에 넣었다는 에밀레종 이야기가 있습니다.

이렇게 인신공양 설화에서는 주로 처녀, 노예, 갓난아이, 소년과 소녀와 같은 사회적 약자들이 희생의 제물이 됩니다. 또한 제물을 받는 신은 뱀, 용, 이무기, 지네 등의 괴물로 나타납니다.

2. 시대와 사회의 모습을 중심으로 읽기 POINT

반영론적 관점

이 소설은 아프리카 케냐의 루오족 마을에 내려오는 전설을 바탕으로 하고 있습니다. 아프리카의 전통 종교는 조상 숭배, 자연 숭배와 주술성이 나타나며, 특히 루오족은 조상 숭배와 구술 문화가 강해서 이야기꾼들이 공동체의 지혜를 전달하는 역할을 하였습니다.
루오족은 케냐 서부, 빅토리아 호수 인근 지역에서 살았기 때문에 호수 괴물에 관한 이야기가 있었음을 알 수 있습니다.

1. 소설에 나타난 루오족의 종교적 특징은 무엇인가요?
2. 공동체에서 연장자나 조상에 대한 강한 존경심이 묘사된 장면은 무엇인가

요? 이것을 통해 알 수 있는 루오족의 세계관은 무엇인가요?

3. 아프리카 케냐 루오족과 같은 문화권에서 개인보다 공동체의 의무를 더 중
   요시했던 이유는 무엇이라고 생각하나요?

3. 교과 연계 글쓰기

문제 해결 과정 글쓰기는 글을 읽으면서 글에 나타난 정보와 독자의
배경지식을 바탕으로 하여 문제를 해결하는 과정을 쓰는 글입니다.
이를 통해 문제의 원인을 분석하고 문제의 해결 방안을 깊이 있게 이
해하고 표현할 수 있습니다.

〈문제 해결 과정 글쓰기〉 개요 예시

「강우」에 나타난 문제는 무엇이며, 그 문제를 해결하는 과정에 대해
써봅시다.

개인의 희생을 강요하는 전통적 믿음과 극복

구성	내용
서론	**문제 제기** 1. 루오족은 생존의 위협 앞에서 전통적 제의로 가뭄의 해결책을 찾으려 한다. 2. 주술사 느디티는 남자를 모르는 젊은 여자를 제물로 바쳐야 비가 온다고 예언한다. 3. 전통적 관습과 개인의 희생을 둘러싼 갈등이 드러난다.

본론	**문제의 원인 분석** 1. 마을 사람들이 전통적 관습과 주술을 절대적으로 믿는다. 2. 가뭄의 원인과 같은 자연 기후 현상에 대한 과학적 이해가 부족하다. 3. 공동체의 생존을 위해 개인의 희생을 정당화하는 사고방식을 가지고 있다.
본론	**문제 해결 과정** 1. 옛 친구 오신다가 오간다를 신성한 땅에서 몰래 탈출시킨다. 2. 오신다는 낡은 관습에서 벗어나 새로운 삶을 모색하려 한다. 3. 두 사람이 탈출한 뒤, 인신공양 없이도 비가 내리며 마을의 가뭄이 해소된다.
결론	**결과의 의미** 1. 오간다가 희생 제물이 되지 않았음에도 비가 내렸다는 점을 보면, 전통적 믿음의 한계와 변화의 필요성이 제기된다. 2. 공동체의 생존을 위해 개인의 희생을 강요하는 사회 구조에 대한 비판이 담겨 있다. 3. 변화하는 시대 속에서 전통적 가치와 새로운 가치가 조화를 이루어야 함을 시사한다.

02

복도에서 마신 한 잔

작가 소개

앨런 페이턴(1903-1988)은 남아프리카공화국의 소설가이자 반아파르트헤이트 운동가였다. 교사와 교도소 개혁가로 활동한 경험을 바탕으로 정치에 참여했다. 인종차별 정책에 반대하며 자유당을 창당했으나 1968년 정부의 탄압으로 강제 해산되었다. 1948년 『Cry, the Beloved Country』를 발표하며 세계적인 명성을 얻었으며, 이후에도 인종차별 철폐를 위한 활동을 지속하며 저술을 이어갔다. 주요 작품으로 소설 『Cry, the Beloved Country』, 『Too Late the Phalarope』가 있다.

흑인 예술가 에드워드 시멀레인은 건국 50주년 기념 조각 대회에서 '아프리카의 모녀'라는 작품으로 1등 상을 차지했다. 당시 사회는 강력한 인종차별 정책이 시행되던 시기로, 모든 행사와 대회는 엄격한 인종 분리 원칙을 따랐다. 흑인에게는 수상 가능성은 물론 응모의 기회조차 허락되지 않았다. 하지만 위원회는 공지문에 '백인만 응모 가능'이란 문구를 빠뜨렸고, 이에 흑인인 시멀레인은 용기를 내어 조각을 출품했다. 그 결과 행정상의 실수로 흑인이 상을 받는 전례 없는 일이 벌어졌다.

시멀레인은 인종 분리 정책 속에서 늘 폭력을 두려워하며 살아갔다. 그는 인종차별 정책에 반대하는 시위자로 오해받을까 두려워 시상식에도 불참했다. 당시 흑인은 백인과 분리된 지역에서 살아야 했고, 금주령으로 술을 마실 수 없었다. 또한 언제 경찰이 들이닥칠지 모른다는 불안 속에 숨죽여 살아야 했다. 그래서 시멀레인은 자신의 작품이 전시 중임에도 낮에는 자기 작품을 보러 갈 수도 없었다. 그는 사람들의 시선이 줄어드는 밤이 되어서야 작품을 보러 조용히 찾아갔다.

어느 날 밤, 시멀레인은 작품을 보러 온 백인 청년 반 렌즈버그와 마주쳤다. 청년은 시멀레인이 '아프리카의 모녀'의 작가라는 것을 모르고 작품을 논하며, 자신의 편견 없는 시선과 안목을 은근히 과시하고 인정받기를 바랐다. 이어 그는 시멀레인을 자신의 아파트로 초대했고, 마치 큰 호의를 베푸는 듯 백인 전용 엘리베이터에 태웠다. 그러나 청년은 시멀레인을 집 안으로 들이지 않고 복도에만 세운 채 대화를 이어갔다.

복도에서 청년과 술잔을 들고 마주하는 동안 시멀레인은 불시에 경찰이 들이닥칠까 두려움에 사로잡혔다. 당시 흑인의 음주는 금지되었기 때문이다. 그러나 청년은 그의 두려움을 전혀 알지 못했다. 한쪽은 긴장 속에, 한쪽은 편안함에 젖어 나누는 대화에서 백인 청년의 얄팍한 평등주의가 드러났다. 시멀레인은 은혜를 베푸는 듯한 그의 태도에서 비참함을 느꼈다.

작품 한눈에 보기

주제	인종차별 사회 속 어긋난 두 욕망과 진정한 이해의 부재
갈래	단편소설
시대적 배경	1960년 남아프리카공화국, 아파르트헤이트(인종차별 정책)가 시행된 지 12년째 되는 시기
주요 등장인물	에드워드 시멀레인(흑인), 반 렌즈버그(백인)
시점	1인칭 관찰자 시점과 1인칭 주인공 시점 서술의 혼합
작품 특징	인종차별의 불합리함을 액자식 구조로 사실적으로 드러냄
현대적 의의	편견과 차별을 극복하고 서로 이해하며 소통하는 것의 중요성

작품 감상

1. 시대와 사회를 통해 작품 읽기

#위선적 선의가 주는 인간적 모멸감 #인종차별이 드러내는 사회적 불평등

닫힌 문, 열린 복도

「복도에서 마신 한 잔」은 1948년 아파르트헤이트, 즉 인종차별정책이 공식화된 지 12년이 지난 1960년을 배경으로 한다. 그해 건국 50주년 기념 대회에서 흑인 조각가 에드워드 시멀레인은 '아프리카의 모녀'라는 조각 작품으로 1등을 했다. 당시 모든 행사와 대회는 엄격한 인종 분리 원칙을 따랐기에 흑인에게는 응모 기회조차 주어지지 않았다. 그러나 그는 대회 위원회가 '백인만 응모 가능'이란 문구를 빠뜨린 틈을 놓치지 않고 조각을 출품했고, 그의 작품은 논란의 여지 없이 1등을 차지할 만큼 탁월했다.

그 시대의 흑인은 백인과 분리되어 살아야 했고, 술을 마시는 것도 금지되었으며, 언제 들이닥칠지 모르는 경찰을 늘 경계해야 했다. 그 때문에 시멀레인은 낮에는 자신의 작품을 보러 가는 것도 두려워 인적이 드문 밤에야 조용히 찾아갈 수 있었다. 어느 닐 백인 청년 반 렌즈버그가 다가왔다. 그는 예술에 관심이 많으며 흑인의 작품이라도 편견 없이 대한다고 강조했다. 그러면서도 흑인인 시멀레인을 은연중에 운이 없을 거라 깎아내리고 술 한잔하자며 집으로 초대했다. 시멀레인은 그의 말과 태도 속 모순을 느꼈지만 거절할 수 없는 상황이었다. 결국 불안한 마음을 억누르고 조심스럽게 제안을 받아들였다.

특히 청년이 백인 전용 엘리베이터에 태우면서도 집 안에는 들이지 않는 장면은 청년의 이중적인 태도를 잘 드러낸다. 그는 시멀레인이 열린 공간에서 술잔을 드는 것조차 공포스러워하는 감정을 전혀 이해하지 못했다. 죄 없이 공권력에 폭행당할 수 있다는 상상조차 해본 적 없기 때문이다. 그럼에도 자신은 인종차별주의자가 아님을 과시하며 긍정적인 평가를 받기를 원했다. 그러나 시멀레인은 백인 청년의 피상적인 선의 뒤에 감춰진 우월감을 너무나 잘 알고 있었기에 자신의 속마음을 드러낼 수 없었다. 이 장면은 당시 사회 속 인종차별과 개인의 불안, 그리고 인간관계의 미묘한 긴장을 잘 보여준다.

소설은 시멀레인을 중심으로 현실의 아이러니를 선명하게 드러낸다. 흑인은 제한된 자유 속에서 능력을 발휘하려 하지만 현실이 이를 가로막는다. 시멀레인은 1등을 하고도 시상식에 참여하지 않았다. 흑인을 대표해 인종차별 정책에 저항하는 인물로 오해받을 수 있다는 두려움 때문이었다. 그리고 당당히 수상작의 조각가라고 나서지도 못했다. 이처럼 시멀레인은 개인의 능력이 뛰어나지만, 흑인과 백인의 관계에서 항상 억눌리고 두려움을 가진 인물이었다. 반면 렌즈버그는 백인이라는 이유만으로 능력과 무관하게 우월감을 느끼며 흑인을 무시하고 차별을 당연시했다. 이렇게 대비되는 아이러니는 피부색이라는 외적 기준으로 사람을 나누는 인종차별의 구조적 부조리와 모순을 더욱 분명하게 드러낸다.

2. 독자에게 미치는 영향을 중심으로 읽기

#소통 단절로 좌절된 욕망 #구조적 불평등에서 비롯된 인간 관계의 모순

두 인물의 좌절된 욕망

「복도에서 마신 한 잔」은 두 인물의 갈등과 좌절된 욕망을 예리하게 드러낸 소설이다. 시멀레인은 인종차별의 벽에 가로막혀 재능을 펼치지 못했고, 공권력의 폭력으로부터 안전을 위협받았다. 그는 이런 현실을 벗어나 자유롭고 평화롭게 살기를 바랐다. 반면 백인 청년 반 렌즈버그는 자신이 편견 없이 예술을 감상할 줄 아는 사람이라는 것을 증명하고 타인에게 인정받고 싶어 했다.

두 사람의 만남은 겉으로는 서로의 욕망을 채워줄 수 있는 것처럼 보였지만 실제로는 어긋나 있었다. 결국 두 욕망은 복도에서 충돌했고 누구의 바람도 이루어지지 못했다. 시멀레인의 욕망은 인종차별이라는 사회 구조적 모순에서 비롯되어 개인의 노력만으로는 해결되기 어렵다. 게다가 그는 시위 운동가로 오해받는 것이 두려워 저항하기보다 조심스럽게 살아가려 했다. 인종차별 철폐는 오랜 희생과 투쟁이 필요했기에 시멀레인의 욕망은 쉽게 이루어질 수 없다.

시멀레인뿐 아니라 반 렌즈버그의 욕망 역시 실현되기 어렵다. 그는 편견 없이 예술 작품을 감상할 수 있는 열린 사람임을 인정받고 싶어 했다. 흑인인 시멀레인을 백인 전용 엘리베이터에 태우고 집 앞까지 초대한 것도 그 때문이다. 그는 시멀레인에게 당신은 괜찮은 사람이라는 말을 듣고 싶었지만 그 바람은 이루어질 수 없다. 시멀레인의 눈에 그의 얄팍한 평등 정신과 말 속에 숨은 무의식적인 우월감이 너무나 잘 보이기 때문이다.

소설은 독자에게 질문을 던진다. 왜 두 사람의 욕망은 이루어지지 못했을까? 그 욕망을 이루기 위해서는 무엇이 필요할까? 구조적 모순 속에서 힘겹게 살아가는 시멀레인의 욕망이 실현되기 위해서는 오랜 사회적 노력과 공동체적 변화가 필요하다. 그러나 반 렌즈버그의 욕망은 자기 성찰만으로 비교적 쉽게 실현될 수 있다. 그가 자신의 말과 행동 사이의 모순을 깨닫고 바로잡으려 노력한다면, 그 행동은 인종차별이라는 사회적 문제 해결에 기여할 수 있다.

그러나 두 인물 모두 문제를 해결하기 위한 성찰과 실천이 부족했기에 결국 그들의 욕망은 이루어지지 못했다. 두 사람의 갈등과 이루어지지 못한 욕망은 독자에게 강한 여운을 남긴다. 끝내 해결되지 않은 갈등은 소설을 덮은 뒤에도 오랫동안 잔상으로 남아 나라면 어떻게 했을지 고민하게 만든다. 이를 통해 나의 욕망이 무엇인지, 그것이 타인과의 관계에 어떤 영향을 미치는지 돌아보게 된다. 이처럼 소설은 두 인물의 욕망 좌절을 통해 독자가 자신의 욕망과 삶을 돌아볼 계기를 제공한다. _박현정

글로 완성하는 나의 읽기

1. 더 알아보기

인종차별 정책이란 특정 인종이 다른 인종보다 우월하다는 편견에 근거해 사회적, 정치적, 법적으로 차별을 제도화한 것입니다. 인종차별 정책 중 하나인 아파르트헤이트에 대해 알아봅시다.

아파르트헤이트

아파르트헤이트(Apartheid)는 남아프리카공화국에서 시작된 인종차별 정책으로 극심한 분리와 격리를 의미합니다. 1948년 백인 주도의 국민당 정권이 들어서면서 아파르트헤이트는 법률로 공식화되었고, 곧 사회 전반에 걸쳐 인종별 분리가 철저히 시행되었습니다.

사람들은 백인, 흑인, 혼혈, 인도인 등으로 나뉘었으며, 각 집단에는

서로 다른 권리가 부여되었습니다. 특히 흑인들은 거주 이전의 자유, 투표권, 재산권 등 기본적인 인권을 박탈당했으며, 백인 전용 구역 출입도 금지되었습니다. 병원과 학교, 대중교통은 물론 공원 벤치와 해변까지 인종별로 구분되었고, 인종 간의 결혼 또한 법으로 금지되었습니다.

이 강압적인 제도에 맞서 넬슨 만델라를 비롯한 수많은 흑인이 끊임없이 투쟁했고, 국제사회도 경제 제재 등을 통해 남아프리카공화국 정부에 압력을 가했습니다. 그 결과 1990년 대통령이 아파르트헤이트 철폐를 선언했고, 이어 1994년에는 남아프리카공화국 최초로 모든 인종이 참여한 총선이 실시되었습니다. 이 선거에서 넬슨 만델라가 대통령으로 당선되면서 아파르트헤이트는 공식적으로 종식되었습니다.

아파르트헤이트는 인류 역사상 가장 잔인한 인종차별 정책 중 하나였지만, 평화적 저항을 통해 이를 바꾸려 노력했고 결국 폐지에 성공한 대표적 사례로 남아 있습니다.

2. 작품의 내적 구조와 표현을 중심으로 읽기 POINT

구조론적 관점

「복도에서 마신 한 잔」은 대립 구조를 중심으로 읽을 수 있습니다. 대립 구조란 서로 반대되는 개념이 작품 안에서 긴장과 의미를 만들어내는 관계를 말합니다. 흑인과 백인, 차별과 평등, 복도와 집 안, 침묵과 말 등 여러 대립 구조가 나타나며, 이러한 대립은 독자가 주제를 생각해 볼 수 있는 실마리를 제공합니다.

1. 소설 속 대립 구조에는 어떤 것들이 있나요?
2. 대립 구조가 인물의 갈등과 주제에 어떻게 연결되는지 분석해 보세요.
3. 소설 속 대립은 개인의 경험이 아니라 아파르트헤이트 정책을 비판하는 의미를 담고 있습니다. 대립 구조는 어떻게 정책 비판을 강화하고 있나요?

3. 교과 연계 글쓰기

관용어는 두 개 이상의 단어가 합쳐져 원래 의미와는 다른 새로운 뜻으로 굳어진 말입니다. 오랜 시간 사회적으로 통용되며 자연스럽게 의미가 형성되었기 때문에 단어 자체의 뜻만으로는 관용어의 의미를 알 수 없습니다. 예를 들어, '발이 넓다'는 '발이 크다'라는 의미가 아니라 '아는 사람이 많다'라는 의미로 사용됩니다.

다짐하는 글쓰기는 어떤 경험이나 문제 상황을 돌아본 뒤, 그것을 극복하거나 더 나은 방향으로 나아가기 위해 스스로 지켜야 할 행동이나 태도를 글로 적는 활동입니다. 단순히 바람을 적는 것이 아니라, 구체적으로 내가 무엇을 할 것인지 다짐하는 것이 중요합니다.

〈관용어 활용 다짐하는 글쓰기〉 개요 예시

관용어 중에는 현실의 불합리한 차별을 드러내는 표현들이 있습니다. 소설 속 상황과 연결하여 이런 부정적 관용어들을 찾아보세요. 다음으로 그 반대 의미를 지닌 새로운 관용어를 만들어 보세요. 마지막으로 이를 바탕으로 소설의 의미를 되짚고, 더 나은 세상을 위한 다짐을 글로 표현해 보세요.

기울어진 운동장을 공정한 출발선으로

구성	내용
처음	**부정적 관용어와 의미 확인 후 긍정적으로 재해석** 1. 부정적 관용어와 의미 확인 예시 　① 기울어진 운동장: 시작부터 공정하지 않은 경쟁 상황이다. 　② 을의 설움: 사회적 약자가 겪는 억울한 상황이다. 　③ 그림자 취급하다: 존재를 무시당하거나 차별받는 상황이다. 　④ 찬밥 신세: 소외되고 외면당하는 처지이다. 　⑤ 낙인찍다: 나쁜 꼬리표가 붙어 평판이 고정된 상황이다. 2. 긍정적으로 재해석 예시 　① 기울어진 운동장 → 공정한 출발선 　② 을의 설움 → 낮은 목소리의 큰 울림, 작은 목소리의 큰 울림 　③ 그림자 취급하다 → 빛나는 그림자, 당당한 그림자 　④ 찬밥 신세 → 등불 대접, 상석 대접 　⑤ 낙인찍다 → 낙인 지우기, 새 이름 새기기 등 3. 예시 중 부정적 관용어 하나를 선택하고 이유를 적는다. 그리고 이 관용어를 어떤 긍정적 표현으로 바꿀 수 있을지 쓴다.
중간	**소설과 연결하기** 1. 시멀레인이 인종차별 속 능력을 발휘하지 못하는 상황은 '기울어진 운동장'과 같다. 2. 이를 '공정한 출발선'으로 바꿀 수 있다면, 누구나 노력과 능력으로 평가받는 사회가 될 것이다.

<table>
<tr><td>끝</td><td>

나의 다짐
시멀레인이 '복도'에만 머물렀던 것처럼 지금도 불공정이 존재한다. 하지만 언젠가는 모두가 동등하게 존중받는 세상을 만들자는 희망을 제시하며, 공정한 출발선을 만들기 위한 작은 실천을 다짐한다.

</td></tr>
</table>

03
외투

니콜라이 고골(1809-1852)은 우크라이나 태생의 러시아 작가로 젊은 시절 정부 관료로 일하며 관료 사회의 부조리와 무능함을 직접 경험했다. 그는 관료주의의 부패를 비판한 희극 『검찰관』이 논란이 된 일을 계기로 러시아를 떠나게 된다. 고골은 푸시킨과 더불어 러시아 근대 문학의 개척자로 비판적 리얼리즘의 전통을 확립하고 19세기 러시아 문학 발전의 기초를 닦았다는 평가를 받는다. 대표작으로는 『아라베스크』, 『코』, 『죽은 영혼』 등이 있다.

　　19세기 러시아 상트페테르부르크의 한 관청에서 일하는 하급 관리 아카키 아카키에비치는 성실하지만 지나치게 소극적이고, 오로지 서류 필사만을 삶의 의미로 여기는 인물이다. 그는 동료들에게 늘 놀림을 당했지만 그에 대응하지 않고 묵묵히 일만 했다.

　　어느 날, 그의 외투가 너무 낡아 수선할 수 없는 지경에 이르렀다. 단골 재단사 페트로비치는 이건 꿰맬 수 있는 수준이 아니니 새 외투를 사야 한다고 말했다. 하지만 새 외투를 장만하려면 큰돈이 필요했고 아카키에게는 그럴 여유가 없었다. 그는 매 끼니를 줄였고 촛불도 아꼈으며 심지어 난방조차 최소화하면서 돈을 모으기 시작했다. 이렇게 몇 달을 절약한 끝에 마침내 그는 외투를 살 돈을 마련했다.

　　새 외투를 맞추는 날 아카키는 이전과 다른 설렘을 느꼈다. 외투는 두툼하고 따뜻하며 그의 초라한 모습에 의외로 잘 어울렸다. 직장 동료들은 그를 친절히 대하며 외투가 완성된 기념으로 작은 연회를 열어주었다. 그는 평소라면 집으로 바로 돌아갔을 테지만 그날만큼은 동료들과 늦게까지 함께했다.

　　그러나 집으로 돌아가는 길에 인적이 드문 골목에서 불량배들이 나타나 그의 새 외투를 강제로 빼앗아 달아났다. 절망한 아카키는 다음 날 경찰서에 신고하지만 무관심하고 형식적인 대응만 돌아올 뿐이었다. 고위 관리에게 찾아가 외투 찾는 일을 도와달라며 부탁하지만 아카키의 사정을 들은 후 거만하게 꾸짖고 쫓아냈다. 외투를 되찾을 길이 없음을 깨닫고 깊은 절망에 빠진 아카키는 차가운 겨울 거리를 걷다가 병에 걸렸다. 며칠 후, 그는 차가운 방에서 쓸쓸하게 생을 마감했다.

아카키가 죽은 뒤 상트페테르부르크 거리에는 한밤중에 관리의 옷차림을 한 유령이 나타나 행인들의 외투를 빼앗아 간다는 소문이 떠돌았다. 어느 날, 과거 아카키를 모욕했던 그 관리는 귀가 도중 유령과 마주쳐 외투를 빼앗겼다. 충격을 받은 그는 사람들에게 조금 더 부드럽게 대했고, 그날 밤 이후 유령은 더 이상 나타나지 않았다.

작품 한눈에 보기

주제	하급 관리의 비극적 삶을 통해 관료주의의 비인간성과 사회적 소외를 고발
갈래	단편소설
시대적 배경	19세기 중엽 러시아 제국의 상트페테르부르크, 철저한 계급제와 경직된 관료제 사회
주요 등장인물	아카키 아카키에비치, 재단사, 고위 관리, 동료 관리들
시점	3인칭 전지적 시점
작품 특징	세밀하고 사실적인 묘사와 사회 비판적 시선
현대적 의의	사회적 약자 보호의 필요성과 권력자의 횡포 고발

1. 작품의 내적 구조와 표현을 중심으로 읽기

구조론적 관점

#인간의 존엄성이 쉽게 무너지는 사회 #억압받은 자들의 분노와 권력층에 대한 경고

사회의 냉혹함을 비추는 외투

니콜라이 고골의 「외투」는 가난한 하급 관리 아카키 아카키에비치의 일상을 중심으로 19세기 러시아 사회의 구조적 문제와 인간 심리를 다양한 상징을 통해 보여준다. 이 소설은 단순히 현실을 묘사하는 데 그치지 않는다. 외투와 유령과 같은 상징적 소재를 활용해 주인공의 소심하고 수동적인 성격을 변화시키고 허세에 찬 고위 관리를 비판한다. 특히 외투는 인간 존엄성과 사회적 인정을, 유령은 억압받는 자들의 분노와 정의 회복에 대한 욕망을 상징한다. 이를 통해 고골은 하층민이 겪는 소외와 사회 구조적 모순을 드러낸다.

소설에서 외투는 단순한 방한용 의복이 아니라 주인공 아카키의 삶을 변화시킬 유일한 희망이자 사회적 존재로 인정받기 위한 도구로 작용한다. 새 외투를 장만한 그는 동료들의 관심을 받았고 이전과는 다른 존재감을 지니게 되었다. 이는 당시 사회에서 겉모습이 한 개인의 가치를 결정짓는 중요한 요소였음을 보여준다. 아카키는 외투를 마련하기 위해 극도로 절약했고 외투가 완성되었을 때 큰 기쁨을 느꼈다. 무심한 성격인 그가 사소한 행복에서 느끼는 만족감이 얼마나 컸는지 알 수 있다. 그러나 외투를 도둑맞은 후 주변 사람들은 그의 불행에 무관심했고 그는 절망 속에서 생을 마감했다. 이 과정은 사회적으로 인정받고 소소한 행복을 누리며 인간답게 사는 삶이 현실적으로 어려웠음을 상징적으로 보여준다.

작품의 마지막에서 아카키의 유령이 등장하는 장면은 판타지 요소가 결합되어 공포스러운 분위기보다는 씁쓸한 웃음이 나게 한다. 생전에 무력했던 아카키는 죽은 후 유령이 되어 고위 관리의 외투를 빼앗았다. 사회적 약자들의 억눌린 분노가 폭발하는 순간으로 긴장감이 절정에 이르는 장면이다. 아카키의 유령이 관료들의 외투를 빼앗아 가는 것은 단순한 복수가 아니라 부패한 권력층에 대한 경고이며 사회적 불평등에 대한 비판적 메시지를 드러낸다. 또한, 현실에서 억압받고 주체적인 행동을 하지 못했던 아카키가 죽음 이후에서야 자신의 뜻을 행동으로 옮긴다는 점에서 쓸쓸한 여운을 남긴다.

이외에도 배경과 인물의 성격에서 다양한 상징적 의미를 찾을 수 있다. 러시아의 극심한 겨울 추위는 사회의 냉혹함과 빈곤을 의미한다. 고위 관리는 권력의 과시욕과 타인에 무관심한 사람을 대표하고 주인공은 사회적 약자이며 소외된 인물들을 나타낸다. 이처럼 고골의 「외투」는 단순한 한 개인의 비극이 아니라 외투와 유령이라는 현실과 비현실의 소재를 통해 19세기 러시아 사회를 비판한다. 이 작품은 사회 구조적 문제가 하층민을 소외시키고 그들의 삶을 비참하게 만들 수 있음을 경고한다.

2. 시대와 사회를 통해 작품 읽기

반영론적 관점

#경제적 어려움을 상징하는 외투 #하급 관리의 삶에 드러난 소외감

외투 하나로 벌어진 비극

니콜라이 고골의 「외투」는 19세기 러시아 관료제에서 소외되는 하급 관리의 현실을 사실적으로 묘사한다. 주인공 아카키 아카키에비치는 공문서를 또박또박 반듯하게 쓰는 단조로운 일을 하는 하급 관리였다. 자신의 직무에 애착을 갖고 항상 충실하게 일했지만, 직장에서 누구에게도 존중받지 못했다. 그는 무시당하거나 조롱의 대상이 되면서도 자신을 우습게 여기고 놀리는 동료들에게 늘 무관심한 태도로 일관했다. 심지어 현재의 업무보다 중요한 일을 맡을 기회가 있었음에도 거절하고 늘 해오던 단순한 직무에만 몰두했다. 관료제의 구조적인 문제와 사회 계층의 차이에서 오는 불합리한 면 이외에도 개인의 체념적이고 회피적인 태도가 잘못이라고 꼬집는다.

어느 날 아카키는 어렵게 마련한 자신의 전 재산이나 다름없는 외투를 도둑맞았다. 고위 관리자들에게 도움을 요청했지만, 모두 외투를 찾기 위해 애쓰는 아카키의 절박함을 외면했다. 고위 관리자는 오히려 자신의 지위를 다른 사람 앞에서 뽐내기 위해 아카키를 이용했고, 억압적인 말투에 억눌리는 그의 모습을 보며 우월감에 젖었다. 자기보다 낮은 계급의 사람들을 억압하면서 자신의 높은 지위를 과시하는 비인간적 태도는 관료제의 부조리한 모습을 풍자한다. 관료제의 불합리한 현실을 하급 관리의 비참한 삶을 보여줌으로 대신하는 것이다.

주인공이 새로운 외투를 마련하기 위해 큰 경제적 어려움을 겪는 모습은 당시 러시아 사회의 빈부격차를 반영한다. 외투는 한겨울 극심한 추위가 찾아오는 러시아의 페테르부르크에서 누구나 갖추고 있어야 할 필수품이다. 그런데 아카키는 상여금을 받고도 1년은 더 생활비를 바짝 줄여야 살 수 있을 만큼 부족한 급여를 받고 있었다. 외투를 사기 위해 고군분투하는 주인공의 모습을 보며 추위에 대비하고 기본적인 의식주를 누리는 평범한 일상이 얼마나 어려운 일인지 알 수 있다. 외투를 빼앗긴 주인공의 마음에 몰입하고 그의 상실감과 소외감을 이해하게 만드는 부분이다.

작가는 이 소설에서 사회적 무관심과 권력자의 냉혹함이 개인의 삶을 얼마나 쉽게 파괴할 수 있는지 보여준다. 주인공 아카키가 죽음에 이르게 된 직접적인 계기는 강도에게 외투를 빼앗긴 일이었지만, 그 근본적인 원인은 무책임하고 무관심한 경찰과 권위적이며 허세로 가득한 관리들에게 있다. 그렇기에 주인공의 경험은 개인의 비극적인 이야기를 넘어선 보편적인 문제로 읽힐 수 있다. 외투를 둘러싼 사건은 관료제의 구조적 문제와 하급 관리의 생존을 외면하는 고위 관리의 무심함과 권력자의 냉혹함을 비판한다. 계층 간 불평등 속에서 개인의 삶이 어떻게 무너지는지 현실을 냉정하게 바라보도록 한다. _김방환

글로 완성하는 나의 읽기

1. 더 알아보기

19세기 중반 러시아 사실주의 문학은 장기간 이어진 농노제로 인해 심각한 계층 격차가 존재하던 사회에서 본격적으로 발전했습니다. 그 특징을 살펴봅시다.

러시아 사실주의 문학

19세기 중반에 본격적으로 발전한 러시아 사실주의 문학은 인간의 삶과 사회 현실을 사실적으로 묘사하고 등장인물의 내적 심리와 도덕적 문제를 탐구합니다. 당시 러시아는 농노제 폐지, 산업화, 서구 사상 유입 등으로 사회 구조와 가치관이 급격히 변화하며 갈등이 심화되었습

니다.

작가들은 이러한 사회에서 살아가는 인간의 삶을 작품 속에 반영하고 비판했습니다. 서민과 약자의 삶을 중심으로 사회 현실을 사실적으로 묘사하면서 독자에게 도덕적이고 철학적인 성찰을 요구했습니다. 또한, 농촌과 하층민을 중심으로 사회적 약자의 삶과 도덕적 갈등, 부정부패, 관료주의 문제를 주로 다루었습니다.

이 시기의 대표적인 작가와 작품으로 이반 투르게네프『사냥꾼의 일기』,『아버지와 아들』, 표도르 도스토옙스키『죄와 벌』,『카라마조프가의 형제들』, 레프 톨스토이『전쟁과 평화』,『안나 카레니나』등이 있습니다.

2. 작가의 경험과 세계관을 중심으로 읽기 POINT

표현론적 관점

고골은 러시아 제국의 관료 체제와 사회 구조 속에서 불안정한 삶을 살았습니다. 그가 정부 관료로 일한 경험이「외투」에서 하급 관리 아카키 아카키에비치의 삶을 사실적이고도 비극적으로 묘사하는 데 큰 영향을 미쳤습니다. 따라서 이 소설은 단순한 개인의 비극이 아닌 고골의 경험을 바탕으로 사회적 구조의 부조리를 고발하는 메시지로 읽을 수 있습니다.「외투」는 사람을 겉모습으로 평가하고 대우하는 인간의 본성과 힘없는 약자에게 냉혹한 사회 구조를 비판하는 고골의 세계관이 유머와 풍자를 통해 드러나는 작품입니다. 하층민의 삶이 얼마나 고통스러운지, 사회가 그들에게 얼마나 무관심한지 집중하게 합니다.

1. 고골이 관료로 일하며 겪은 경험이 아카키 아카키에비치의 직장 생활 묘사에 어떤 영향을 주었나요?
2. 고골이 관료로 일하며 느낀 권위적이고 억압적 분위기가 소설에서 어떤 방식으로 풍자되었나요?
3. 작가가 외투와 유령이라는 상징을 통해 독자에게 전달하려는 메시지는 무엇인가요?

3. 교과 연계 글쓰기

주장하는 글이란 글쓴이가 타당하고 적절한 근거를 들어 자신의 주장이나 의견을 논리적으로 전개해 독자에게 전달하는 글입니다. 타당한 근거를 마련하려면 주장과 근거 사이에 연관성이 있는가, 근거는 객관적이고 믿을만한가를 고려해야 합니다.

〈주장하는 글쓰기〉 개요 예시

정의로운 사회를 만들기 위해 공정한 법과 제도가 왜 중요한지 논의해 봅시다. 먼저 서론에서 문제 상황을 제시하고 왜 공정한 법과 제도가 필요한지 주제를 분명히 밝혀야 합니다. 본론에서는 구체적 근거를 제시해 주장을 뒷받침합니다. 마지막으로 결론에서는 근거를 종합해 공정한 법과 제도의 필요성을 다시 강조하며 글을 마무리합니다.

정의로운 사회를 만들기 위해서는 공정한 법과 제도가 기반이 되어야 한다

구성	내용
서론	**문제 제기와 주제 제시** 1. 사회 제도가 불공정하면 강자는 특혜를 누리고 약자는 보호받지 못해 결국 불평등과 불신으로 사회가 불안정해진다. 2. 정의로운 사회를 만들기 위해서는 모두가 공정하게 대우받는 시스템이 필요하며 그 바탕에는 공정한 법과 제도가 있어야 한다.
본론	**근거 제시** 1. 공정한 법과 제도는 사회적 약자를 보호하는 장치다. 법 앞에서 동등하게 권리를 보장받을 수 있어야 사회 전체의 균형이 유지된다. 2. 법과 제도가 공정하게 작동할 때 사람들은 사회를 신뢰하게 된다. 신뢰는 협력과 공동체 의식을 높여 갈등을 줄이고 사회 안정에 기여한다. 3. 공정한 법과 제도는 개인이 노력과 능력에 따라 기회를 얻도록 하여 사회 발전을 가능하게 한다.
결론	**주장 재강조** 사회의 안정과 발전을 위해서는 무엇보다 공정한 법과 제도의 확립이 필수적이다. 약자를 보호하고, 사회적 신뢰를 쌓으며, 기회의 평등을 보장하는 제도가 마련될 때 비로소 정의로운 사회가 실현될 수 있다.

04
카멜레온

작가 소개

안톤 체호프(1860-1904)는 러시아의 소설가이자 극작가로 초기에는 7년간 400여 편의 단편을 남겼으며 후기에는 희곡 작품을 쓰는 데 주력했다. 그의 소설과 희곡은 인간 존재의 고독과 모순을 탐구하며 현실적이고 철학적인 문제들을 제시한다. 유머러스하고 간결한 문체로 주로 일상적이고 삶의 사소한 사건을 그려 낸다. 대표작으로는 「개를 데리고 다니는 여인」, 「귀여운 여인」 등의 단편과 『갈매기』, 『세 자매』 등의 희곡이 있다.

경찰서장 오추멜로프가 시내 광장을 순찰하던 어느 날, 광장 한가운데서 소란이 벌어졌다. 금 세공사인 흐류킨이 다가와 손가락을 들이밀며 개에게 물렸다고 호소했다. 그의 손가락 끝에는 피가 나고 있었고, 그는 일을 할 수 없게 되었다며 억울함을 토로했다. 주위에는 구경꾼들이 몰려들어 사건을 지켜보았다. 오추멜로프는 경찰서장으로서 개 주인이 누구인지 밝혀내고 주인이 나타나면 엄벌에 처하겠다며 큰소리쳤다.

그때 누군가 개가 장군의 집에서 기르는 개와 닮았다고 하자 오추멜로프의 태도는 순식간에 바뀌었다. 그는 개가 물 의도가 없었을 것이라며 오히려 흐류킨의 잘못일 수 있다고 둘러댔다. 그러나 순경 엘드이린이 개가 장군 집 개가 아닐 수도 있다고 하자 오추멜로프는 다시 피해를 입은 흐류킨을 위해 법에 따라 개를 처리하라고 강하게 말했다.

순경은 다시 생각해보니 장군댁 개가 맞는 것 같다고 말했다. 오추멜로프는 장군에게 자신이 개를 찾았다고 전하라 하며 흐류킨에게는 손가락을 내놓고 다니는 게 문제라고 나무랐다. 이 때 장군 댁 요리사가 나타나 이 개가 장군의 동생이 기르는 개라는 말을 전하자 오추멜로프는 개에게 아무 문제가 없다고 말하고, 오히려 개를 통해 자신의 출세 기회를 만들려는 생각에 웃음 지었다.

　오추멜로프는 흐류킨을 질책하고, 이를 지켜보던 군중은 흐류킨을 비웃었다. 오추멜로프는 마치 아무 일도 없었던 것처럼 자리를 떠났다.

작품 한눈에 보기

주제	권력 앞에서 변하는 인간의 위선과 기회주의, 사회적 불공정과 부조리 비판
갈래	단편소설
시대적 배경	19세기 후반 러시아, 신분과 권위가 중시되는 계층 사회
주요 등장인물	오추멜로프(경찰서장), 흐류킨(금 세공사), 엘드이린(순경),
시점	3인칭 전지적 시점
작품 특징	· 사소한 사건 속 권력 구조를 풍자 · 간결한 대화체 중심의 전개
현대적 의의	· 사회적 약자의 고통에 공감 · 정의롭지 않은 권력 비판

1. 시대와 사회를 통해 작품 읽기

반영론적 관점

#시민의 삶에 무관심한 관료 #권력에 의해 좌우되는 정의

권력의 카멜레온

19세기 말 러시아 관료제 사회는 국가에 대한 봉사라는 개념보다 직급과 지위에 대한 집착이 강했다. 안톤 체호프의 「카멜레온」은 당시 러시아 사회의 부조리함과 권력 구조의 불공정성, 그리고 인간의 기회주의적 본성을 반영하는 작품이다. 간단한 사건과 평범한 인물들을 통해 권력과 정의의 문제를 풍자한다. 경찰서장 오추멜로프, 중간 계급인 엘드이린, 하층민 흐류킨, 이 세 사람의 대화에서 러시아 관료주의의 폐해를 사실적으로 엿볼 수 있다.

금 세공사인 흐류킨은 낯선 개에게 손을 물려 상처를 입었다. 이에 경찰서장 오추멜로프는 흐류킨에게 상처를 입힌 개의 주인을 찾아 엄격하게 처벌하려 했다. 그러나 개 주인이 일반 시민일 것이라는 예상과 달리 장군의 동생이라는 사실을 알게 되자 태도가 돌변했다. 권력자에게는 비굴하고 약자에게는 강압적인 오추멜로프의 이중적인 태도는 당시 러시아 사회의 불합리한 권력 구조를 드러낸다. 피해자인 흐류킨은 오추멜로프의 변덕스러운 태도 덕분에 전혀 보호를 받지 못하고 급기야 군중들에게 조롱당했다. 이는 사회적 약자가 정의의 보호를 받지 못하는 당시의 현실을 반영하며 권력자와 일반 민중 사이의 심각한 계층 격차를 시사한다. 또한, 정의가 권력에 의해 좌우되는 사회적 부조리를 비판하는 장면으로 해석된다.

오추멜로프의 기회주의적인 행동은 흐류킨에게 큰 피해를 남겼다. 흐류킨이 개에게 물려 생긴 상처 때문에 일할 기회를 잃게 되었지만 피해 보상을 받지 못했다. 그러나 오추멜로프는 상처를 별일 아닌 것으로 치부하며, 금 세공사라는 직업 특성상 손을 다치는 것이 중요한 문제라는 사실을 무시했다. 이는 힘과 권력이 없는 노동자 계층이 권력자 앞에서 부당한 대우를 받아도 저항할 방법이 없다는 현실을 보여준다. 일상의 사소한 사건조차 권력관계에 따라 왜곡되고, 피해자를 위한 정당한 처리가 이루어지지 않는 상황을 통해 불합리한 일들이 러시아 사회에 흔하게 일어났음을 의미한다.

소설 제목인 '카멜레온'은 상황에 따라 태도를 바꾸는 사람을 의미하며 당시 러시아 사회에 만연했던 위선과 기회주의적 태도를 상징적으로 나타낸다. 작품이 러시아 제국의 현실을 반영하고 있지만, 권력과 지위에 집착하고 시민들의 삶에 무관심한 관료들의 모습을 비판하는 보편적인 메시지로 읽을 수 있다. 이런 사회에서는 인간다운 삶에 대한 보장과 정의로운 문제 해결을 기대하기 어렵다. 결말에서 흐류킨을 외면하고 떠나는 오추멜로프의 모습은 권력 앞에서 흔들리는 인간의 본성과 불의에 무감한 사회의 현실을 드러낸다. 이는 부패한 관료제와 기회주의적 인간상이 지배하던 당시 러시아 사회를 반영하며, 시대의 부조리를 풍자적으로 비판한다.

2. 작가의 경험과 세계관을 중심으로 읽기

표현론적 관점

#간결한 서술과 대화체 중심의 전개 #정의로운 사회를 향한 갈망

색에 따라 변하는 진실

안톤 파블로비치 체호프는 19세기 러시아 문학 최고의 단편 소설가이자 극작가로 평가받는다. 19세기 사실주의 문학은 장편소설이 주를 이루었지만 그는 생활고 때문에 500여 편이라는 많은 중단편을 남겼다. 1880년을 전후로 러시아에서는 가벼운 유머가 있는 단편과 콩트가 유행이었는데, 안톤 체호프는 생활비를 벌기 위해 유머를 가미한 짧은 글을 많이 쓸 수밖에 없었다. 「카멜레온」은 작가의 이러한 특성이 반영된 7쪽 분량의 짧은 소설로 인간의 본성과 사회적 현실을 간결하면서도 풍자적으로 표현했다.

체호프는 인간과 사회의 현실을 있는 그대로 드러내는 사실주의 작가이다. 그는 작품에서 특별히 놀라운 사건을 소재로 삼기보다는 일상적인 상황을 주로 다룬다. 「카멜레온」도 평범한 러시아 마을에서 개가 사람을 문 단순한 사건을 다뤘다. 그러나 작가는 사소하고 평범해 보이는 사건 속에서 권력자의 위선과 인간의 기회주의적인 본성이 더 잘 드러나도록 사실적으로 묘사했다. 작품에 등장하는 인물들은 권력자와 소시민 등 일반적인 계층을 대표함과 동시에 특정 시대와 장소를 넘어 인간의 모순적인 특성을 보편적으로 나타내고자 했다.

작가는 사건 자체의 표면적 모습보다는 사건 안에서 인간의 다양하고 모순된 반응에 주목했다. 경찰서장 오추멜로프는 처음에는 금 세공사인 흐류킨의 손을 물어 일을 못 하게 만든 떠돌이 개의 주인을 찾아 처벌하려 하지만 점차 자신의 이익에 따라 의견과 태도를 계속 바꾸었다. 그는 개 주인이 장군의 동생이라는 사실을 알게 되자 이번 사건을 출세의 기회로 여기고 기뻐하는 모습을 보이며 오히려 흐류킨을 꾸짖었다. 약자에겐 강하고 강자에겐 약한 이중적인 태도와 권력 앞에서 위선적으로 변하는 모습을 보며 독자는 사건의 본질을 넘어 사건을 대하는 인간의 본성에 집중하게 된다.

체호프의 작품은 간결한 서술 방식과 열린 결말이 특징이다. 경찰서장, 순경, 금 세공사, 이 세 사람의 대화체 문장이 주를 이루어 소설의 분위기를 생동감 있게 전달한다. 발생한 사건 자체는 단순하지만 사건을 대하는 경찰서장의 빠른 태도 변화가 이야기에 긴장감을 주어 독자를 몰입하도록 이끌었다. 또, 결말이 분명하게 끝나지 않아 흐류킨이 개에게 물린 후 어떻게 되었는지 알 수 없다. 흐류킨은 오랜 기간 일하지 못해 소득도 없고 다친 손에 대해 보상도 받지 못했을 것으로 추측할 수 있다. 그래서 그가 힘없는 하층민으로 살아가는 모습이 더 애처롭게 보인다. 이처럼 열린 결말은 흐류킨의 처지에 감정 이입하게 하고, 불평등한 권력 관계 속에서 드러나는 무책임한 태도를 비판적으로 바라보게 한다. _김방환

글로 완성하는 나의 읽기

1. 더 알아보기

19세기 러시아 사회를 이해하려면 당시 사회 전반에 만연했던 관료주의의 특징을 살펴보아야 합니다. 관료주의는 러시아 문학에서 여러 작품에 중요한 요소로 등장합니다.

러시아 관료주의

관료주의란 정부와 공공기관의 운영에서 나타나는 복잡하고 비효율적인 관리 체계와 그에 따른 문제들을 가리키는 용어입니다. 관료주의 체계에서는 주로 권력 집중, 비효율적인 의사 결정, 부패, 그리고 시민과 공무원 간의 불신과 같은 문제점들이 나타납니다.

러시아는 중앙집중적인 정부 구조에서 권력이 상위 계층이나 지도자에게 집중되었고 정책의 효율성보다는 권력 유지에 중점을 두었습니다. 러시아의 관료주의는 부패와 밀접한 연관이 있었습니다. 관료들이 자신들의 직위를 이용해 개인적인 이익을 추구하는 일이 빈번히 발생했고, 공무원들은 종종 업무를 소극적으로 수행해 시민들에게 필요한 서비스나 문제 해결이 지연되거나 방치되는 경우가 많았습니다. 공무원들이 직무에 대한 책임감을 느끼지 않고 자신의 위치에 안주하는 경향 때문에 사회적 불평등과 불신이 심화되었습니다.

「외투」에서도 하급 관리 아카키의 비극적인 삶을 통해 러시아 관료제의 냉혹함과 무관심이 드러나는 등 당시 러시아 사실주의 문학에서 배경으로 자주 등장합니다.

2. 독자에게 미치는 영향을 중심으로 읽기 POINT

효용론적 관점

일반적으로 '카멜레온'은 상황이나 사람에 따라 자신의 태도나 입장을 바꾸는 사람을 묘사할 때 사용됩니다. 이는 자신이 처한 상황이나 상대방의 사회적 지위에 따라 유리하게 행동하려는 이중적인 성격을 풍자하는 표현입니다. 카멜레온 같은 사람이란 어떤 사람을 말하는지, 어떤 상황에서 사람들은 카멜레온처럼 행동하는지 구체적인 상황을 떠올려 봅시다. 카멜레온이 왜 부정적인 단어로 쓰이는지 이해할 수 있습니다. 더 나아가 정의로운 사회에서 필수적으로 갖추어야 할 조건은 무엇인지 그리고 우리 사회는 정의로운 사회인지 생각해 보는 기회가 될 것입니다.

1. 사람들이 만약 오추멜로프처럼 권력자에게는 고개를 숙이고 약자에게는 부당하게 행동한다면 사회에는 어떤 결과가 나타날까요?
2. 흐류킨은 분명 피해자였지만 제대로 된 보호를 받지 못했습니다. 오늘날에도 법과 권력이 공정하게 작동하지 않았다고 여겨지는 사례가 있는데, 그중 하나를 찾아보고 어떤 문제가 있었는지 알아봅시다.
3. 정의로운 사회란 무엇인지 스스로 정의해 봅시다. 만약 권력이 약자를 억압하는 상황이 벌어진다면 우리는 어떤 태도를 취해야 할까요?

3. 교과 연계 글쓰기

토론문은 어떤 주제에 대해 찬성과 반대로 입장을 나누어 주장과 근거를 제시하는 글입니다. 먼저 입론에서 자기 측의 기본적인 주장을 근거와 함께 제시하고, 반론에서는 입론에서 제기된 상대측의 주장에 대해 문제점을 지적하고 의문을 제기하며 반박합니다. 반박에서는 반론에서 제기된 상대측의 주장과 근거를 비판적으로 분석하고 타당한 근거를 들어 논박합니다. 마지막으로 최종 변론에서 논제에 대한 자기

측의 주장과 근거를 한 번 더 강조합니다. 토론을 통해 논리적인 사고력과 비판적인 듣기 능력을 기르고, 공동체의 문제에 대해 합리적 해결 능력을 키울 수 있습니다.

〈토론문 쓰기〉 개요 예시

'카멜레온' 같은 사람은 긍정적인 면에서 융통성과 순발력이 있는 사람으로도 볼 수 있습니다. 하지만 기회주의적인 태도로 다른 사람에게 신뢰를 주기 어렵기도 합니다. 이를 바탕으로 '사회적 성공을 위해서라면 기회주의적인 태도를 정당화할 수 있는가'라는 주제로 토론문을 작성해 봅시다.

토론 논제: 사회적 성공을 위해서라면 기회주의적인 태도를 정당화할 수 있는가?

구성	내용	
	찬성 측	반대측
입론	**① 찬성 측 입론** 기회주의적 태도는 사회적 성공을 위한 정당한 전략이다. 치열한 경쟁 사회에서 개인이 생존하고 기회를 확대하기 위한 현실적 선택이 될 수 있다.	**② 반대 측 입론** 기회주의적 태도는 어떤 상황에서도 정당화될 수 없다. 신뢰와 도덕성이 무너지면 사회적 관계가 근본부터 흔들리게 된다.
반론	**④ 찬성 측 반론** 기회주의적 태도가 한순간 신뢰를 흔들 수 있지만, 사회는 끊임없이 변화하므로 개인은 새로운 환경에서 다시 신뢰를 쌓아갈 수 있다. 책임감과 기회주의는 양립할 수 있다. 오히려 상황에 맞게 전략적으로 선택하고 결과에 책임을 지는 태도라면 기회주의는 책임감 있는 현실적 행동으로 볼 수 있다.	**③ 반대 측 반론** 기회주의적 태도는 일시적으로 성과를 가져올 수 있지만, 신뢰와 평판을 무너뜨려 결국 장기적인 성공을 어렵게 만든다. 기회주의를 전략으로 정당화하면 어떤 상황에서도 자기 행동을 합리화할 수 있어 책임감 있는 태도와는 거리가 멀어진다.

반박	**⑤ 찬성 측 반박** 신뢰와 평판이 장기적인 성공에 중요하다는 점은 맞지만, 장기적인 성공도 전략적 기회 활용에서 나온다. 어떤 상황 속에서도 기회를 잡는 사람이라는 이미지가 오히려 더 긍정적인 평판으로 작용한다.	**⑥ 반대 측 반박** 신뢰는 쌓는 데 오랜 시간이 걸리지만 무너지는 것은 순간이다. 새로운 환경에서 신뢰를 다시 얻는다고 해도 진정한 신뢰 회복은 어렵다. 장기적인 성취와 협력이 요구되는 사회에서는 신뢰할 수 없는 개인과 함께하려 하지 않는다.
최종변론	**⑧ 찬성 측 최종 변론** 기회주의는 경쟁 사회에서 기회를 잡기 위한 현실적 전략이다. 전략가라는 긍정적인 이미지를 심어주어 장기적인 성공에 도움이 된다. 따라서 기회주의적 태도는 사회적 성공을 위한 정당한 전략이다.	**⑦ 반대 측 최종 변론** 기회주의는 일시적인 이익만 줄 뿐 신뢰와 평판을 무너뜨려 장기적인 성공을 막는다. 사회는 신뢰 없는 사람과 협력할 수 없다. 따라서 기회주의적 태도는 어떤 상황에서도 정당화될 수 없다.

PART 3

삶과 죽음의 무게

"사는 건 무엇이고, 죽음은 무엇일까?
인간은 어떻게 의미를 찾아가는가?"

이 장에서는 누구도 피할 수 없는 삶과 죽음을 주제로 삼습니다. 인간이 어떻게 의미를 찾아가는지, 고통 속에서 무엇을 배우는지, 죽음을 맞이할 때 어떤 태도를 보이는지를 살펴봅니다. 어니스트 헤밍웨이의 「노인과 바다」, 아쿠타가와 류노스케의 「라쇼몬」, 레프 톨스토이의 「세 가지 질문」과 「이반 일리치의 죽음」은 삶의 본질과 죽음의 무게에 대해 깊이 사색하게 만듭니다.

01

노인과 바다

작가 소개

어니스트 헤밍웨이(1899-1961)는 20세기 미국 문학을 대표하는 작가이다. 신문 기자와 종군 기자로 활동한 그는 간결하고 절제된 문체의 소설로 문단의 주목을 받았다. 핵심적인 내용만 제시하고 많은 의미를 독자의 해석에 맡기는 그의 글쓰기 방식은 '빙산 이론'으로 불린다. 헤밍웨이는 극한의 상황 속에서 인간이 어떤 태도를 보이는지를 통해 실존의 의미와 가치를 탐구했다. 그는 『노인과 바다』로 1953년 퓰리처상을, 1954년에는 노벨 문학상을 수상했다. 주요 작품으로 『노인과 바다』, 『무기여 잘 있거라』, 『누구를 위해 종은 울리나』, 『태양은 다시 떠오른다』 등이 있다.

　84일 동안 한 마리의 고기도 잡지 못한 산티아고는 불운한 어부라고 불렸다. 그의 곁에는 유일한 친구이자 제자인 소년 마놀린만이 남아 한결같이 그를 따랐다. 비록 부모의 뜻에 따라 다른 배에서 일해야 했지만, 소년은 밤마다 노인의 오두막을 찾아 음식을 나누고 야구 이야기를 하며 산티아고의 외로운 삶에 힘이 되어주었다.

　다음 날, 산티아고는 소년의 배웅을 뒤로하고 평소보다 더 깊은 바다로 나아갔다. 정오 무렵, 낚싯줄에 미세한 떨림이 전해졌지만 서두르지 않고 묵묵히 때를 기다렸다. 이윽고 엄청난 힘이 낚싯줄을 당기며 배를 끌었다. 배를 끄는 고기의 필사적인 움직임에 노인은 문득 묘한 동질감을 느끼기도 했다. 그는 마놀린이 함께 있었더라면 좋았을 것이라고 혼잣말을 하며 소년을 그리워했다.

　마침내 수면 위로 드러난 것은 거대한 청새치였다. 청새치는 노인의 배를 이틀 밤낮을 더 끌고 다녔다. 산티아고는 한순간도 쉬지 않고 사투를 벌였다. 그는 청새치를 단순한 사냥감이 아니라 존경할 만한 동료이자 적수, 그리고 자신을 시험하는 운명적인 존재로 느끼기 시작했다. 그리고 다시 한번 마놀린이 함께 있었다면, 이 거대한 상대를 좀 더 수월하게 다룰 수 있었겠다고 생각했다.

　사흘째 되는 날, 노인은 마지막 힘을 쥐어짜 청새치에게 작살을 꽂았다. 하지만 청새치는 너무 커서 배 위로 올릴 수 없었다. 그는 청새치를 배 옆에 묶고 항구로 향했지만, 곧 피 냄새를 맡은 상어 떼가 몰려왔다. 산티아고는 죽을힘을 다해 싸웠지만 끝없이 몰려드는 상어들을 막을 수는 없었다. 마침내 새벽이 되어 항구에 도착했을 때, 청새치는 머리와 뼈, 그리고 꼬리만 남은 앙상한 형체가 되어 있었다.

다음 날 아침, 마을 사람들은 그의 배에 묶인 거대한 뼈를 보고 놀라워했다. 노인을 찾아온 마놀린은 상처투성이가 된 그의 손을 보고 눈물을 흘렸다. 소년은 자신이 행운을 가져다줄 거라고 하며 앞으로는 노인과 함께하겠다고 다짐했다. 그리고 그날 밤 노인은 사자 꿈을 꾸었다.

작품 한눈에 보기

주제	운명과 고독 속에서 꺾이지 않는 인간의 의지와 신념
갈래	중편소설
시대적 배경	20세기 중반 쿠바의 어촌 마을
주요 등장인물	산티아고(노인), 마놀린(소년)
시점	3인칭 전지적 시점
작품 특징	· 간결하고 절제된 문체 · 항구-바다-항구로 이어지는 회귀적 구조
현대적 의의	시대를 넘어 빛나는 인간의 불굴의 의지와 도전 정신

1. 작품의 내적 구조와 표현을 중심으로 읽기

구조론적 관점

#노인의 투쟁과 소년의 믿음 #노인의 사투와 가치 증명

씨줄과 날줄처럼 얽히는 두 줄기의 서사

「노인과 바다」는 중심 사건과 보충 사건으로 구성된다. 바다 위에서 노인이 외롭고 치열하게 벌이는 사투가 중심 사건이며, 이는 작품의 전개를 이끌며 주제 의식을 드러내는 핵심적인 부분이다. 산티아고는 84일 동안 고기를 잡지 못했지만 포기하지 않았다. 다시 바다로 나간 그는 사흘간의 고된 싸움 끝에 거대한 청새치를 낚았다. 그러나 몰려든 상어 떼가 청새치의 살점을 모두 뜯어갔고, 결국 뼈만 남긴 채 돌아와야 했다. 노인이 평생 어부로 살아오며 갈고닦은 기술로 청새치와 맞서는 사투는 독자에게 강렬한 카타르시스를 안겨주며 깊은 인상을 남긴다.

보충 사건에서는 노인과 소년 마놀린의 관계가 드러난다. 소년은 노인이 바다로 떠나기 전과 돌아온 뒤에만 등장하며, 노인의 고난이 단순한 실패가 아님을 확인시켜 주는 존재다. 과거 함께 바다에 나가던 두 사람은 노인의 오랜 불운으로 인해 더 이상 함께 낚시할 수 없게 되었다. 다시 소년과 바다에 나서기 위해 그는 운 없는 어부라는 꼬리표를 떼고 여전히 바다에 나설 수 있는 어부임을 증명해야 했다.

소설은 중심 사건을 통해 노인의 고독하고 치열한 싸움을 보여준다. 겉으로 보기에 그는 아무것도 얻지 못한 듯 보인다. 사자의 꿈으로 상징되는 과거의 영광은 흔적만 남았고, 청새치는 뼈만 남았다. 그러나 보충 사건을 통해 노인이 진정으로 원했던 것이 드러난다. 소년은 노인이 가져온 뼈를 증거로 노인이 여전히 뛰어난 어부임을 부모에게 알리고, 노인과 함께 바다로 가겠다고 말했다. 노인이 진심으로 원했던 것은 자신을 이해하고 믿어주는 소년과의 동행이었다.

소년이 등장하지 않았다면, 소설은 노인의 외로운 사투에만 초점이 맞추어졌을 것이다. 비록 늙었지만 어부로서의 가치를 잃지 않았다는 현재의 증명에 그치고 말았을 것이다. 그러나 소년의 존재는 노인을 단순히 생을 마무리하는 인물이 아니라, 다가올 미래를 기대하며 새로운 항해를 준비하는 인물로 변화시킨다.

소설의 중심 사건은 바다 위에서, 보충 사건은 육지에서 일어나며 서로 섞이지 않고 따로 흐른다. 그럼에도 두 사건은 씨줄과 날줄처럼 긴밀하게 얽혀 있다. 중심 사건은 노인의 존재를 증명하는 과정을, 보충 사건은 그가 진정으로 원했던 것이 무엇인지를 보여준다. 노인의 사투는 그의 가치를 스스로 입증하게 했고, 동시에 소년과 함께 다시 바다로 나갈 수 있다는 가능성을 열어 주었다. 이제 그를 기다리는 것은 과거가 아닌 미래이며, 이는 그가 펼쳐갈 새로운 삶의 서사로 이어 질 것이다.

2. 작가의 경험과 세계관을 중심으로 읽기

#평가에 굴하지 않는 작가의 의지 #노인과 헤밍웨이가 전하는 삶의 의미

간결하고 명확하게 실존을 서술하다

1936년, 헤밍웨이의 짧은 에세이가 「에스콰이어」에 실렸다. 늙은 쿠바 어부가 청새치를 낚는 이야기를 원고지 두 장 분량으로 담아낸 이 글은 훗날 「노인과 바다」의 뼈대가 되었다. 그로부터 16년이 지난 후 「노인과 바다」는 「라이프」지에 중편소설로 최초 공개됐다. 이 소설은 출간 이틀 만에 폭발적인 반향을 일으키며 헤밍웨이의 문학적 부활을 알렸고, 출간 2년 뒤 그는 노벨 문학상을 수상했다. 안타깝게도 같은 해 헤밍웨이는 비행기 추락 사고를 당해 크게 다쳤으며, 이후 회복 불가능한 후유증에 시달리게 되었다.

「노인과 바다」의 주인공 산티아고는 실제 쿠바 어부 그레고리 푸엔테스에서 영감을 받아 창조된 인물이다. 푸엔테스는 헤밍웨이의 오랜 친구이자 낚시 여행의 동반자로 산티아고의 세부적인 인물 설정과 청새치와의 사투라는 극적인 서사에 큰 영향을 주었다. 한편, 산티아고는 헤밍웨이의 분신으로 해석되기도 한다. 과거의 영광에 기대지 않고 현재에 충실하며 불굴의 의지를 보이는 산티아고의 태도는 그의 삶을 숭고하게 만든다.

산티아고가 노인이라는 설정은 소설을 읽을수록 감탄을 자아낸다. 노인은 흔히 석양에 비유되며, 미래보다는 과거의 영광이나 삶의 지혜를 상징한다. 하지만 산티아고는 늙었음에도 청년 같은 마음으로 미래를 향한 기대를 잃지 않았다. 그의 회상은 단순한 향수가 아니라, 매일매일 어부로서의 삶을 충실히 살며 자신을 다져왔음을 보여주는 장치다. 이런 산티아고의 모습은 대중의 호평과 혹평은 물론, 점차 악화되는 건강 속에서도 끝내 글쓰기를 이어간 헤밍웨이의 삶과 겹쳐 보인다. 고단한 삶을 살아온 작가와 작품 속 산티아고를 함께 보면, 독자는 깊은 공감대를 형성하게 된다.

스스로 생을 마감한 헤밍웨이의 비극적 최후를 떠올리면 산티아고의 서사와 극적인 대비를 이루며 아이러니를 자아낸다. 그러나 사고와 질병의 고통 속에서도 끝까지 글쓰기를 멈추지 않았던 그의 모습은 산티아고가 청새치 그리고 상어 떼와 끝까지 맞섰던 불굴의 의지를 떠올리게 한다. 물론 작가의 삶과 작품을 단순히 동일시할 수는 없고, 마지막 선택만으로 전 생애를 재단할 수도 없다. 그러나 「노인과 바다」를 통해 헤밍웨이가 끝까지 쓰는 삶을 살았고 산티아고처럼 끈질기게 살아가려 했던 그의 모습을 엿볼 수 있다. **_박현정**

1. 더 알아보기

「노인과 바다」의 바다는 단순한 배경이 아니라, 주인공 산티아고를 끊임없이 시험하고 또 맞서는 상대입니다. 그가 거대한 청새치를 상대로 고독한 싸움을 할 때 그의 인간으로서의 한계와 가능성이 동시에 드러납니다. 문학에서 자연은 단순한 배경에 그치지 않고 중심 갈등을 이끄는 역할을 하기도 합니다.

자연과 대적하는 이야기와 자연과 조화를 이루는 이야기

자연은 인간에게 위협적인 존재로 나타나기도 하고, 인간의 삶을 품는 포용적인 존재로 그려지기도 합니다.

먼저, 자연을 위협적인 존재로 그린 소설들을 살펴보겠습니다. 다니엘 디포의 『로빈슨 크루소』는 무인도에서 홀로 생존하는 과정을 통해 자연의 척박함 속에서도 끈기와 적응력을 발휘하는 인간의 모습을 보여줍니다. 허먼 멜빌의 『모비딕』은 거대한 고래 모비딕에 맞서는 인간의 오만함과 자연 앞에서의 무력함을 생생하게 묘사합니다. 윌리엄 골딩의 『파리대왕』은 조난 당한 아이들이 문명의 틀에서 벗어나 본성을 드러내는 과정을 보여줍니다. 이 소설에서 자연은 인간의 본성이 드러나는 무대가 됩니다.

다음으로, 자연과 조화를 이루며 살아가는 소설들을 살펴보겠습니다. 장 지오노의『나무를 심는 사람』은 황무지에 나무를 심는 사람의 이야기로, 자연과 함께 공존하며 자연을 회복시키는 삶을 보여줍니다. 헨리 데이비드 소로의『월든』은 숲속 호숫가에서 고독과 사색을 즐기는 주인공을 통해 자연 속 삶의 의미를 깊이 깨닫게 합니다. 이처럼 문학에서 자연은 인간과의 관계에서 다양한 의미를 지니며, 인간 존재와 삶의 본질을 성찰하게 하는 중요한 역할을 합니다.

2. 시대와 사회의 모습을 중심으로 읽기 POINT

반영론적 관점

「노인과 바다」는 1950년대에 발표된 작품입니다. 당시 미국은 제2차 세계대전 이후 경제적 번영을 누리는 한편, 전쟁의 상처와 냉전의 불안 속에 놓여있었습니다. 세계적 강대국으로 떠오른 미국 사회에서 개인은 점점 더 외롭고 고립된 존재로 남았습니다. 이러한 시대상이 주인공 산티아고의 외로운 사투와 닮았습니다.

끝까지 포기하지 않는 산티아고의 투쟁은 시대적 현실을 반영하며, 인간의 불굴의 의지를 보여줍니다.

1. 1950년대 미국은 경제적으로 성장했지만, 전쟁 후유증과 불안으로 개인들은 힘겨운 시간을 보냈습니다. 산티아고가 84일간 고기를 잡지 못하던 상황은 이러한 시대적 고통과 어떻게 연결될 수 있을까요?

2. 세계적 강대국으로 성장한 미국 사회 속에서 개인들은 외로움과 고립을 느꼈습니다. 산티아고가 청새치와 싸우는 과정, 그리고 결국 상어들에게 물고기를 빼앗기는 경험은 당시 개인의 투쟁과 상실을 어떻게 상징한다고 생각하나요?

3. 급격한 전후 사회에 적응해야 했던 당시 사람들의 모습은 오랜 기간 고기를 잡지 못했음에도 끈질기게 자신의 길을 가는 산티아고와 닮았습니다. 이러한 산티아고의 모습은 개인의 어떤 자세를 보여준다고 생각하나요?

3. 교과 연계 글쓰기

인물 중심 독후감 쓰기는 책을 읽은 뒤, 등장인물을 중심으로 자신의 느낌과 생각을 글로 표현하는 활동입니다. 줄거리만 요약하는 데 그치지 않고, 인물의 마음, 선택, 행동, 갈등 등을 살펴 그 속에 담긴 의미를 발견하고, 이를 자신만의 경험이나 생각과 연결해 써 내려가는 것이 중요합니다. 이 과정을 통해 등장인물을 이해하며 공감하는 능력을 기르고, 동시에 생각을 논리적이고 창의적으로 표현하는 글쓰기 능력도 함께 키울 수 있습니다.

〈인물 중심 독후감 쓰기〉 개요 예시

산티아고는 청새치의 뼈로 어부로서의 가치를 증명했습니다. 산티아고를 중심으로 인물 중심 독후감을 써봅시다.

산티아고의 투쟁과 증명

구성	내용
처음	**산티아고 인물 소개** 1. 산티아고는 84일간 물고기를 잡지 못했지만, 오랜 경험과 능력을 발휘해 거대한 청새치를 잡으며 어부로서의 가치를 증명했다. 2. 그의 성격, 행동, 삶의 태도를 중심으로 인물을 살펴본다.
중간	**상어와의 싸움 후 돌아옴** 1. 청새치의 뼈는 산티아고의 의지와 강인함을 드러낸다. 2. 그의 싸움은 실패가 아니라 치열한 과정에서 얻은 또 다른 형태의 성공이다. 3. 결과가 아닌 과정에서 산티아고의 내적 성취와 노력이 두드러진다. **청새치 뼈와 마놀린** 1. 마을 사람들의 반응을 통해 산티아고가 다시 인정받았음을 보여 준다. 2. 마놀린과의 재회는 그가 다시 바다로 나갈 가능성을 암시한다. 3. 노인과 마놀린의 정서적 유대감을 드러낸다. **바다 위에서의 투쟁** 1. 청새치와의 긴 싸움에서 낚싯줄을 풀고 당기는 타이밍을 조절하고, 바람과 파도의 흐름을 읽는 능력을 발휘하며 숙련된 어부로서의 모습을 보였다. 2. 체력의 한계와 손과 팔의 피로, 배 위의 고난을 이겨내며 그의 끈기와 인내가 두드러졌다. 3. 싸움 내내 산티아고가 느낀 두려움과 희망, 자기 확신을 통해 그의 심리적 변화를 엿볼 수 있다.

끝	**마무리 및 감상** 1. 산티아고의 불굴의 의지와 끝없는 투쟁을 돌아보며 개인적 감상을 적는다. 2. 그의 삶의 태도는 현대를 사는 우리에게 노력과 인내의 가치를 일깨운다. 3. 산티아고는 그저 늙은 어부가 아니라 강인함과 삶의 의미를 상징하는 인물로 새롭게 다가온다.

02

라쇼몬

작가 소개

아쿠타가와 류노스케(1892-1927)는 일본 다이쇼 시대를 중심으로 활동한 단편소설 작가이다. 그의 사후 문학적 업적을 기리며 제정된 '아쿠타가와상'은 오늘날까지 일본 문단에 큰 영향을 미치며 신진 작가 발굴과 순수 문학 발전에 기여하고 있다. 예술 지상 주의를 추구한 그는 소설을 통해 인간 본성의 어두운 측면과 도덕적 갈등을 깊이 탐구 했다. 주요 작품으로 「라쇼몬」, 「코」, 「지옥변」, 「톱니바퀴」 등이 있다.

헤이안 시대 말기 몇 년간 이어진 지진, 화재와 기근으로 교토는 황폐해졌다. 어느 비 내리는 저녁, 일본 헤이안 시대의 수도였던 교토의 남문인 라쇼몬 아래에서 한 남자가 비를 피하고 있었다. 길어진 재난으로 주인에게 쫓겨난 하인은 앞으로 어떻게 살아야 할지 막막했다. 이대로 가다가는 죽어 라쇼몬 아래 버려질 처지임을 알고 있었다.

그가 서 있는 라쇼몬은 오랜 시간 방치되어 폐허처럼 변했다. 사람들은 이곳에 돌봐줄 사람이 없는 시체를 버리는 풍습이 생겼고, 날이 어두워지면 꺼림칙한 느낌 때문에 근처로 오지 않았다. 그 아래에서 그는 한 줌의 인간성을 지키고 싶은 양심과 도둑질을 해서라도 살고 싶은 생존 본능 사이에서 갈등을 겪고 있었다.

양심과 생존 사이에서 결정을 내리지 못한 그는 하룻밤을 시체들 사이에서 보내기로 했다. 그는 사다리를 타고 라쇼몬의 다락으로 올라갔고, 시체만 있을 거라고 생각한 그곳에서 충격적인 광경을 목격했다. 어른거리는 불빛 사이로 노파가 시체의 머리카락을 뽑고 있었다. 하인은 노파의 기괴한 모습에 경악했고, 동시에 인간으로서 할 짓이 아니라는 생각에 분노가 치밀었다.

경악과 혐오에 휩싸인 그는 노파를 막아서서 이유를 물었다. 노파는 죽은 사람의 머리카락으로 가발을 만들었다고 변명했다. 죽은 여인도

생전에 말린 뱀고기를 생선이라고 속여 팔았으니, 자신이 굶어 죽지 않기 위해 한 행동을 이해해 달라고 말했다.

그 순간 하인은 자신을 괴롭히던 도덕과 생존 사이에서 결단을 내렸다. 노파의 악이 정당하다면 자신의 악도 정당하다는 생각과 함께 그는 이제 거리낌 없이 악행을 저지르기로 결심했다. 그는 노파의 옷을 벗겨 시체 위로 걷어찬 뒤 옷을 움켜쥐고 사다리 아래로 뛰어내렸다. 사다리까지 기어와 아래를 내려다본 노파의 눈에는 칠흑 같은 어둠만이 보였다. 사다리를 내려간 하인이 어디로 갔는지는 아무도 알 수 없었다.

작품 한눈에 보기

주제	극한의 상황에 놓인 인간의 이기적인 본성과 악의 순환
갈래	단편소설
시대적 배경	헤이안 시대 말기의 교토
주요 등장인물	하인, 노파
시점	3인칭 전지적 시점
작품 특징	· 고전 설화의 현대적 재해석 · 짧고 압축적인 문제로 인간 심리를 깊이 있게 묘사
현대적 의의	시대를 초월해 드러나는 인간 본성의 모순 비판

작품 감상

1. 작품의 내적 구조와 표현을 중심으로 읽기

구조론적 관점

#문과 사다리의 상징성 #양심과 생존의 갈림길

경계를 가르는 문

소설 속에서 어떤 사물이나 인물이 특별한 의미를 담고 있을 때 그것을 '상징'이라 한다. 하나의 단어가 맥락에 따라 여러 의미를 담을 수 있다. 예를 들어 '불'은 나쁜 것을 없애고 깨끗하게 하는 정화의 의미를 지니기도 하고 분노, 저항을 뜻할 수도 있다. 상징을 통해 인물의 내적 갈등과 결심이 드러나면 독자는 몰입하며 서사를 따라가게 된다. 또 다양한 의미를 품은 상징을 해석하며, 독자는 퍼즐을 맞추듯 그 의미를 완성하는 즐거움을 느낄 수 있다.

「라쇼몬」에서 중요한 상징은 '문'과 '사다리'다. 라쇼몬은 일본 헤이안 시대의 수도였던 교토의 남문으로, 소설에서는 안과 밖을 잇는 통로이자 선과 악의 경계가 되는 문을 상징한다. 문을 통과하는 행위는 두 세계 중 하나를 선택하는 외적 결단을 의미한다. 반면 사다리는 양심을 지킬 수 있는 세계와 생존이 우선되는 두 세계를 오가는 경계로 작용하며 주인공의 내적 갈등과 심리적 선택을 드러낸다. 문과 사다리를 통해 하인의 내적 갈등과 변화를 이해할 수 있으며, 이러한 상징은 이야기의 긴장감을 높이고 주제를 효과적으로 드러낸다.

　주인에게 쫓겨난 하인은 죽음이 일상이 된 세상에서 양심을 지키고 굶어 죽을지, 도둑이 되어 살아남을지 고민했다. 결정을 내리지 못한 그는 문 안으로도, 밖으로도 향하지 못한 채 일단 사다리를 타고 위로 올랐다. 그곳에서 시체의 머리카락을 뽑는 노파의 비참한 행위를 목격했다. 하인의 비난에 노파는 죽은 여인이 생전에 저질렀던 악행을 고발하며 자신도 살아남기 위해 어쩔 수 없었다며 행동을 정당화했다. 노파의 말을 듣고 하인은 미뤘던 결정을 내렸다. 그는 노파에게 당신의 악이 정당하다면 자신의 악도 정당하다고 선언하며 노파의 옷을 벗겨 사다리를 내려갔다. 인간성을 사다리 위에 두고 비정한 사람이 되기로 결심한 것이다. 이 선택 과정은 인간의 도덕성과 생존 본능 사이의 복잡한 갈등을 보여준다.

　문은 서로 다른 세계를 잇는 통로다. 안과 밖 중 어느 세계를 택할지는 전적으로 하인의 의지에 달려 있다. 그는 결국 노파를 돕지 않고 비정한 세계를 선택했다. 그곳은 인간성을 버린 자들이 목숨을 연명하기 위해 끊임없이 악행을 저지르는 곳이었다. 문이 열려 있을 때는 어디든 갈 수 있지만, 한 번 들어가면 되돌아갈 수 없다. 노파의 눈에 비친 칠흑 같은 어둠은 하인이 이미 예정된 비극의 길로 들어섰음을 보여준다.

2. 작가의 경험과 세계관을 중심으로 읽기

#극한까지 보여주는 인간의 본모습 #예술로 승화한 작가 내면의 두려움

윤리를 넘어 예술을 앞세우다

「라쇼몬」은 극한 상황에 놓인 인물들의 악행이 꼬리에 꼬리를 물고 이어지는 과정을 보여준다. 하인은 노파가 시체의 머리카락을 뽑는 행동을 정당화하자 자신의 악도 정당하다는 논리로 악행을 저지른다. 그는 비가 오는 날씨에 노파의 옷을 뺏으면 노파의 건강에 타격이 가리라는 것을 알면서도 망설이지 않고 옷을 빼앗았다. 이 장면은 연이은 재난으로 황폐해진 현실을 살아가는 인간 본성의 극한을 적나라하게 보여주는 장면이다.

아쿠타가와 류노스케는 유럽 문학, 특히 예술을 위한 예술이라는 사상에 영향을 받았다. 이 사상에 따르면 예술은 사회의 유지나 도덕에 유용한 도구로서가 아니라, 예술 그 자체로 가치를 지닌다. 그는 소설을 통해, 도덕과 양심이라는 겉 포장을 벗겨낸 인간의 진짜 모습은 쉽게 쉽게 흔들리고 냉정하며 추하다는 점을 보여준다. 그의 소설은 읽는 이에게 어떤 위안을 주려 하지도 않고, 사회적 가치나 도덕적 교훈을 설파하지도 않는다. 이는 도덕적 판단을 뒤로 미루고 생존을 선택하는 하인을 통해 가감 없이 드러난다.

아쿠타가와는 인간의 어두운 본성에 주목했다. 주인공은 하루를 연명하기 위해 인간의 존엄성마저 포기했다. 이러한 그의 모습은 도덕성이 사라졌을 때 드러나는 인간의 추악한 본성을 적나라하게 보여주며, 작가의 인간 존재에 대한 비관적 시각을 드러낸다. 예술 지상주의의 관점에서 보면 도덕적 판단을 유보하고 오직 생존을 위해 악을 선택하는 하인을 서술하는 것 자체가 예술인 것이다.

이러한 작가의 예술관은 그의 개인적 경험과도 깊이 연결되어 있다. 아쿠타가와 류노스케는 어머니가 갑자기 정신병을 앓게 된 뒤 외가에서 자랐다. 그는 자신에게도 어머니의 광기가 유전될까 봐 평생 두려워했고, 양자로 자라며 정서적 어려움을 겪었다고 한다. 이러한 개인적 경험은 그가 인간 본성의 어둠을 탐구하도록 만들었으며, 그의 예술이 사회적, 도덕적 목적보다 예술 자체의 가치에 집중하게 된 배경이 된다. 정신병이 언제 발병할지 모른다는 두려움과 그 두려움을 문학을 통해 극복하려는 시도는 아쿠타가와 문학의 특징 중 하나이다.

작가는 인간의 본성대로 행하는 하인을 보여주지만 그의 행동이 옳다고 말하는 것은 아니다. 그저 인간 본성의 냉혹함을 파헤치는 동시에 그러한 본성이 불러올 미래를 건조한 시선으로 관조한다. 이는 소설의 마지막에 어두운 결말을 암시하는 장면에서 잘 나타난다. 요괴처럼 묘사되는 노파를 냉혹하게 처단한 뒤 주저하지 않고 칠흑 같은 어둠 속으로 사라지는 장면은 인간 내면에 숨은 어두운 본성과 도덕적 갈등을 집요하게 파고들며 독자에게 강한 여운을 남긴다. **_박현정**

1. 더 알아보기

소설 「라쇼몬」의 시대적 배경이 되는 헤이안 시대에 대해 알아보고, 배경지식을 쌓아봅시다.

일본 헤이안 시대

일본의 헤이안 시대(794-1185)는 처음에는 천황이 중심이 되어 나라를 다스리던 시대였습니다. 그러나 시간이 흐르면서 점차 귀족들이 실권을 잡았고, 특히 후지와라 가문 같은 유명한 귀족들은 천황 곁에서 정치를 주도하며 화려한 궁궐 문화를 발전시켰습니다. 헤이안 시대 중기 이후, 당나라 문화의 영향을 바탕으로 일본 고유의 '국풍 문화'가 발전했고, 가나 문자가 보급되면서 『겐지 이야기』와 같은 뛰어난 문학 작품도 등장했습니다.

　이처럼 귀족 문화가 번성했지만, 서민들의 삶은 힘든 시기였습니다. 시간이 흐르며 중앙 정부가 지방을 제대로 다스리지 못하게 되었고, 이에 따라 지방에서는 치안이 불안정해지고 무장한 농민 반란이나 소규모 반란이 발생했습니다. 게다가 자연재해와 기근이 반복되어 서민들의 삶은 더욱 피폐해졌고, 굶주림과 고통 속에서 백성들은 힘겹게 살아야 했습니다.

　수도였던 헤이안쿄(지금의 교토)의 외곽의 라쇼몬은 원래 중요한 성문이었지만 관리가 소홀해지면서 사람들이 기피하는 장소가 되었습니다.

2. 독자에게 미치는 영향을 중심으로 읽기 POINT
효용론적 관점

효용론적 관점에서 이 소설은 인간의 선택과 행동이 사회에 어떤 영향을 미칠 수 있는지 보여줍니다. 하인은 생존을 위해 도덕을 버렸습니다. 이러한 하인의 선택은 인간의 이기심과 도덕적 갈등을 드러냅니다. 소설을 통해 극한 상황에서 개인의 생존 본능과 사회 체계의 유지가 충돌했을 때 어떤 선택을 할지 생각해 볼 수 있습니다.

1. 주인집에서 쫓겨난 하인의 선택은 생존을 위한 불가피한 결정이었을까요, 정당화될 수 없는 행동이었을까요?

2. 만약 하인처럼 개인의 이익만을 추구하는 사람이 많아진다면 사회는 어떻게 될까요?

3. 개인의 이익과 사회의 안정이 균형을 이루려면 어떤 방법이 있을까요?

3. 교과 연계 글쓰기

단편소설은 인물의 삶의 한 부분을 짧게 보여주는 이야기입니다. 단편소설을 쓸 때는 인물의 감정이나 생각이 잘 드러나도록 집중해 보세요. 그리고 상징물이 인물에게 어떤 의미인지, 그 의미가 이야기 속에서 어떻게 변하는지를 표현하면 이야기가 더 깊어집니다. 짧은 글 안에서도 시작과 중간, 끝이 자연스럽게 이어지도록 구성하는 것이 중요합니다.

〈상징을 소재로 한 단편소설 쓰기〉 개요 예시

문은 닫힌 벽 같은 존재, 언제든 열거나 닫을 수 있는 통로 같은 존재, 활짝 열려 나를 환영하는 존재 등 다양한 의미를 지닐 수 있습니다. 나에게 문은 어떤 존재인지 구체적으로 상상해 보고, 문의 상징성에 주목해 단편소설을 써보세요.

문 앞에서

구성	내용
설정	**소설의 구성 요소** 1. 인물 ① 주인공, 조력자인 친구, 적대자 ② 인물의 성격 및 특징을 설정한다 2. 사건 ① 언제나 그 자리에 있던 문이 열기 어려운 존재로 느껴지게 된 계기를 쓴다. ② 문을 열지 못하고 망설이면서 갈등과 성찰이 드러나고, 결국 문을 열어 성장하는 과정을 서술한다.

<table>
<tr><td rowspan="1">설정</td><td>3. 배경
교실과 복도 등

시점
1인칭 주인공 시점</td></tr>
<tr><td>플롯</td><td>**발단**
주인공이 교실 문을 바라보며 느끼는 감정과 상태를 소개한다.

전개
1. 주인공은 문 앞에 서 있지만 외로움과 두려움에 교실에 들어가지 못한다.
2. 과거 친구들과 떨어져 혼자 남았던 기억이 주인공을 괴롭힌다.

위기
1. 그때 적대자인 친구가 나타난다. 갈등이 깊어지자 친구는 먼저 교실로 들어갔다. 주인공은 망설이며 문 앞에서 돌아선다.
2. 운동장을 걸어가던 주인공에게 멀리서 조력자인 친구가 달려온다. 친구는 주인공을 위로하며 용기를 북돋아 준다.
3. 주인공은 힘을 내어 친구와 함께 다시 교실로 향한다.

절정
1. 문이 닫혔을 때는 고요했던 복도가 문을 열자 친구들의 왁자지껄한 소리로 가득 찬다.
2. 그 순간 갈등과 직면하고 다가가 자신의 진심을 드러낸다.
3. 관계의 회복이나 새로운 일이 시작된다.

결말
주인공은 문 앞에 서서, 두려움과 마주하며 성장한 자신을 느낀다.</td></tr>
</table>

03

세 가지 질문

작가 소개

톨스토이(1828-1910)는 러시아 출신의 작가이자 사상가로, 인간과 사회에 대한 통찰이 담긴 작품들을 남겼다. 그의 소설은 현실을 충실히 반영하면서도 도덕적 메시지를 조화롭게 담고 있으며, 특히 세밀한 인물 묘사와 탁월한 문장력으로 독보적인 문학적 위상을 확립했다. 그는 비폭력과 평화주의를 강조하는 사상가로도 활동하며, 『신의 나라는 네 안에 있다』, 『참회록』 등의 저서를 통해 기독교적 인도주의와 사회 개혁을 주장했고, 이는 간디와 같은 후대 인물들에게 큰 영향을 미쳤다. 대표작으로는 『안나 카레니나』, 『전쟁과 평화』, 『부활』 등이 있다.

옛날 한 왕이 삶의 근본적인 세 가지 질문 '가장 중요한 때는 언제인가?', '가장 중요한 사람은 누구인가?', '가장 중요한 일은 무엇인가?'에 대한 답을 찾고자 했다. 그는 왕국의 지혜로운 학자와 신하들을 불러 의견을 물었으나, 돌아오는 대답은 제각기 달랐고 확신할 만한 해답을 얻지 못했다.

이에 왕은 깊은 산속에 홀로 사는 현자를 찾아가기로 결심하고 길을 떠났다. 현자를 만난 왕은 해답을 구했지만, 현자는 곧바로 답하지 않고 밭을 갈고 잡초를 뽑는 일을 함께하자고 했다. 왕이 밭일을 돕고 있을 때, 숲속에서 중상을 입은 한 병사가 쓰러지듯 나왔다. 왕과 현자는 서둘러 병사를 데려와 상처를 씻기고 밤새 간호했다.

이튿날 깨어난 병사는 과거에 왕에게 품었던 원한으로 복수를 계획했으나, 오히려 왕의 도움으로 목숨을 구하게 되자 감사의 마음을 전하며 집으로 돌아갔다.

그제야 현자는 왕의 질문에 답하고자 했다. 그는 왕이 직접 행동하고 느끼는 과정을 통해 스스로 진리를 깨닫기를 바랐다. 말로 얻은 지혜보다 마음으로 체득한 깨달음이 더 깊다고 믿었기 때문이다.

현자는 말했다. "가장 중요한 때는 지금 이 순간이며, 가장 중요한 사람은 지금 함께 있는 사람이고, 가장 중요한 일은 그 사람에게 선을 행하는 것입니다."

왕은 이 가르침을 통해 과거와 미래에 얽매이지 않고 현재에 충실하며, 곁에 있는 이들을 존중하고 선을 실천하는 삶이야말로 참된 행복의 길임을 깨달았다.

작품 한눈에 보기

주제	현재에 충실하고 타인에게 선을 행하는 삶의 가치
갈래	단편소설
시대적 배경	중세 사회
주요 등장인물	임금, 은둔자, 적군 병사
시점	3인칭 전지적 시점
작품 특징	주인공의 질문과 행동을 중심으로 한 우화적인 전개
현대적 의의	현재의 순간에 집중하고 주변 사람에게 최선을 다하는 자세의 중요성을 일깨움

1. 작품의 내적 구조와 표현을 중심으로 읽기

구조론적 관점

#함축적인 서사로 삶의 교훈 전달 #현재와 타인의 소중함에 대한 깨달음

우화로 깨닫는 삶의 진리

우화는 흔히 동물을 의인화하여 주인공으로 내세우는 경우가 많지만, 반드시 동물이 등장해야 하는 것은 아니다. 우리가 잘 알고 있는 『이솝 우화』나 『라퐁텐 우화』와 같은 작품들도 대부분 동물을 주인공으로 삼지만, 이것이 우화의 필수 조건은 아니다. 우화의 본질은 짧고 간결한 이야기를 통해 명확한 교훈을 전달하는 데 있다. 단순하면서도 명료한 이야기 구조를 통해 보편적이면서도 깊이 있는 주제를 효과적으로 드러내며, 등장인물의 상징성을 활용해 메시지를 더욱 뚜렷하게 전달하는 것이 특징이다.

톨스토이의 단편 「세 가지 질문」은 이러한 우화의 특징을 잘 보여주는 대표적인 작품이다. 먼저, 이 이야기는 매우 간결하고 명확한 구조로 되어 있다. 세 가지 중요한 질문에 대한 해답을 찾기 위해 왕이 현자를 찾아가는 단순한 구조로 이루어져 있으며, 복잡한 사건 전개나 인물 간의 얽히고설킨 관계는 배제되어 있다. 왕은 현자를 만나서 그가 원하는 즉각적인 해답을 얻지 못했다. 대신 상처 입은 병사를 돌보고 돕는 실천을 통해 삶의 진리에 스스로 다가가게 된다.

다음으로, 왕이 품었던 질문은 특정 시대나 문화적 배경을 초월하여 누구에게나 깊은 공감을 일으킬 수 있는 보편적인 질문이다. 이 작품이 제시하는 답은 명료하다. 현재 주어진 시간이 가장 중요하며, 지금 만나는 사람이 가장 중요한 사람이고, 지금 하는 일이 가장 중요한 일이라는 것이다. 결국 이 작품은 현재의 순간에 충실하고 가까운 이들에게 사랑과 선행을 베푸는 것이 삶의 진정한 본질임을 강조한다.

마지막으로, 등장인물의 상징성 역시 주제를 효과적으로 드러낸다. 현자는 지혜를 상징하고, 상처 입은 병사는 타인에 대한 사랑과 섬김의 중요성을 상징한다. 왕은 삶의 본질을 탐구하는 일반적인 인물을 대표한다. 이러한 상징성은 인물의 구체성에 구애받지 않는다. 어린이용 그림책으로 각색된 버전에서는 한 소년이 동물 친구들을 만나 도와주며 답을 찾아가는데, 이렇게 인물이 달라져도 상징성과 메시지는 변하지 않았다. 인물이 누구이든 중요한 것은 그가 무엇을 상징하느냐이다.

이처럼 「세 가지 질문」은 간결한 이야기 구조와 명확한 교훈, 뚜렷한 상징성을 통해 우화의 본질을 잘 보여준다. 독자는 이 이야기를 통해 현재의 순간이 지닌 의미를 되새기고, 타인에 대한 사랑과 선행이야말로 인간 삶의 가장 근본적인 가치임을 깊이 성찰하게 된다. 무엇보다

도 이 작품은 구체적 실천을 통해 진정한 삶의 의미를 깨닫게 한다는
점에서 더욱 큰 울림을 준다.

2. 작가의 경험과 세계관을 중심으로 읽기

표현론적 관점

#톨스토이가 추구한 삶의 본질 #현재에 충실하며 타인과 함께하는 삶의 가치

삶의 본질과 선행의 의미

인간은 살아가는 동안 수많은 질문을 품고 답을 찾으려 노력한다. 그
중에서도 가장 근본적인 질문은 바로 삶의 본질이 무엇인가 하는 것이
다. 톨스토이는 이 질문에 대해 깊이 고민하고, 단순하면서도 명료한
이야기 속에 그 답을 담아냈다. 50세를 넘긴 나이에 참회의 시간을 보
낸 톨스토이는 작가라는 정체성을 넘어 사상가이자 교육자로서 삶을
새롭게 정립했다. 그는 『참회록』에서 삶의 진정한 가치를 추구하며,
신체적 노동과 타인을 위한 선행이 도덕적 삶을 이루는 중요한 요소라
고 강조했다. 이러한 철학은 그의 단편 「세 가지 질문」에서도 분명하
게 나타난다.

톨스토이는 인간다운 삶의 본질을 육체 노동에서 찾았다. 그는 농
부들과 함께 농사를 지으며 노동 속에서 진리를 찾으려 했다. 그에게
노동은 단지 생계를 위한 활동이 아니라, 도덕적 성숙과 수양을 위한

필수적인 과정이었다. 이러한 그의 생각은 「세 가지 질문」 속 현자의 모습에도 잘 드러나 있다. 왕이 찾아간 현자는 많은 사람들 앞에서 설교하거나 조용히 명상에 빠지는 대신, 밭을 갈고 씨를 뿌리는 육체적 노동에 몰두하고 있었다. 이는 결코 우연한 설정이 아니다. 톨스토이는 오직 노동을 통해서만 진정한 삶의 본질과 도덕적 성숙에 도달할 수 있다고 믿었으며, 바로 그 신념을 현자의 모습을 통해 상징적으로 나타낸 것이다.

왕의 세 가지 질문, '가장 중요한 때는 언제인가?', '가장 중요한 일은 무엇인가?', '가장 중요한 사람은 누구인가?' 에 현자는 즉답하지 않는다. 대신 왕을 노동과 선행의 길로 이끈다. 왕은 현자의 농사일을 돕던 중 우연히 다친 사람을 발견하고, 그를 정성껏 간호한다. 시간이 흐르고 나서야 왕은 깨달음을 얻게 되는데 '가장 중요한 때는 바로 지금이며, 가장 중요한 일은 타인을 위해 선행을 베푸는 것'이라는 진리였다. 왕이 직접 노동하고, 상처 입은 이를 돕는 과정에서 체득한 것이다. 신분이 고귀한 왕조차 육체노동과 선행을 통해 삶의 본질과 진리에 다가설 수 있음을 보여주는 대목이다.

「세 가지 질문」은 짧고 간결한 이야기 속에서 톨스토이가 추구한 인생의 철학을 효과적으로 전달한다. 그는 육체적 노동을 통해 도덕적 성찰과 성숙이 가능하다고 믿었으며, 타인을 사랑하고 선을 행하는 것이 삶의 진정한 목적임을 강조했다. 왕의 질문과 깨달음은 톨스토이 철학의 구체적이고 생생한 예시이다. 현대의 독자들 역시 이 작품을

통해 삶의 진정한 의미를 성찰하고, 타인과 함께하는 삶의 가치를 생

각하게 될 것이다. _김미진

글로 완성하는 나의 읽기

1. 더 알아보기

이솝 우화는 오랜 역사 속에서 전 세계적으로 널리 알려지고 사랑받는

이야기 모음집입니다. 이솝 우화의 특징과 역사적 배경에 대해 자세

히 살펴보겠습니다.

이솝 우화

이솝 우화는 기원전 6세기 고대 그리스의 이야기꾼 이솝이 지었다고

전해지는 우화 모음집입니다. 이솝이라는 인물에 대해서는 전설적 요

소가 많아 역사적 실존 여부와 정확한 생애는 분명하지 않습니다.

　이솝 우화의 특징은 동물이나 식물, 무생물을 의인화하여 인간의 삶

과 사회를 비유적으로 표현한다는 것입니다. 짧고 간결한 이야기 구

조 속 현실에 대한 풍자와 윤리적인 교훈을 담고 있습니다.

　한국에서는 1896년 출간된 최초의 신식 교과서『신정심상소학』에

처음 소개되었으며, 본격적으로는 1908년 윤치호가 『우순 소리』라는 이름으로 이솝 우화 70편을 번역 출판한 것이 최초였습니다.

이솝 우화는 처음에는 주로 성인을 대상으로 사회적, 정치적, 윤리적 문제를 다뤘으나, 르네상스 시대 이후로는 특히 어린이들의 윤리 교육에 폭넓게 사용되고 있습니다. 오늘날에도 전 세계적으로 다양한 언어와 매체를 통해 끊임없이 번역되고 재해석되며 독자들에게 사랑받고 있습니다.

2. 독자에게 미치는 영향을 중심으로 읽기 POINT

효용론적 관점

이 작품에서는 '가장 중요한 때는 언제인가?', '가장 중요한 사람은 누구인가?', '가장 중요한 일은 무엇인가?'라는 세 가지 질문을 제시합니다. 이 질문들에 대한 자신만의 답을 찾아보고, 그것을 실제 삶에서 어떻게 실천할 수 있을지 고민하며 작품을 읽어보세요. 이렇게 독자의 관점에서 접근한다면, 소설이 전하는 메시지를 보다 쉽게 이해할 수 있을 것입니다

1. 지금 우리 사회가 가장 먼저 해결해야 할 문제는 무엇이라고 생각하나요?

2. 내가 가장 중요하게 생각하는 사람은 누구인가요? 그 사람과의 관계를 어

떻게 발전시킬 수 있을까요?

3. 내가 실천할 수 있는 선한 행동에는 무엇이 있으며, 이러한 행동이 내 삶과 주변 사람들에게 어떤 영향을 줄까요?

3. 교과 연계 글쓰기

질문하며 책 읽기는 효과적인 독서 방법의 하나입니다. 책을 읽을 때는 독서의 목적이나 읽기 단계에 따라 다양한 질문을 던지며 읽는 것이 좋습니다. 특히 스스로 질문을 만들어가며 책을 읽으면 작품을 더욱 깊이 있게 해석하고 이해하는 데 큰 도움이 됩니다. 또한 책을 읽으며 던진 질문에 대한 답을 스스로 찾아가는 과정을 통해 글의 핵심과 주제를 명확히 파악할 수 있으며, 이를 연결하여 한 편의 독후감을 완성할 수 있습니다.

〈질문 만들기〉 개요 예시

「세 가지 질문」 읽기 전-중-후 과정에 따라 질문을 만들어 보세요. 작품 속 우화의 상징성을 더욱 분명하게 이해하고, 주제를 효과적으로 파악하는 데 도움이 됩니다.

읽기 전-중-후 질문 과정과 예시

읽기단계	내용
읽기 전	1. 책을 읽는 목적을 확인한다. 2. 제목, 소제목, 삽화 등을 훑어보며 내용을 예측한다. **[질문 예시]** ① 제목에 나오는 '세 가지 질문'은 무엇일까? ② 이 질문들은 누가, 누구에게 하는 것일까? ③ 세 가지 질문의 답은 무엇일까?
읽기 중	1. 등장인물의 행동이나 대사를 주의 깊게 살펴본다. 2. 글의 장면이나 사건의 내용 및 순서를 확인하며 읽는다. 3. 글의 구조, 문체, 배경을 살펴본다. 4. 등장인물이나 글쓴이의 생각에 공감하거나 비판하며 읽는다. **[질문 예시]** ① 왕은 왜 이 세 가지 질문에 대한 답을 찾고 싶어 했을까? ② 신하들은 왜 왕이 만족할 만한 답을 주지 못했을까? ③ 현자가 곧바로 답을 말해 주지 않고 함께 생활하며 행동하게 한 이유는 무엇일까?
읽기 후	1. 글 전체의 내용을 요약하여 정리한다. 2. 중심 내용과 주제를 명확히 확인한다. 3. 새롭게 알게 된 점이나 깨달은 점을 정리하고 실천 방법을 고민한다. **[질문 예시]** ① 이 이야기가 전하는 '가장 중요한 때는 지금이고, 가장 중요한 일은 타인을 위한 선행이다'라는 교훈을 나는 어떻게 실천할 수 있을까? ② 지금 내 주변에 이 교훈을 실천해야 할 구체적인 상황이나 사람은 누구인가? ③ 이 작품을 읽고 내 생각이나 행동에서 달라진 점은 무엇인가?

04

이반 일리치의 죽음

작가 소개

톨스토이(1828-1910)는 러시아 출신의 작가이자 사상가로, 인간과 사회에 대한 통찰이 담긴 작품들을 남겼다. 그의 소설은 현실을 충실히 반영하면서도 도덕적 메시지를 조화롭게 담고 있으며, 특히 세밀한 인물 묘사와 탁월한 서술력으로 독보적인 문학적 위상을 확립했다. 그는 비폭력과 평화주의를 강조하는 사상가로도 활동하며, 『신의 나라는 네 안에 있다』, 『참회록』 등의 저서를 통해 기독교적 인도주의와 사회 개혁을 주장했고, 이는 간디와 같은 후대 인물들에게 큰 영향을 미쳤다. 대표작으로는 『안나 카레니나』, 『전쟁과 평화』, 『부활』 등이 있다.

이반 일리치는 정부 고위 관료의 아들로 태어나 법대를 졸업한 후, 예심판사로 임용되어 공직 생활을 시작했다. 언제나 체면을 중시하며 안정적이고 성공적인 삶을 추구했던 그는 적절한 조건을 갖춘 여성 프라스코비야와 결혼했다. 하지만 결혼 생활은 금세 불편해졌고 그는 가정보다는 자신의 일에 더 많은 관심과 정성을 쏟게 되었다.

그는 그토록 바라던 고등법원 판사로 승진해 상트페테르부르크로 부임했다. 새로 이사한 집을 꾸미는 일에 큰 만족을 느끼며 모든 것을 세련되고 보기 좋게 정리했다. 그러나 인테리어 작업 도중 사다리에서 떨어지는 사고를 당했고, 이후 몸에 이상 증세가 나타나기 시작했다. 처음에는 가벼운 통증에 불과했다. 여러 의사를 찾아 진찰을 받았지만 병명은 확실하지 않았고 치료도 효과가 없었다. 그는 점점 쇠약해져 일상적인 활동마저 불가능해졌다.

가족과 주변 사람들은 처음에는 걱정하는 듯했지만 시간이 지나면서 점차 그와 거리를 두었다. 그는 육체적 고통과 죽음에 대한 공포 속에서 점차 고립되었고, 곁에 남은 사람은 하인 게라심 뿐이었다. 게라심은 그의 까다로운 요구를 묵묵히 들어주며 진심 어린 태도로 돌보았다. 이반 일리치는 그의 헌신 속에서 위안을 얻으며 자신이 완전히 혼자가 아님을 느꼈다.

병세가 악화될수록 그는 죽음이 멀지 않았음을 직감했다. 그리고 자신의 삶을 되돌아보며 지금까지 사회적 성공과 체면만을 좇아왔음을 깨달았다. 그 모든 것이 허상일 수 있다는 생각과 함께, 자신의 삶이 타인의 기대에 맞춰 꾸며진 거짓된 삶이었다는 불안과 혼란에 사로잡혔다.

죽음을 며칠 앞둔 시점부터 그는 극심한 고통과 절망 속에서도 타인에 대한 연민과 용서의 마음을 품게 되었다. 마지막 순간에는 고통이 사라지며 평화와 해방감을 느꼈다. 그는 죽음이 삶의 끝이 아니라는 깨달음과 함께 조용히 눈을 감았다.

작품 한눈에 보기

주제	사회적 체면과 허영에 매달린 삶의 허무와 죽음을 통해 깨닫게 되는 삶의 본질
갈래	중편소설
시대적 배경	19세기 후반 러시아, 농노제 폐지 이후 귀족 계층의 도덕적 쇠퇴기
주요 등장인물	이반 일리치, 프라스코비야(아내), 게라심(하인), 동료들
시점	3인칭 전지적 시점
작품 특징	주인공의 죽음을 중심으로 한 회고적 구성
현대적 의의	물질적 성공과 사회적 인정만을 좇는 삶의 공허함 경고

작품 감상

1. 시대와 사회의 모습을 중심으로 읽기

반영론적 관점

#19세기 러시아 기득권층의 허영과 위선 폭로 #화려한 겉모습 뒤에 숨겨진 삶의 공허함

톨스토이, 허영과 위선의 가면을 벗기다

러시아 문학의 거장 톨스토이의 소설 「이반 일리치의 죽음」은 1800년 대 중반 러시아 귀족 사회와 고위 관료 집단의 위선과 자기기만을 날 카롭게 폭로하는 작품이다. 당시 러시아는 1861년 농노제 폐지 이후 급격한 사회 변화가 진행되는 동시에 귀족 계층의 도덕적 쇠퇴가 두드 러지던 시기였다. 기존의 특권을 유지하려는 상류층과 시대적 변화를 요구하는 민중 간의 갈등이 사회적 혼란을 가중하는 가운데, 특권과 권력에 집착하며 도덕적으로 타락해 가는 기득권 계층의 삶이 소설 속 인물인 이반 일리치를 통해 비판적으로 묘사되고 있다.

이반 일리치는 당시 상류층의 허영과 물질주의에 사로잡힌 전형적 인 인물로, 사회적 성공과 체면을 중시하며 겉으로 보이는 삶에만 몰 두하는 모습을 보인다. 그는 더 높은 지위와 더 많은 부를 축적하며 사회적 인정을 받는 것을 인생의 가장 중요한 목표로 삼았다. 상류층만이 누릴 수 있는 사치와 쾌락을 즐기며, 이런 삶이야말로 진정으로 행복한 삶이라고 믿었다. 그러나 그의 내면은 기쁨보다는 불안과 초조함으로 늘 가득했다. 끊임없이 허영과 시기로 자신을 몰아붙이며 살아갔기 때문이다. 직장에서 승진하여 더 크고 멋진 집으로 이사한 이반 일리치는 새집을 더 화려하게 꾸미려다가 사다리에서 미끄러져 창틀 손잡이에 옆구리를 부딪치는 사고를 당했다. 이 사고로 인해 그는 심각한 외상을 입게 되고, 결국 죽음에까지 이르게 되었다.

이반 일리치를 둘러싼 인물들의 모습 또한 당시 사회의 기득권 세력을 상징적으로 보여준다고 할 수 있다. 이반 일리치의 부고를 전해 들은 동료들이 슬퍼하기보다는 그의 자리를 누가 맡게 될 것인지를 먼저 계산하는 장면은 당시 기득권 계층의 인간관계가 얼마나 얄팍하며 물질적 욕망에 지배되어 있는지를 알게 한다. 심지어 그의 아내조차도 남편을 잃은 슬픔보다 국가로부터 받을 보상금에 더 큰 관심을 보이며, 그들의 관계가 금전적 이익과 사회적 지위 유지라는 표면적 가치에 치중되어 있었음을 암시한다. 겉으로 보이는 모습과 달리 그 내면 깊숙이에는 끊임없는 욕망과 위선이 자리 잡고 있었던 것이다.

톨스토이는 이 작품을 통해 당시 러시아 상류층 삶의 허무함과 모순을 지적한다. 주인공 이반 일리치의 삶은 겉보기엔 성공적이고 품위 있어 보였지만, 실상은 허영과 욕망으로 채워진 공허한 껍데기에 불과했다. 결국 톨스토이는 외적으로 화려하고 성공적으로 보이는 삶이라

할지라도 내면이 공허하다면 허망한 결말에 이를 수밖에 없다는 점을 강조하며, 당시 기득권층의 위선적 행태를 비판한다. 작품 속에서 생생하게 묘사된 러시아 사회의 위선과 허영, 그리고 그로 인해 초래된 인간성 상실의 문제는 독자들에게 삶의 진정한 가치와 도덕적 성찰의 중요성을 일깨워 준다.

2. 작가의 경험과 세계관을 중심으로 읽기

표현론적 관점

#죽음에 대한 톨스토이의 고찰 #윤리적이고 가치 있는 삶의 실천 강조

죽음 앞에서 삶을 직면하다

러시아를 대표하는 작가이자 사상가인 톨스토이는 평생 '죽음'이라는 문제를 깊이 고민했다. 그에게 죽음은 단순히 삶의 끝에 놓인 종착점이 아니라, 삶의 진정한 본질을 깨닫게 하는 출발점이었다. 톨스토이의 죽음에 대한 깊은 성찰은 특히 1886년에 발표한 소설「이반 일리치의 죽음」에서 더 분명하게 드러난다. 그는 이 작품을 통해 독자들에게 죽음 앞에서 우리가 진정 추구해야 할 삶의 의미와 가치가 무엇인지 질문을 던진다.

소설의 주인공 이반 일리치는 평생 안정된 삶과 사회적 성공만을 추구했다. 그는 더 높은 연봉과 사회적 지위를 얻으려 애썼으며, 동료들과의 경쟁에서 뒤처질 때마다 남을 탓하며 억울해했다. 자신이 남들보다 더 좋은 지위를 차지하는 것이 당연하다고 믿었고, 실제보다 더 부유하고 성공한 사람으로 보이기를 원했다. 이렇게 그는 자신의 성공과 안락을 위해 타인의 감정을 무시한 채, 외적인 허영과 사회적 체면만을 중시하며 살아갔다.

그러나 결국 죽음 앞에서 모든 것이 무너졌다. 그는 극심한 육체적 고통 속에서도 가족을 계속 비난하고 남을 미워하며 자신도 괴로워했다. 그러다 죽음이 임박한 마지막 순간에서야 비로소 죽음의 공포와 고통에서 해방되며 진정한 자유를 얻었다. 그는 이 순간에서야 자신의 지난 노력이 허무하고 부질없었음을 깨닫고 평안과 행복을 느낄 수 있었다.

흔히 사람들은 죽음을 먼 미래의 일로 생각하지만, 톨스토이는 정반대의 관점을 제시한다. 그는 죽음이 늘 가까이 있으며 언제라도 찾아올 수 있다는 인식을 가지고 살아야 한다고 조언한다. 톨스토이는 우리가 죽음을 항상 의식하며 살아갈 때, 이반 일리치가 평생 알지 못하다가 마지막 순간에서야 깨달았던 진리들을 평범한 일상 속에서도 깨닫고 실천할 수 있을 것이라고 말한다.

톨스토이의 죽음에 대한 깊은 고찰은 두려움에서 비롯되었으나, 점차 죽음을 삶의 일부로 수용하는 깨달음으로 나아간다. 죽음을 마음에 새기고 사는 사람들은 현재의 행동과 삶의 방식이 더욱 윤리적이고 가치 있는 방향으로 변화할 수 있다고 강조한다. 가령 거짓말이나 도둑질과 같은 부도덕한 행동을 자연스럽게 멀리하게 되며, 선하고 의미 있는 삶을 살아갈 수 있다는 것이다. 「이반 일리치의 죽음」을 통해 톨스토이는 자신의 사상과 철학을 분명히 드러냈으며, 죽음에 대한 인식이 우리의 삶과 가치관에 어떠한 영향을 미칠 수 있는지를 깨닫게 한다. _김미진

글로 완성하는 나의 읽기

1. 더 알아보기

톨스토이의 죽음에 대한 통찰을 바탕으로, 메멘토 모리 '죽음을 기억하라'에 담긴 역사적 배경과 철학적 의미를 함께 살펴봅시다.

메멘토 모리 '죽음을 기억하라'

라틴어 'memento'는 '기억하라'를, 'mori'는 '죽다'를 뜻하며, '메멘토 모리(memento mori)'는 '모든 인간은 결국 죽음을 맞이하게 된다'는 사실을 강조하는 표현입니다. 이 문구는 고대 로마 공화정 시절 개선식에서 유래했습니다. 개선식에서 승리를 거둔 장군은 많은 군중으로부터 환호와 찬사를 받았지만, 같은 전차에 타고 있던 노예는 그의 귀

에 계속해서 "메멘토 모리"라고 속삭였습니다. 이는 가장 영광스러운 순간에도 겸손함을 잃지 말고 인간성을 유지하라는 메시지를 전하기 위한 것이었습니다. 처음에는 '현재를 즐기라'는 의미의 '카르페 디엠 (carpe diem)'과 비슷한 맥락으로 사용되어, 지나친 자만과 오만을 경계하는 데 쓰였습니다. 그러나 기독교의 영향이 커지면서 현세의 부귀영화와 쾌락의 덧없음과 허망함을 강조하는 허무주의적 관점과 결합하게 되었습니다. 이후 19세기 초에는 죽은 이를 사진으로 기록하는 사후 사진 문화로까지 발전하면서 삶과 죽음의 의미를 되새기고, 죽음에 대한 깊은 성찰과 교훈을 전하는 상징적 표현으로 자리 잡았습니다.

2. 독자에게 미치는 영향을 중심으로 읽기 POINT

효용론적 관점

이 작품은 외적인 성공과 명예가 반드시 내면의 만족과 행복으로 이어지지 않는다는 교훈을 줍니다. 현대의 우리들 역시 이 메시지를 통해 물질적 성공이나 사회적 지위에만 집착하기보다 자신의 내면과 인간관계, 그리고 삶의 의미를 깊이 성찰할 필요가 있음을 깨닫게 됩니다. 또한 삶의 유한함을 기억하며 현재를 소중히 여기고, 매 순간 진정한 가치를 찾으려는 태도가 중요함을 배울 수 있습니다.

1. 이반 일리치의 삶에서 잘못된 선택이나 아쉬움이 있었다면 무엇이라고 생각하나요? 그렇게 생각하는 이유는 무엇인가요?

2. 나도 다른 사람의 시선이나 체면 때문에 억지로 한 일이나, 겉모습만 신경 쓴 경험이 있나요? 그때 기분은 어땠나요?

3. 앞으로 내가 살아가면서 가장 소중히 지키고 싶은 가치는 무엇인가요? 왜 그것을 중요하게 생각하나요?

3. 교과 연계 글쓰기

희곡은 연극의 대본으로, 무대에서 상연될 목적으로 쓰인 문학 작품입니다. 주로 인물의 대사와 지문으로 구성되며, 등장인물의 행동과 감정뿐만 아니라 다양한 무대 효과를 묘사하여 극의 내용을 관객에게 전달합니다.

〈연극 대본으로 각색하기〉 개요 예시

소설의 마지막 장면은 이반 일리치가 삶의 진정한 의미를 깨닫는 순간을 그립니다. 이 장면을 이반 일리치와 하인 게라심의 대화로 재구성하여, 대사와 지문을 통해 그의 내면 변화가 더욱 생생하게 드러나도록 희곡 형식으로 완성해 보세요.

구성	내용
장면 내용	**이반 일리치의 마지막 순간** 병세가 악화할수록 그는 죽음이 멀지 않았음을 직감한다. 자신의 삶을 되돌아보며, 지금까지 사회적 성공과 체면만을 좇아왔음을 후회한다. 부와 명예, 타인의 시선을 좇던 삶이 허망했음을 깨닫고 불안해한다. 죽음을 며칠 앞둔 시점부터 그는 극심한 고통과 절망 속에서도 타인에 대한 연민과 용서의 마음을 품게 되었고, 마지막 순간에는 고통이 사라지며 평화와 해방감을 느꼈다. 그는 죽음이 삶의 끝이 아니라는 깨달음과 함께 조용히 눈을 감았다.
대사 작성 조건	**이반일리치의 과거 회상과 고백** 1. 이반 일리치는 게라심에게 자신의 잘못과 후회되는 감정을 담담하고 솔직하게 털어놓는다. 2. 가족에게 직접 전하지 못한 미안한 마음을, 게라심을 통해 간접적으로 전한다. **감정 변화의 흐름** 1. 처음에는 죽음에 대한 공포와 두려움에서 시작해, 대화를 거치며 점차 깨달음과 수용으로 나아가는 흐름을 그린다. 2. 게라심은 이반 일리치의 고백을 판단하거나 책망하지 않고, 조용히 받아들이며 그의 내적 변화를 돕는 역할을 한다. **마무리** 1. 대사의 끝부분에서 이반 일리치가 평온과 해방감을 느끼는 순간을 표정과 대사를 함께 표현하여 극대화한다. 2. 게라심에게 감사와 안도감을 전하며 평온한 분위기로 마무리한다.
지문 작성 조건	**인물의 표정과 동작에 집중** 1. 이반 일리치 - 처음에는 고통과 두려움이 얼굴과 몸짓에 드러나도록 묘사한다. - 표정이 점점 부드러워지거나 굳어지고, 숨소리나 몸의 긴장이 완화되는 변화를 세심히 표현한다. 2. 게라심 - 대화 내내 차분하고 따뜻한 표정을 유지하며, 이반 일리치의 감정 변화를 지켜보는 모습으로 묘사한다. - 말없이 이반의 손을 잡거나 시선을 맞추는 등, 무언의 위로를 전달하는 행동을 넣는다.

PART 4

옳은 선택과
공동체의 힘

"약속을 지키는 건 왜 중요할까?
잃고 나서야 깨닫는 소중한 가치는 무엇일까?"

이 장은 양심과 책임, 그리고 공동체의 힘이라는 공통된 가치를 전합니다. 우정을 지키려는 태도와 양심에 따른 선택, 그리고 더 큰 공동체를 위한 책임이 이야기의 중심에 놓여 있습니다. 오 헨리의 「되찾은 양심」과 「20년 후」는 양심에 따라 선택하는 삶의 의미를 일깨워 주며, 알퐁스 도데의 「마지막 수업」과 「코르니유 영감의 비밀」은 옳은 일을 향한 인간의 의지와 따뜻한 연대의 가치를 보여줍니다.

01

되찾은 양심

작가 소개

오 헨리(1862-1910)는 미국의 소설가로 본명은 윌리엄 시드니 포터이다. 그는 약사, 회계사, 은행원, 제도사, 기자 등의 경험을 바탕으로 소설 속 인물로 나타내었다. 그는 주로 평범한 사람들의 일상적 모습을 포착하여 독자에게 웃음과 눈물, 따뜻한 여운을 남겼다. 또한 오 헨리 작품은 예상치 못한 결말을 만들어내는 반전 기법이 특징이다. 주요 작품으로 「마지막 잎새」, 「크리스마스 선물」 그리고 「이십 년 후」 등이 있다. 1918년에 단편소설에 수여되는 '오 헨리상'이 제정되어 지금까지 이어지고 있다.

　지미 발렌타인은 금고 털이범으로 복역하다가 주지사의 사면으로 교도소에서 출소했다. 출소 당시 교도소장은 그에게 스프링필드 사건의 알리바이를 제시하지 못한 이유가 최고 상류층 인사를 보호하기 위한 것이었는지 물었지만 지미 발렌타인은 계속된 추궁에도 불구하고 이를 부인했다.

　지미 발렌타인이 출소한 직후, 미국 전역에서는 연쇄적인 금고 털이 사건이 발생했다. 형사 벤 프라이스는 이 사건의 범인으로 지미 발렌타인을 지목하고 그의 행적을 추적하기 시작했다. 한편, 지미 발렌타인은 엘모어로 이동하여 자신의 과거를 숨긴 채 랠프 D. 스펜서라는 이름으로 신분을 세탁하고 구두 사업을 시작했다. 그곳에서 그는 은행장의 딸인 애너벨 애덤스를 만나 사랑에 빠졌고 결혼을 약속하게 되었다.

　새로운 삶을 살기로 결심한 지미 발렌타인은 약혼녀와의 결혼을 앞두고 자신이 사용했던 금고 털이 연장 도구를 친구에게 보내며 이제는 설령 백만 달러가 눈앞에 있어도 남의 돈에는 손대지 않겠다고 다짐했다. 결혼을 앞둔 어느 날, 약혼녀의 어린 조카가 실수로 은행 금고 안에 갇히는 사건이 발생했다. 그는 조카를 구하기 위해선 자신의 금고 털이 기술을 써야 하는 상황에 놓였다. 지미 발렌타인은 자신의 정체가 드러날 위험을 무릅쓰고 금고를 열어 조카를 구했다.

이 장면을 지켜보던 형사 벤 프라이스는 아무 말 없이 조용히 미소를 지으며 자리를 떠났다.

작품 한눈에 보기

주제	새로운 삶을 위한 용기 있는 선택
갈래	단편소설
시대적 배경	19세기 후반에서 20세기 초반 미국, 서부 개척과 철도 건설로 사회적 변화가 두드러진 시기
주요 등장인물	지미 발렌타인, 애너벨 애덤스, 벤 프라이스
시점	3인칭 전지적 시점
작품 특징	간결한 서사 구조와 반전 결말
현대적 의의	도덕적 딜레마에서 양심을 지키는 용기

1. 시대와 사회의 모습을 중심으로 읽기

반영론적 관점

#서부 개척과 철도 건설로 인한 사회적 변화 #범죄 발생과 법적 질서의 혼란

무너진 정의 속에 되찾은 양심

19세기 후반 미국은 대륙 횡단 철도 건설이 완공되어서 사람들의 이동이 이전보다 훨씬 쉬워졌다. 철도 건설로 인하여 범죄자들 역시 이동이 자유로워졌고 그 결과 범죄 발생률도 자연스럽게 높아졌다. 이 소설에서도 미국 전역에서 연쇄 금고 털이 사건이 발생하는데 공교롭게도 지미 발렌타인이 출소한 이후의 일들이다. 형사 벤 프라이스는 지미 발렌타인을 범인으로 지목하고 그의 뒤를 쫓았다. 그는 이를 모른 채 엘모어로 이주하여 자신의 신분을 감추고 랠프 D. 스펜서라는 이름의 구두 사업가로 신분 세탁을 했다.

이 당시는 철도 건설뿐 아니라 골드러시와 서부 개척으로 사회적 변화가 두드러졌고 법의 판단과 집행이 정의롭게 이루어지지 않았음을 알 수 있다. 주지사의 사면으로 지미 발렌타인이 출소하게 되는데 교도소장은 그에게 스프링필드 건의 알리바이를 말하지 못하는 이유를 물었다. 그 이유가 최고 상류층 사회의 누군가가 위험에 빠질까 봐 그런 것인지를 추궁했지만, 그는 이를 부인했다. 이런 점으로 볼 때 당시 미국 사회에서 누군가는 죄를 지은 사회 지도층을 대신하여 죗값을 치렀을 가능성이 나타난다. 그리고 지미 발렌타인에 대한 주지사의 사면 결정에도 어떤 형태로든 권력의 입김이 작용했을 것으로 짐작된다.

소설에서 지미 발렌타인은 교도소 밖에 친구가 많은 사람이 교도소에 들어왔을 때 굳이 머리를 깎은 보람이 없다고 말한다. 이는 범죄자들의 일부는 형을 채우지 않고 곧 출소할 수 있었다는 것으로 해석된다. 또한 그의 친구 마이크가 더 빨리 꺼내 주지 못해 미안하다고 언급한 장면 역시 당시 미국 사회가 법 집행의 문제점을 가지고 있었다는 것을 뒷받침한다. 이처럼 인물들의 대화는 물질적 자원과 높은 권력을 가진 사람들에게는 유리한 법 집행이 있었던 사회의 부조리함을 반영하고 있다.

물질적 풍요를 추구하는 현실에서 지미 발렌타인은 금고에 갇힌 조카를 구하지 않고 모르는 척하며 살아갈 수 있었다. 왜냐하면 그가 금고를 열 경우 조카의 생명은 구할 수 있으나 자신의 과거가 발각될 위험이 있을 뿐만 아니라 사랑하는 약혼녀를 잃을 수 있기 때문이다. 그러나 지미 발렌타인은 자신의 안위를 위한 선택 대신에 금고의 문을 열었다. 이는 그가 개인적 욕망보다 양심을 되찾고 싶었던 욕망이 더 컸음을 의미한다. 경제적으로 사회 변화가 두드러진 시기에 창작된 「되찾은 양심」은 당시 사람들에게 도덕적 가치관의 중요성을 전달하는 작품이다.

2. 작가의 경험과 세계관을 중심으로 읽기

#자기 잘못에 대한 반성과 성찰 #새로운 삶에 대한 용기 있는 결단

오 헨리의 되찾은 양심

오 헨리는 자신이 경험했던 다양한 직업들을 소설에 나타냈던 작가이다. 그가 은행에서 일하던 중 횡령죄로 연방 교도소에서 수감 되었던 일이 있었다. 이 일은 그의 인생에 가장 큰 영향을 미쳤던 사건으로 그가 작가의 길에 들어서는 데 전환점이 되었다. 특히 「되찾은 양심」은 시기적으로 오 헨리가 교도소 출소 이후 출간되었다는 점에서 작가 자신의 경험으로 얻은 깨달음이 실려 있는 작품이다.

작가는 자신이 운영했던 잡지사의 경제적 어려움을 해결하고자 불법 대출을 시도했다. 이 일로 교도소에 수감 되었는데 모범수로 인정받아 형기보다 일찍 풀려났다. 작가는 교도소 수감 생활이 견디기 힘들어서 대부분의 시간은 다른 수감자들과는 떨어져 틈틈이 글쓰기를 시작했다고 한다. 이때 오 헨리는 자신을 되돌아보고 교도소에서 출소한 인물이 등장하는 소설 「되찾은 양심」을 집필했다.

작가는 교도소에 들어갈 때는 윌리엄 시드니 포터였지만 출소할 때는 뉴욕으로 거주지를 옮기고 오 헨리라는 필명으로 작가 활동을 시작했다. 소설에서 지미 발렌타인도 출소 후, 엘모어로 이주한 뒤 랠프 D. 스펜서로 개명하고 사업가로 변신했다. 이렇게 변화한 지미 발렌타인의 모습은 그가 과거 행적을 지우고 새로운 삶을 살고 싶었다는 것을 알 수 있다. 이와 같이 작가와 인물의 유사한 행적이 나타나는 것은 작가 자신이 과거를 청산하고 싶었던 욕망과 바람이 담겨 있었던 것으로 읽힌다.

「되찾은 양심」은 오 헨리가 자신의 잘못을 성찰한 결과물과 같은 작품이다. 작가의 성찰은 지미 발렌타인이 약혼녀와의 결혼식을 앞두고 절도범 연장 세트를 친구에게 보내는 장면에 나타난다. 지미 발렌타인은 다른 사람의 돈이라면 100만 달러를 준다고 해도 한 푼도 건드리지 않겠다고 말했기 때문이다. 이 연장 세트는 금고 털이범이었던 지미 발렌타인에게는 특별한 것이었으나 그것을 처리함으로써 그는 이전과는 다른 삶을 살고자 하는 모습을 보였다.

오 헨리는 경제적 이유로 잘못 판단했던 자신의 잘못을 깨닫고 범죄자라는 그늘에서 벗어나고자 했다. 작가 자신이 몸소 경험했던 일들은 그의 작품 속 주인공 지미 발렌타인에게 투영되어 순간의 판단과 선택이 얼마나 중요한지 보여주고 있다. 자신의 과거가 탄로 날 위험 앞에서도 흔들리지 않고, 도덕적 양심을 지킨 지미 발렌타인은 바로 작가 자신이 거듭났음을 의미한다. 「되찾은 양심」을 통해 오 헨리는 삶의 성찰과 도덕적 가치관을 드러내고 있다. _정현숙

글로 완성하는 나의 읽기

1. 더 알아보기

소설 「되찾은 양심」의 시대적 배경이 되는 미국의 서부 개척과 골드러시에 대해 알아보고, 배경지식을 쌓아봅시다.

서부 개척과 골드러시

미국의 서부 개척 시대는 1800년대 초반 시작해 1840년대에 본격화되었습니다. 이전에 이곳에는 원주민인 인디언들이 살고 있었으나 1848년 캘리포니아에서 제임스 마셜이 금을 발견하면서 골드러시가 시작되었습니다. 금을 찾고자 하는 사람들이 몰려들면서 작은 어촌 마을이었던 샌프란시스코에 많은 인구 유입이 일어나고 급속히 성장했습니다.

사람들은 일확천금을 꿈꾸며 서부로 몰려들었으나 동부에서 서부로의 이동은 쉽지 않았습니다. 그러나 1869년 대륙 횡단 철도가 건설되면서 물리적 거리 이동의 장애물을 뛰어넘을 수 있게 되었고, 서부 개척과 경제 발전에 큰 영향을 주었습니다.

금 채굴을 위하여 미국 전역뿐만 아니라 유럽, 호주와 중국에서도 채굴꾼들이 몰려들었습니다. 골드러시로 인해 다양한 배경을 가진 사람들이 이곳으로 모여들었기 때문에 미국 사회가 다양성을 이루는 데

지대한 영향을 미쳤습니다. 이렇게 사회문화적 교류에 이로운 점이 있었으나 금 채굴 과정에서 환경 훼손과 원주민들의 터전을 빼앗는 결과를 가져오기도 했습니다.

2. 독자에게 미치는 영향을 중심으로 읽기 POINT
효용론적 관점

이 소설에서 주인공 지미 발렌타인은 금고 털이범이었던 자신의 과거를 청산하고 도덕적 삶을 살고자 합니다. 약혼녀 가족들이 모두 있는 곳에서 그녀의 조카가 갇힌 금고의 문을 열 것인가 아니면 모른 척할 것인가라는 문제적 상황은 그에게 도덕적 삶으로의 전환 여부를 결정짓는 시험대와 같습니다.

　나라면 이런 상황에서 어떻게 행동했을까 생각해 보고 그의 선택과 되찾은 양심이라는 제목이 무엇을 의미하는지 사유하는 과정은 독자들에게 도덕적 삶의 지침서가 될 것입니다.

1. 금고의 문을 열지 말지 갈등하는 상황에서 나라면 어떻게 행동했을까요?

2. 작품의 제목 「되찾은 양심」이 독자에게 전하는 메시지는 무엇일까요?

3. 작가가 말하고자 한 '도덕적 삶의 가치'는 오늘날 어떤 사회 문제와 연결될 수 있을까요?

3. 교과 연계 글쓰기

독서 기록지 작성하기는 책을 읽고 난 뒤 내용을 정리하여 일지 형태로 남기는 것입니다. 책을 읽은 뒤 기록하면 생각을 체계적으로 정리할 수 있고, 꾸준한 독서 습관을 유지하는 데에도 도움이 됩니다.

〈독서 기록지 작성하기〉 개요 예시

오 헨리의 「되찾은 양심」을 바탕으로 독서 기록지를 작성하여, 읽은 내용을 정리하고 자신의 생각을 표현해 봅시다.

구성	내용		
책 제목	되찾은 양심		
읽은 기간	2025.00.00 ~ 2025.00.00	지은이	오 헨리
출판사	○○출판사	출판연도	○○년
분야	세계문학(단편소설)	별점	★★★★☆
읽게 된 동기	**이 책을 선택한 이유나 배경을 기록한다.** 오 헨리의 단편들은 짧지만 강한 여운을 주는 반전으로 유명하다. 「되찾은 양심」은 제목부터 호기심이 생겼고 세계 명작을 읽는 숙제가 있어서 읽어보게 되었다.		
특징	**장별 특징이나 전개 방식의 특징적인 부분에 대해 요약한다.** 이야기의 흐름은 단순하지만, 마지막에 주인공이 금고의 문을 열었던 반전이 있어 여운과 감동이 크다.		
주제	**책이 다루고 있는 중심 주제를 기록한다.** 인간은 누구나 양심의 소리를 외면할 수 있지만, 올바른 선택을 할 수 있다.		

중심 내용	**줄거리를 요약하거나 핵심 주장 등을 정리한다.** 주인공은 감옥에서 출소 후, 새로운 삶을 살아가려 한다. 자신의 과거가 들통날 위험을 감수하고 옳은 일을 하는 쪽을 택한다.
기억에 남는 부분과 이유	**인상 깊었던 장면이나 인물에 대한 내용을 이유와 함께 정리한다.** 교도소장의 집요한 추궁에도 자신의 알리바이를 대지 않는 장면이 이해가 되지 않아 기억에 남는다. 나였으면 솔직히 털어놓고 조금이라도 복역 기간을 줄이려고 애썼을 것 같은데 주인공은 그렇지 않아서 그 이유가 궁금했다.
새롭게 알게 된 사실이나 깨달은 점	**책을 읽으면서 얻게 된 아이디어나 통찰, 성찰한 부분들을 기록한다.** 순간의 선택이 인생 전체의 방향을 바꿀 수 있다는 것을 깨닫게 되었다.
마음에 남은 문장	**중요한 인용구나 기억에 남는 문장을 페이지 번호와 함께 기록한다.** "사람은 누구나 양심을 잃기도 하지만, 되찾을 수도 있다." (본문 p.00)
비판적 읽기	**동의하기 어려운 점이나 아쉬운 부분을 자신의 생각과 함께 정리한다.** 주인공이 내적으로 갈등하고 자신의 선택에 대해 고민하는 부분이 더 표현되었다면 공감이 잘 되었을 것이다.
더 읽어보고 싶은 책	**연계해서 읽으면 좋을 책이나 떠오르는 작품을 적는다.** 오 헨리의 다른 단편소설 중 「이십 년 후」를 읽어봐야겠다.

02

마지막 수업

작가 소개

알퐁스 도데(1840-1897)는 프랑스의 소설가로 따뜻한 감성과 사실적인 묘사가 돋보이는 작품을 많이 남겼다. 그는 형편이 어려운 가정 속에서 어린 시절을 보냈으며, 젊은 시절 교사로 일하면서 문학 활동을 시작했다. 작품 속에 프랑스 남부 프로방스 지방의 풍경과 정서를 자주 담았다. 그의 작품은 자연주의와 사실주의적인 특징을 가지면서도 서정적인 분위기를 띠고 있다. 대표작으로 「별」, 「마지막 수업」, 「젊은 프로몽과 형 리슬레르」 등이 있다.

나는 프랑스어 분사법을 공부하지 않아 선생님께 꾸중 들을까 봐 겁이 났다. 시험을 보기 싫어서 학교에 가는 것도 내키지 않았다. 들판을 서성이다가 마음을 다잡고 학교로 향하던 중 면사무소 앞 게시판에 모여 있는 마을 사람들의 모습에서 평소와 다른 기운을 느꼈다.

교실에 들어서자 늘 시끄럽던 분위기와는 달리 교실은 이상하리만큼 고요했다. 아멜 선생님은 나를 꾸짖지 않고 조용히 자리에 가서 앉으라고 부드럽게 말씀하셨다. 선생님은 평소와 달리 특별한 날에만 입는 정장을 차려입고 계셨다. 교실 뒷좌석에는 평소 학교에 잘 오지 않던 마을 사람들이 앉아 있었는데, 모두 슬픈 표정을 짓고 있었다.

선생님은 엄숙한 목소리로 내일부터는 독일어만 가르치라는 명령이 내려왔으며 오늘이 마지막 프랑스어 수업임을 알리셨다. 아직 프랑스어를 잘하지 못하는 나는 이 사실을 듣고 그동안 학교를 게을리 다니고 시간을 헛되이 보냈던 일을 후회했다. 마을 사람들 또한 40년 동안 헌신해온 선생님께 감사하는 마음과 사라져 가는 조국에 대한 의무감을 안고 마지막 수업에 참석한 것이었다.

프랑스어 분사법을 외우지 못한 나에게 아멜 선생님은 공부를 내일로 미루는 태도가 잘못이며 교육에 무관심했던 부모와 어른들의 책임도 크다고 말씀하셨다. 이어서 프랑스어는 프랑스인의 정신과 정체성을 담은 언어이기에 이를 잃는 것은 곧 민족의 혼을 잃는 것과 같다고 강조하셨다.

　수업이 진행되는 동안 선생님은 마지막까지 문법과 작문을 가르치며 학생들에게 프랑스어 책을 읽게 하셨다. 그리고 마지막 종이 울리자 잠시 말을 멈추고 칠판에 커다랗게 '프랑스 만세'라고 쓰신 뒤 수업이 끝났으니 다들 돌아가라며 마지막 말을 남기셨다.

작품 한눈에 보기

주제	나라를 잃은 슬픔과 모국어의 소중함
갈래	단편소설
시대적 배경	1870~1871년 보불전쟁(프랑스-프로이센 전쟁) 후 알자스-로렌 지방이 독일에 합병된 시기
주요 등장인물	프란츠, 아멜 선생님, 마을 사람들
시점	1인칭 주인공 시점
작품 특징	모국어 상실과 탄압의 아픔을 표현
현대적 의의	· 모국어는 한 나라의 정체성이라는 인식 강조 · 교육과 배움의 의미 재발견

1. 작가의 경험과 세계관을 중심으로 읽기

표현론적 관점

#자원입대한 작가의 애국심 #슬픔과 비장함을 생생하게 전달

마지막 수업과 영원한 가르침

「마지막 수업」은 프랑스-프로이센 전쟁 이후 알자스-로렌 지방이 독일에 병합되면서 프랑스어 교육이 금지되는 상황을 배경으로 한다. 알퐁스 도데는 실제로 프랑스의 패배와 알자스-로렌 지역의 상실을 목격했다. 애국심이 강했던 그는 근시로 병역이 면제되었음에도 전쟁이 발발하자 자원입대하였다. 이때의 체험을 바탕으로 도데는 「마지막 수업」을 비롯한 몇 편의 단편소설을 집필했다. 특히 「마지막 수업」에서는 작가가 전쟁에 참여했던 경험과 조국에 대한 애정이 아멜 선생님의 대사를 통해 드러나는데, 이는 작품의 중심 주제와도 밀접하게 연결된다.

아멜 선생님은 작가의 사상을 대변하는 인물로 깊은 애국심을 지닌 교육자이다. 그는 언어를 단순한 의사소통 수단이 아닌 한 나라의 문화와 정체성을 담고 있는 핵심 요소로 여겼다. 아멜 선생님은 자기 나라의 언어를 보전하고 있다면 다른 나라의 지배를 받더라도 나라를 지킬 수 있다고 믿었다. 이러한 신념은 마지막으로 프랑스어를 가르치는 날에도 최선을 다해 가르치는 그의 모습에서 뚜렷이 드러난다. 그의 행동은 모국어 교육의 중요성을 일깨우고 학습이 단순한 지식 전달이 아니라 정신적 정체성과 문화의 계승이라는 근본적인 의미를 지닌다는 점을 보여준다. 아멜 선생님은 국가와 민족의 혼을 지키는 일을 하고 있었던 것이다.

작가는 애국심과 모국어에 대한 애정을 대화체 문장, 말줄임표, 사실적인 묘사를 통해 효과적으로 드러낸다. 아멜 선생님이 프란츠의 태도를 지적하고 부모들의 무관심을 비판하는 장면에서는 대화체 표현을 사용하여 독자가 학생의 입장에서 선생님의 말씀을 직접 듣는 듯한 생생함과 반성의 효과를 준다. 결말에서 말줄임표를 사용한 부분은 생략된 말 속에 담긴 선생님의 슬픔과 비장한 감정을 독자가 스스로 짐작하게 하여, 모국어의 소중함을 더욱 깊이 느끼게 한다. 또한 선생님의 마지막 수업 태도와 학생들의 반응, 교실의 분위기를 사실적으로 묘사함으로써 작품의 주제인 애국심과 모국어 사랑이 감동적으로 부각된다.

모국어에는 한 나라의 오랜 전통과 사상이 담겨 있다. 따라서 모국어를 잃는다는 것은 나라를 지탱해 온 정신적 문화가 사라지는 정체성 상실의 문제로 이어진다. 생계를 유지하는 일이 아무리 중요하더라도 배움을 멈추지 말라는 아멜 선생님의 말씀은 곧 모국어 교육을 게을리하지 말라는 작가의 당부이기도 하다. 또한, 평소 장난기 많던 프란츠가 마지막 수업에서 프랑스어의 소중함을 깨닫고 진지해지는 모습은 작가가 바라는 독자들의 태도 변화를 상징한다. 이처럼 알퐁스 도데는 개인의 체험을 문학으로 승화시켜 독자들에게 모국어의 소중함과 애국심의 의미를 전달한다.

2. 독자에게 미치는 영향을 중심으로 읽기

효용론적 관점

#모국어를 지키려는 저항 의지 #모국어는 나라의 정체성

우리 말과 글을 지키는 힘

이 작품 속에서 프랑스어 교육이 금지되는 장면은 한국이 일제 강점기 당시 조선어 사용을 금지당했던 역사를 떠올리게 하며 공감대를 형성한다. 일본은 1938년 국가총동원법을 시행하며 조선어 교육을 축소하였고, 1940년대에는 학교에서 한국어 교육을 전면 금지하고 일본어만 사용하도록 강요했다. 이러한 상황에서 한국인들은 모국어를 잃을지도 모른다는 불안과 슬픔을 느꼈으며 이는 「마지막 수업」에서 아멜 선생님과 학생들이 마지막으로 프랑스어를 배우며 느꼈던 상실감과 유사하다. 두 사례 모두 모국어 상실이 개인과 민족에게 어떤 정서적 충격을 주는지를 보여주며 언어가 곧 정체성이라는 점을 일깨운다.

아멜 선생님이 '자기 나라의 언어를 지킨다면, 나라를 지킬 수 있다'

라고 강조하는 장면은 일제 강점기 동안 한국인들이 몰래 한국어를 공부하고 민족의 문화를 지키기 위해 노력했던 모습을 떠올리게 한다. 당시 신채호, 주시경과 같은 학자들은 한국어와 한글을 지키기 위해 끊임없이 연구를 이어갔으며, 1942년 조선어학회 사건과 같은 탄압 속에서도 조선어 사전 편찬을 추진하는 등 언어를 지키기 위한 노력을 멈추지 않았다. 한국의 독립운동가들은 '말과 글을 지키는 것이 곧 독립운동의 시작'이라고 하며 언어가 한 민족의 정신적 유산임을 강조했다. 독립운동가들의 이러한 노력은 훗날 우리 민족의 정체성을 지키는 결과로 이어졌다.

작품의 마지막 부분인 프러시아 군대의 나팔 소리가 울려 퍼지는 순간, 아멜 선생님은 "프랑스 만세!"라고 외치며 수업을 마쳤다. 이 장면은 프랑스어 교육이 끝나는 현실적인 패배와 언어를 지키려는 저항 의지를 동시에 드러낸다. 이는 일제 강점기 동안 한국인들이 일본식 성명 강요와 일본어 교육 강요에 반발하며 한글을 지키려 했던 저항 정신과 같다. 3·1 운동 이후에도 민족 교육을 이어나가려 했던 계몽 운동이나, 비밀리에 한글을 교육하던 독립운동가들의 활동은 언어를 통한 민족 정체성을 지키는 일이었다. 「마지막 수업」은 한국인들에게 당시 외세의 억압과 민족 문화를 지키려는 저항의 감정을 되새기게 하는 특별한 의미가 있다.

과거 우리말 속에 남아 있던 일본어의 잔재는 식민지 언어를 순화하려는 꾸준한 노력 끝에 대부분 사라졌다. 오늘날 우리는 한국어로 된 문화 콘텐츠를 세계 곳곳에서 즐기는 시대에 살고 있다. 이러한 변화는 우리 언어와 정체성을 지키기 위해 애써 온 수많은 이들의 노력이 있었기에 가능했다. 말과 글은 단순한 의사소통 수단을 넘어 한 나라의 역사, 문화, 가치관을 담는 그릇이다. 지금 우리가 한국어를 자유롭게 사용하고 이를 통해 세계와 소통할 수 있는 건 과거의 노력과 헌신 위에 이루어진 것이다. 따라서 우리는 소중한 언어를 단지 사용하는 데 그치지 않고 계속해서 가꾸고 계승해 나갈 책임이 있다. 언어를 지킨다는 것은 곧 우리의 정체성과 문화를 지키는 일이기 때문이다. _김방환

글로 완성하는 나의 읽기

1. 더 알아보기

모국어 사용이 금지된 상황 속에서도 언어를 지키려는 인물들의 의지가 잘 드러나 있는 「마지막 수업」과 같은 작품을 한국 소설에서도 찾아볼 수 있습니다.

심훈 『상록수』(1935)

「마지막 수업」의 주제와 비슷한 우리나라의 작품으로 일제 강점기에

출간된 『상록수』가 있습니다. 이 작품에서 한국어는 민족의 자긍심을 유지하는 중요한 수단으로 그려집니다. 일제는 한국어 사용을 억제하고 일본어를 강제로 가르쳤지만, 채영신과 같은 인물들은 한글을 가르치며 한국어가 단순한 의사소통 수단이 아닌 민족의 역사와 문화를 담는 매체임을 강조합니다.

박동혁은 민족을 위한 교육의 중요성을 보여주는 인물입니다. 그가 주도하는 농촌 교육 활동은 실용적인 지식을 전달하는 것에 그치지 않고 한국어를 통해 민족의 정신과 문화를 계승하는 중요한 역할을 합니다.

이를 통해 우리는 한글을 배우고 익히는 과정이 단순한 교육을 넘어 민족의 고유한 가치와 전통을 지키는 중요한 활동임을 알 수 있습니다.

2. 작품의 내적 구조와 표현을 중심으로 읽기 POINT

구조론적 관점

「마지막 수업」은 시간적, 공간적 배경이 중요한 역할을 합니다. '수업 시간'이라는 제한된 시간 안에 이야기가 집중적으로 전개되어 긴박함과 절박함을 강조합니다. 수업의 마지막 순간은 모국어를 상실하는 순간과 모국어의 중요성을 깨닫는 각성의 두 가지 감정이 동시에 일어나며 절정에 이릅니다.

교실이라는 폐쇄된 공간은 물리적인 공간 이외에 프랑스어 교육이라는 정신적, 문화적 공간을 나타냅니다. 교실은 프랑스어라는 모국어를 지키는 싸움의 마지막 보루이며 문화와 언어의 중요성을 일깨우는 가르침과 깨달음의 공간입니다.

1. 마지막 수업이라는 제한된 시간이 이야기의 긴박감을 어떻게 증대시키나요?
2. 교실이라는 공간적 배경이 등장인물들의 행동에 어떤 영향을 미치나요?
3. 프랑스어 수업 시간 동안에 일어난 프란츠의 변화는 주제를 전달하는 데 어떤 역할을 하나요?

3. 교과 연계 글쓰기

세종대왕은 1446년에 한자 사용의 어려움을 해결하고자 '백성을 가르치는 바른 소리'라는 뜻의 훈민정음을 창제했습니다. 한글은 소리 나는 대로 적을 수 있어 표기가 쉽고, 자음과 모음을 결합해 새로운 말이나 소리를 자유롭게 만들어내 다양하게 표현할 수 있습니다. 한국어 문법을 알면 문장을 정확하게 구성할 수 있어 자신의 생각을 명확하고 논리적으로 표현할 수 있습니다. 또, 복잡한 글이나 문장을 읽을 때 의미를 더 잘 이해하게 됩니다.

〈노랫말 만들기〉 개요 예시

한글의 창제 원리와 한글의 특성을 정리하고 전달하고 싶은 한글의 특

성과 의미를 골라 노랫말로 만들어 봅시다. 여러분이 좋아하는 노래
나 랩의 리듬에 맞춰 가사를 바꿔볼 수 있습니다.

한글의 특성을 담은 노랫말 만들기

구성	내용
한글의 특성	**자음과 모음의 특징** 1. 기본 자음자 'ㄱ, ㄴ, ㅁ, ㅅ, ㅇ'은 발음 기관을 본떠 만들어졌다. 'ㄱ'은 혀뿌리가 목구멍을 막는 모양을, 'ㄴ'은 혀끝이 윗잇몸에 붙는 모양을 본뜬 것이다. 2. 모음자의 기본자는 'ㆍ, ㅡ, ㅣ' 3자이다. ㆍ(아래아)는 세상에 처음 존재한 하늘을, ㅡ는 평평한 땅을, ㅣ는 하늘과 땅 사이에 존재하는 사람을 뜻한다. 3. 기본적인 자음과 모음의 규칙만 알면 새로운 단어를 쉽게 창조할 수 있고 학습이 쉽다.
한글의 의의	**역사적 의의** 1. 한글은 모든 백성이 쉽게 배우고 쓸 수 있도록 창제되어 민족의 문화와 정체성을 지키는 중요한 수단이 되었다. 2. 일제 강점기 등 어려운 시기에도 한글을 지키며 민족의 자긍심을 유지할 수 있었다. 3. 훈민정음 해례본은 한글 창제의 원리와 운용법을 체계적으로 설명해 유네스코 세계기록유산으로 등재되었다. 과학적이고 창의적인 글자로 평가받는다.
노랫말 만들기 예시	**노래 제목: 훈민정음** 세종대왕이 창제한 한글 백성을 가르치는 바른 소리 자음 모양 발음기관 모음 열자 천지인 쉽게 배우고 쓸 수 있어 우리 민족 자긍심

03

이십 년 후

작가 소개

오 헨리(1862-1910) 는 미국의 소설가로 본명은 윌리엄 시드니 포터이다. 그는 약사, 회계사, 은행원, 제도사, 기자 등의 경험을 바탕으로 소설 속 인물로 나타내었다. 그는 주로 평범한 사람들의 일상적 모습을 포착하여 독자에게 웃음과 눈물, 따뜻한 여운을 남겼다. 또한 오 헨리 작품은 예상치 못한 결말을 만들어내는 반전 기법이 특징이다. 주요 작품으로 「마지막 잎새」, 「크리스마스 선물」 그리고 「이십 년 후」 등이 있다. 1918년에 단편소설에 수여되는 '오 헨리상'이 제정되어 지금까지 이어지고 있다.

　　지미와 밥은 어린 시절 뉴욕에서 함께 자라며 우정을 나눈 친구였다. 그들은 이십 년 후, 고향에서 다시 만나기로 약속했다. 당시 밥은 서부로 떠날 계획이었고 지미에게 함께 가자고 권했다. 하지만 지미는 뉴욕에 남기로 결정했다. 두 사람은 서로 어떤 신분이 되어 있든 아무리 멀리 떨어져 있어도 반드시 이십 년 뒤에 다시 만나기로 굳게 약속했다.

　　이십 년 뒤, 밥은 약속한 장소에 돌아왔다. 그러나 그곳은 이제 식당이 아니라 철물점으로 바뀌어 있었다. 밥은 친구를 기다리던 중 우연히 순찰 중이던 경관과 마주쳤고 스스럼없이 이십 년 전 친구와의 약속에 대해 이야기 하였다. 짧은 담소를 나누는 동안 밥은 설레는 마음을 감추지 않았다. 경관은 밥에게 친구가 오지 않으면 어떻게 하겠느냐고 물었고, 밥은 기다리겠다고 대답했다. 경관은 친구가 꼭 오기를 바란다고 말하고 자리를 떠났다.

　　잠시 후, 한 남자가 밥에게 다가왔고 자신이 지미라며 반갑게 인사를 건넸다. 두 사람은 함께 어두운 골목을 지나 환한 불빛 아래로 나와 서로의 얼굴을 확인했다. 그 순간, 밥은 눈앞의 남자가 자신이 알던 지미가 아니라는 것을 알아차렸다. 그는 이십 년이라는 세월이 아무리 길다 해도 매부리코가 이렇게 납작하게 주저앉을 만큼 긴 시간은 아니라며 도망치려 했지만 결국 체포되고 말았다.

잠시 후, 밥은 한 통의 편지를 건네받았다. 그의 오랜 친구 지미의 편지였다. 편지에는 지미가 밥을 알아보았지만 직접 친구를 체포할 수 없어 동료 경관에게 체포를 부탁했다는 내용이 담겨있었다. 밥은 사실 시카고 정보국으로부터 수배된 범죄자였다.

작품 한눈에 보기

주제	진정한 우정의 의미
갈래	단편소설
시대적 배경	19세기 후반에서 20세기 초반 미국, 서부 개척과 골드러시로 사회적 변화가 두드러진 시기
주요 등장인물	지미, 밥, 지미의 동료 경관
시점	3인칭 전지적 시점
작품 특징	간결한 서사 구조와 반전 결말로 인물 대비
현대적 의의	빠르게 변하는 사회에서 도덕적 책임과 진정한 우정의 의미

작품 감상

1. 시대와 사회의 모습을 중심으로 읽기

반영론적 관점

#서부 개척과 골드러시로 인한 사회적 변화 #경제적 풍요로움과 정체성의 혼란

이십 년의 시간과 공간의 그림자

소설의 배경은 20세기 초반, 미국 뉴욕의 한 뒷골목이다. 이 시기는 미국의 경제적, 사회적 변화가 극심하게 일어난 시대였으며, 특히 서부 개척과 골드러시로 경제적 확장과 그에 따른 사회적 변화가 두드러졌던 때였다. 1848년 샌프란시스코에서 황금이 발견된 이후 수많은 이민자가 금을 찾기 위해 서부로 대이동을 하였던 골드러시가 시작되었다. 이러한 시대적 특징이 이십 년 동안 서로 다른 곳에서 살아왔던 두 인물의 모습에 투영되었다.

당시 미국 전역에서 다양한 계층의 사람들은 경제적 부를 손에 쥐고자 서부로 모여들었다. 밥도 경제적 풍요로움을 좇아 친구 지미에게 함께 서부로 가자고 권유했다. 그러나 지미는 고향 뉴욕에 남기로 하고 밥은 홀로 서부로 떠났다. 소설 속 두 인물, 밥과 지미는 이러한 경제적 변화 속에서 서로 다른 길을 걷게 되었다. 이들은 19세기 말부터

20세기 초반까지 미국에서 경제적 변화로 인해 사회적 변동의 영향을 받았던 사람들의 모습으로 나타난다.

당시 서부는 골드러시로 인해 경제적 풍요를 실현할 수 있는 기회의 공간으로 인식되었다. 소설에서도 밥은 한몫을 챙기려고 서부로 향한 인물로 묘사되며 이는 서부가 사람들에게 희망의 땅으로 작용했음을 시사한다. 소설에서 밥은 큼직한 다이아몬드가 박힌 넥타이핀과 정교한 문양의 다이아몬드가 장식된 시계를 지닌 인물로 나타나며, 이러한 외양은 그가 서부에서 부를 축적한 인물임을 암시한다. 그러나 밥은 서부를 타인의 재산을 가로채려는 교활한 인물들과 끊임없이 경쟁해야 하는 공간으로 묘사했다. 이로 미루어 보아 서부는 단순한 경제적 기회의 장에 그치지 않고 치열한 생존 경쟁이 공존하는 이중적 성격을 지닌 장소로 기능했음을 알 수 있다.

반면 지미의 삶의 터전이었던 뉴욕은 서부의 급변하는 환경과는 상반된 양상으로 나타난다. 「이십 년 후」에서 뉴욕은 그날그날 판에 찍은 것처럼 하는 일이 뻔한 곳으로 묘사되며 이는 도시 일상이 반복적이고 규범화되어 있다는 인상을 준다. 소설 속 배경으로 제시되는 뉴욕은 빠르게 움직이는 군중, 분주한 거리와 혼잡한 분위기, 획일화된 일상성을 내포하는 공간으로 그려진다. 그 속에서 지미는 자신의 고향인 뉴욕을 떠나지 않고 경관으로 일하며 안정적이고 일관된 삶을 살아간 인물로 제시된다. 그의 일상은 판에 찍은 것처럼 반복되는 도시인의 전형적 삶을 대변하며 이는 끊임없는 변동과 경쟁의 공간인 서부에서 살아가던 밥의 삶과 극명한 대조를 이룬다.

결국 「이십 년 후」는 골드러시와 서부 개척이라는 역사적 사건을 배경으로 미국의 급격한 경제와 사회적 변동이 개인의 삶에 어떠한 방식으로 작용했는지를 보여주는 작품이다. 밥과 지미라는 두 인물은 각각 서부와 동부라는 상반된 공간에서 서로 다른 삶의 궤적을 따라 살아간다. 이를 통해 작가는 19세기 말에서 20세기 초반 미국 사회의 공간적 이질성과 그로 인한 개인 정체성의 변화 과정을 사실적으로 드러낸다.

2. 독자에게 미치는 영향을 중심으로 읽기

효용론적 관점

#이십 년 후 달라진 결말 #우정과 정의 사이의 도덕적 딜레마

선택이 만든 서로 다른 길

오 헨리의 「이십 년 후」는 친구 사이였던 밥과 지미가 이십 년 전 약속을 지키기 위해 고향 뉴욕에서 만나는 이야기이다. 밥은 부와 성공을 위해 고향을 떠나 서부로 떠났고, 지미는 고향 뉴욕에 남아 묵묵히 살아간다. 두 인물의 다른 선택은 각자의 삶의 방향을 바꾸고, 이십 년 후 그들의 재회는 서로 다른 가치관과 삶의 결과를 보여준다.

밥은 큰 꿈을 품고 경제적 부를 이루기 위해 서부로 떠났다. 고된 세월을 견디며 마침내 성공을 이룬 그는, 친구와의 약속을 지키기 위해 뉴욕으로 돌아온다. 다이아몬드가 박힌 장신구로 한껏 치장한 밥은 자신의 꿈을 이룬 듯 자신감이 넘쳐 보였다. 약속 장소에서 이들은 서로 마주쳤지만, 웬일이지 밥은 친구 지미를 알아보지 못했다. 그저 세월이 흘러서가 아니라, 그의 내면이 변해버렸기 때문일 것이다.

반면 경관이 된 지미는 밥을 한눈에 알아보지만, 그가 수배 중인 범죄자라는 사실 때문에 그의 앞에 선뜻 모습을 드러내지 못하고, 우정과 의무 사이에서 갈등한다. 지미는 결국 밥을 직접 체포하지 못하고, 대신 다른 경관에게 그 일을 맡긴다. 정작 숨어야 할 사람은 범죄자인 밥이지만 그는 자신의 성공에 도취돼 현실을 외면했다. 반대로 지미는 법을 지켜야 하는 직업적 책임 속에서 친구를 직접 마주하지 못하고 숨어서 고뇌하는 아이러니 한 상황이 전개된다.

이 짧은 재회 장면 속에는 인간의 복잡한 감정이 담겨 있다. 밥은 물질적 성공을 얻었으나 도덕적 타락으로 몰락한 인물이고, 지미는 평범하지만, 원칙과 양심을 지킨 인물이다. 지미는 끝까지 양심을 지키기 위해 제일 나은 선택이 무엇일지 갈등한다. 세월이 만든 것은 겉모습의 차이뿐, 진심과 양심은 여전히 각자의 선택 속에 남아있었다. 작가는 이 작품을 통해 세월이 흘러도 변하지 말아야 할 인간의 가치가 무엇인지 우리에게 묻고 있다.

작품의 문체는 짧고 간결하지만, 등장인물의 대화와 행동 속에 복합적인 감정과 긴장이 교차한다. 특히 "매부리코가 납작하게 주저앉지는 않는다."라는 문장은 겉모습의 변화보다 내면의 도덕적 자아의 중요성을 상징적으로 표현한다. 「이십 년 후」는 짧은 분량 안에서도 인간의 선택과 책임, 그리고 시간이 드러내는 진실을 압축적으로 보여준다. 물질적 성공보다 중요한 것은 스스로에게 떳떳한 삶, 신뢰를 잃지 않는 관계임을 일깨워 준다. _정현숙

글로 완성하는 나의 읽기

1. 더 알아보기

오 헨리의 단편소설에는 반전 구성 방식이 특징적입니다. 「이십 년 후」에도 두 번의 반전을 통해 두드러지게 나타납니다. 반전을 통해 독자의 예상을 벗어난 결말은 독자에게 신선함과 깊은 여운을 느끼게 합니다. 이 소설에 나타난 반전 기법에 대해 알아봅시다.

반전 기법

반전 기법은 사건의 전개 가운데 독자의 예상을 벗어난 방향으로 전개되는 것을 말합니다. 이 기법은 독자에게 놀라움을 주어 긴장감과 흥미를 더하여 줄 뿐만 아니라 작품 속 주제를 효과적으로 전달합니다.

반전 기법의 종류에는 사건의 전개가 예상과 다르게 구성되는 플롯

반전, 인물의 성격이 다르게 나타나는 캐릭터 반전과 이야기의 주요 주제가 다르게 나타나는 주제 반전이 있습니다.

이렇게 반전 기법은 예상을 빗나가는 전개를 통해 독자에게 놀라움과 신선함을 주어 깊은 인상을 줍니다. 그래서 독자가 소설을 읽은 후에도 여운이 남아 작품에 대한 깊은 이해와 감상을 할 수 있습니다. 또한 작가는 자신이 전달하려는 바를 분명하게 드러낼 수 있습니다.

2. 작품의 내적 구조와 표현을 중심으로 읽기 POINT
구조론적 관점

「이십 년 후」에서 첫 번째 반전은 밥이 지미인 줄 알고 만났던 사나이가 지미가 아니라는 사실이고 두 번째 반전은 밥이 약속 장소에서 처음 만났던 자가 지미였다고 밝혀지는 것입니다. 소설의 구성에서 나타난 반전을 통해 나타나는 작품의 분위기와 서사적 효과는 무엇이며 소설의 주제를 드러내는 데 어떤 역할을 하는지 파악하며 읽어 봅시다.

1. 마지막 지미의 편지가 독자에게 주는 서사적 효과는 무엇인가요?
2. 결말에서 반전 장면은 작품 분위기와 독자의 감정을 어떻게 변화시키나요?
3. 반전 결말은 '진정한 우정의 의미'라는 주제를 드러내는 데 어떤 역할을 하나요?

3. 교과 연계 글쓰기

설득하는 글쓰기는 독자의 인식이나 태도, 행동을 변화시키는 것을 목적으로 하는 글입니다., 설득하려는 문제에 대한 필자의 중심 생각을 주장으로 제히사고, 필자의 주장을 뒷받침하는 자료를 논거로 제시합니다.

〈설득하는 글쓰기〉 개요 예시

「이십 년 후」에서 지미가 밥을 체포한 것은 친구를 배신한 행동이라고 생각하는 독자에게 설득하는 글을 써봅시다.

지미는 밥을 배신하지 않았다

구성	내용
서론	**문제 제시** 경관이었던 지미가 수배범이 된 밥을 체포한 것은 우정을 배신한 행동이라는 의견을 소개한다. **주장 제시** '지미가 밥을 체포한 것은 친구를 배신한 행동이 아니다.'라는 주장을 명확히 제시한다.
본론	**근거 제시** 1. 경관인 지미는 법을 적극적으로 수호해야 하는 의무가 있었다. 2. 지미가 밥을 직접 체포하지 않고 동료 경관을 통해 밥을 체포한 행동은 친구가 수치심을 느끼지 않게 배려한 것이다. 3. 지미는 밥이 법의 심판을 받고 도덕적으로 살 수 있도록 하였기 때문에 진정한 우정을 지킨 것이다.
결론	**주장 강조** 지미는 경관으로서 범죄자를 체포해야 하는 의무를 지켜야 했으며 더불어 친구로서 밥에게 죗값을 치르고 도덕적으로 떳떳한 사람이 될 수 있도록 도와야 하는 책임이 있다. 이런 이유로 지미의 행동은 친구를 배신한 것이 아니라 우정을 지킨 것이다.

04
코르니유 영감의 비밀

작가 소개

알퐁스 도데(1840-1897)는 프랑스의 소설가로 따뜻한 감성과 사실적인 묘사가 돋보이는 작품을 많이 남겼다. 그는 형편이 어려운 가정 속에서 어린 시절을 보냈으며, 젊은 시절 교사로 일하면서 문학 활동을 시작했다. 작품 속에 프랑스 남부 프로방스 지방의 풍경과 정서를 자주 담았다. 그의 작품은 자연주의와 사실주의적인 특징을 가지면서도 서정적인 분위기를 띠고 있다. 대표작으로 「별」, 「마지막 수업」, 「젊은 프로몽과 형 리슬레르」 등이 있다.

　며칠 전 늙은 피리 연주자 프랑세 마마이가 내 방앗간으로 놀러 와 20년 전 이 방앗간에서 일어난 일에 대해 이야기해 주었다. 나는 그의 이야기를 그대로 전달한다.

　그 당시 마을에서는 밀가루 거래가 활발해 농부들이 멀리서도 밀을 갈기 위해 찾아왔다. 방앗간은 일요일이면 사람들이 모여 포도주를 마시고 밤새 춤을 추며 즐기던 행복한 공간이었다. 그러나 산업화가 시작되면서 증기 제분소가 들어서자 사람들은 새 제분소를 이용하기 시작했고 방앗간은 점차 잊혀져 갔다. 오직 코르니유 영감만이 옛 방식대로 풍차를 돌리며 일을 이어가고 있었다. 그는 60년간 방앗간을 지켜온 자부심으로 증기 제분소의 부당함을 알리고 풍차를 찬양했지만 아무도 그의 말을 귀담아듣지 않았다. 결국, 그는 방앗간에 틀어박힌 채 외롭게 살아가게 되었다.

　그런데 이상한 점이 있었다. 아무도 곡식을 가져오지 않는데도 영감의 방앗간 풍차가 여전히 돌아가는 것에 사람들은 의문을 품었다. 마을 사람들은 혹시 그가 기묘한 비밀을 감추고 있는 게 아닐까 수군거렸고 소문은 점점 더 커졌다.

　어느 날, 프랑세 마마이는 자신의 아들과 코르니유 영감의 손녀딸이 사랑하는 사이인 것을 알게 되었다. 그리고 아이들을 통해 방앗간의 놀라운 비밀을 알게 되었다. 한밤중에 방앗간을 몰래 살펴본 아이들은 방앗간 안에 밀가루도 없고, 밀을 간 흔적조차 없는 것을 보고 의아해했다. 그러다 우연히 열린 자루 속에서 깨진 회벽 조각을 발견했다. 사실 코르니유 영감은 곡식이 없는 텅 빈 방앗간에서 허공에 맷돌을 돌리는 시늉을 하고 있었던 것이다.

이 사실을 알게 된 프랑세 마마이는 깊은 연민을 느꼈고, 영감의 사정을 마을 사람들에게 전했다. 감춰왔던 비밀이 드러나자 코르니유 영감은 큰 슬픔과 수치심을 느꼈다. 그러나 마을 사람들은 다시 방앗간에 밀을 맡기기 시작했고 영감은 감격에 겨워 정성껏 밀을 갈았다. 그의 모습에 사람들은 눈시울을 붉히며 감동했다. 그날 이후로 영감의 방앗간에는 일이 끊이지 않았다. 그 후 영감이 세상을 떠나면서 풍차 방앗간의 역사도 함께 막을 내렸다.

작품 한눈에 보기

주제	전통과 장인의 자존심을 지키려는 늙은 방앗간 주인의 고집과 이를 존중하는 사람들의 연대
갈래	단편소설
시대적 배경	19세기 산업화가 진행되던 시기의 프랑스
주요 등장인물	코르니유 영감, 마을 사람들, 나(화자), 프랑세 마마이
시점	1인칭 관찰자 시점
작품 특징	코르니유 영감의 사연을 듣고 전달하는 액자식 구성
현대적 의의	기술 발전과 전통적 가치 사이의 균형과 조화

1. 작품의 내적 구조와 표현을 중심으로 읽기

구조론적 관점

#정체성을 지키기 위한 가짜 밀가루 사건 #공동체를 협력하게 한 영감의 고집

코르니유 영감의 고집이 만든 반전과 조화

「코르니유 영감의 비밀」은 대립-반전-조화라는 구조를 통해 전통은 변화 속에서도 공동체의 연대와 노력으로 지켜나갈 수 있다는 주제를 전달한다. 방앗간이 사라진다는 것은 단순히 건물 하나가 없어지는 것이 아니라, 마을 사람들 모두의 기억과 역사가 사라지고 전통적 가치가 상실된다는 것을 의미한다. 소설의 시작에서 1인칭 관찰자인 서술자가 과거의 사건을 전해 듣고, 그 이야기를 전달한다고 말한다. 이는 독자 또한 이야기를 듣고 코르니유 영감과 마을 사람들 사이의 문제에서 중립적인 판단을 내리도록 이끈다.

소설은 산업혁명 이후 빠르게 변하는 시대의 흐름 속에서 전통을 지키려는 코르니유 영감과 변화를 받아들이고 적응하는 마을 사람들 간의 갈등을 보여준다. 코르니유 영감과 그의 방앗간은 전통적 가치와 관습을, 마을 사람들과 증기 제분소는 시대 변화의 흐름을 상징한다.

코르니유 영감은 마을에 증기 제분소가 들어서면서 시대의 변화에 맞서 유일하게 남은 자신의 방앗간이 사라지지 않도록 최선을 다해 지키려 했다. 그러나 마을 사람들은 방앗간 대신 새로 생긴 증기 제분소에서 밀가루를 만들며 빠르고 편리한 생활에 익숙해졌다. 전통을 지키려는 코르니유 영감과 시대 변화를 수용하려는 마을 사람들 사이의 대립은 독자에게 전통을 고수하려는 노력과 변화에 적응하려는 태도 사이에서 어떤 선택이 최선인지 고민하게 한다.

소설의 결말에서 코르니유 영감의 비밀이 드러나며 반전이 펼쳐진다. 계속 밀을 갈고 있는 것처럼 보였던 영감이 사실은 회벽 조각을 갈아 가짜 밀가루를 만들고 있었다는 충격적인 소식이었다. 자신의 비밀이 드러나자 영감은 수치스럽고 부끄러워했지만, 마을 사람들은 오히려 그의 행동에 연민을 느끼고 공감했다. 단순한 고집처럼 보였던 그의 노력이 사실 자신의 정체성과 삶의 의미를 지키기 위한 필사적인 몸부림이었음을 알았기 때문이다. 이 반전은 마을 사람들이 불편함을 감수하면서도 끝까지 영감을 돕게 되는 계기가 되었다. 영감의 절박한 모습과 의지가 마을 사람들의 마음을 움직인 것이다.

이 소설은 산업화 시대의 변화 속에서 전통을 지키려는 코르니유 영감과 새로운 방식에 적응한 마을 사람들 사이의 대립을 보여준다. 코르니유 영감은 증기 제분소 같은 편리함을 거부하며 자신의 방식과 전통을 고수하지만, 마을 사람들은 그의 고집과 자존심을 이해하고 존중하며 밀을 맡기는 반전을 보여준다. 이를 통해 초기의 갈등은 공동체의 연대를 통한 조화로 마무리되며, 독자는 전통을 지키려는 노력과 시대 변화에 적응하려는 태도가 모두 중요함을 깨닫는다. 이처럼 작품은 대립-반전-조화라는 구조를 통해 개인과 공동체, 전통과 변화가 어떻게 조화롭게 공존할 수 있는지를 보여준다.

2. 시대와 사회를 통해 작품 읽기

반영론적 관점

#19세기 후반 산업화 속 전통과 근대화의 갈등 #미래로 이어지는 전통의 가치

사라진 방앗간과 남겨진 기억

알퐁스 도데는 「코르니유 영감의 비밀」에서 19세기 후반 산업화가 진행되던 프랑스 농촌 사회의 변화를 배경으로 전통과 근대화의 갈등을 중심으로 다룬다. 당시 프랑스는 산업혁명과 도시화가 빠르게 진행되면서 전통적인 가치와 규범이 흔들리고 있었다. 작가는 이 소설을 통해 변화의 물결 속에서 전통의 의미와 가치를 성찰하며 근대화가 반드시 전통을 부정해야 한다는 메시지를 전달하려는 것이 아니라 두 가치가 어떻게 공존할 수 있는지에 대한 고민을 제시한다.

소설은 도입부에서 산업화 이전 마을의 활기찬 분위기를 상세히 묘사한다. 당시 방앗간은 단순한 일터가 아니라 농부들이 먼 곳에서도 찾아오는 경제적 중심지이자 문화적 공동체의 장소였다. 일요일마다 방앗간 주인들은 손님들에게 백포도주를 대접하고 방앗간 주인의 아내들은 마치 여왕처럼 치장하고 춤을 추곤 했다. 방앗간은 단순히 밀을 가는 장소 이상의 의미를 지닌 공간이었다. 이러한 묘사는 방앗간이 경제적, 문화적, 정서적 연결고리로서 공동체에 중요한 역할을 했음을 보여준다. 이는 후에 변화하는 시대 속에서도 전통의 가치를 지키려는 노력과 깊은 연관이 있다.

그러나 증기 제분소의 등장으로 전통적인 방앗간들은 기계의 속도를 따라가지 못하게 되고 대부분 문을 닫게 되었다. 유일하게 남은 코르니유 영감의 방앗간은 전통의 마지막 보루처럼 시대의 변화에 맞서 고군분투했지만, 이는 단지 필사적인 몸부림에 불과하며 성공으로 이어지지는 않았다. 방앗간은 더 이상 경제적 실용성을 가지지 못했고 코르니유 영감의 노력조차 변화의 거대한 흐름 앞에서 무력해 보였다. 개인은 거대한 산업화 시대의 흐름과 같은 시대적 변화에 맞서 싸우기 어려운 존재로 묘사되며 결국 변화에 순응할 수밖에 없는 현실적 한계를 실감하게 된다.

코르니유 영감의 방앗간에 담긴 이야기는 산업화가 가져온 변화가 개인과 공동체에 미친 영향을 직접적으로 드러낸다. 증기 제분소가 보장하는 속도와 편리함은 질적으로 더 나은 삶을 가져다줄 수 있다. 그러나 작가는 이러한 과정에서 전통이 사라질 위험성을 보여준다. 전통은 효율성과 편리함만으로 대체될 수 없는 정체성과 역사적 연속성을 의미한다. 방앗간은 단순한 경제적 기능을 넘어 마을 사람들의 삶의 방식과 공동체의 결속력을 형성하는 중요한 요소였다. 이를 통해 작가는 산업화가 초래한 정서적 빈곤과 문화적 단절을 비판적으로 바라본다.

코르니유 영감이 세상을 떠나면서 방앗간의 역사도 끝을 맞이했다. 방앗간은 단순한 산업 시설이 아니라 한 개인의 인생과 마을 공동체의 역사와 한 시대의 정체성을 보여주는 상징이다. 그의 죽음은 전통의 소멸을 나타낸다. 그러나 작가는 전통이 사라지는 것이 아니라 후대의 기억 속에서 새로운 방식으로 계승될 수 있음을 암시한다. 방앗간이 공동체의 중심지로 다시 기능할 수는 없지만, 그것이 지닌 상징적 가치는 사람들의 기억 속에 남아 전해질 것이다. 전통이란 과거에 머무는 것이 아니라 현재와 미래를 이어주는 중요한 유산임을 깨닫게 한다. _김방환

글로 완성하는 나의 읽기

1. 더 알아보기

「코르니유 영감의 비밀」 속 사라진 풍차 방앗간처럼 한국에도 산업화와 기술 발달로 인해 과거에는 존재했지만, 지금은 거의 사라진 직업들이 있습니다.

1970-80년대에는 존재했으나 지금은 거의 사라진 직업

1970-80년대는 한국 사회가 산업화 과정 중이었기 때문에 손의 노동력에 의존한 직업과 공동체 중심 생활을 기반으로 한 직업이 많았습니다. 하지만 지금은 기술과 자본 중심의 사회로 바뀌며 그 당시의 직업들이 점점 사라졌습니다.

그중, 전화교환원은 1970-80년대까지 통신의 중심 역할을 하던 중요한 직업입니다. 발신자가 "서울 234-5678 연결해 주세요."라고 하면, 교환원이 수동으로 선을 꽂아 "어디 연결해드릴까요?", "잠시만 기다려주세요." 등과 같이 대답하며 고객과 직접 소통했습니다. 그러나 교환원이 일일이 연결하기엔 사용자 수가 너무 많아졌고 통신 기술 발달로 교환원이 필요 없어지게 되면서 사라진 직업이 되었습니다.

버스 안내양은 승객에게 승차 요금을 받고 동전을 거슬러주고, 정류장을 안내하거나 다음 정거장을 큰 소리로 알리는 일을 했습니다. 교통카드와 자동 요금 징수기로 승객이 직접 요금을 지급하고 정류장을 기계 음성으로 자동 안내하게 되면서 이 직업 역시 사라지게 되었습니다.

2. 독자에게 미치는 영향을 중심으로 읽기 POINT

효용론적 관점

코르니유 영감은 낡은 방앗간을 지키며 밀을 가는 척합니다. 그 안에는 자신의 자존심과 삶의 의미가 담겨있습니다. 새로운 증기 방앗간은 빠르고 편리하지만, 발전이 전부는 아니라는 사실을 일깨워줍니다. 독자는 코르니유 영감의 낡은 방앗간은 인간의 역사와 자부심이 깃든 공간으로 전통 역시 우리가 지켜야 할 소중한 가치임을 알게 됩니다. 마지막에 코르니유 영감의 진심을 알게 된 마을 사람들이 그를 존중하는 모습을 통해 진심은 결국 사람들에게 전해지며 인간적인 따뜻함은 사라지지 않는다는 희망을 느낄 수 있습니다. 또한, 기술 발전과 효율만을 중시하는 현대 사회에 대해 비판적인 시각을 갖게 합니다.

1. 산업화가 인간 삶에 가져온 변화는 긍정과 부정 중 어느 쪽에 더 큰 영향을 미쳤을까요? 그 이유는 무엇인가요?
2. 시대가 변해도 우리가 지켜야 할 본질적인 가치는 무엇일까요?
3. 우리나라 사회의 변화 속에서 전통이나 자부심을 지키려 했던 인물이나 사례는 어떤 것이 있는지 찾아봅시다.

3. 교과 연계 글쓰기

토의하기는 어떤 주제나 문제에 대해 여러 사람이 모여 서로의 의견을 교환하고 최선의 해결책이나 공통된 결론을 찾기 위해 의논하는 활동입니다. 사회자는 토의가 주제에서 벗어나지 않도록 중립적인 태도로 토의를 진행합니다. 토의자는 자신의 의견을 분명하고 조리 있게 말하며, 다른 사람의 의견을 귀 기울여 듣고 문제 해결을 위해 협력합니다.

〈토의문 쓰기〉 개요 예시

시대가 바뀌면서 사회와 생활 방식도 빠르게 변하고 있습니다. 이러한 변화 속에서도 전통문화의 가치를 지키는 것이 중요합니다. 그렇다면 우리는 전통과 현대의 변화 사이에서 어떻게 균형을 이루어야 할지 해결 방법을 찾아 봅시다.

전통의 가치와 현대적 변화 사이에서 어떻게 균형을 이룰까?

구성	내용
토의 주제 소개	**사회자** 오늘 우리가 함께 이야기할 주제는 전통의 가치와 현대적 변화 사이에서 어떻게 균형을 이룰까? 입니다. 전통은 한 사회의 문화와 정체성을 형성하는 중요한 요소입니다. 그러나 시대가 변하고 기술이 발전하면서 전통이 사라지거나 새로운 변화를 요구받는 경우가 많습니다. 그래서 오늘은 전통을 지키면서도 변화에 적절히 대응할 수 있는 균형 있는 방법에 대해 함께 논의해 보고자 합니다.
의견 및 근거 제시	**토의자** 1. 저는 전통과 현대를 접목하는 방식이 필요하다고 생각합니다. 예를 들어 한복을 현대화하거나 전통 음식을 퓨전 요리로 개발할 수 있습니다. 수공예와 전통 요리법 같은 전통적 방식에는 공동체의 정체성과 역사적 의미가 담겨 있어 현대 기술이 결코 대체할 수 없는 장점이 있습니다. 2. 전통문화를 관광 산업에 활용하는 것도 효과적인 방법이라고 생각합니다. 전통 마을을 관광지로 조성하거나 전통문화를 교육하는 활동을 통해 전통을 오래 유지하고 보존할 수 있습니다. 동시에 경제적, 문화적 가치를 창출할 수 있다는 점에서도 의미가 있습니다.

의견 및 근거 제시	3. 전통의 가치를 존중하면서도 현대적 의미를 더하는 열린 태도가 필요합니다. 새로운 기술과 방식을 받아들이지 않으면 경쟁력이 떨어질 수 있습니다. 따라서 변화가 전통을 없애는 것이 아니라 오히려 더 발전시킬 수도 있다는 점을 생각해야 합니다.
정리 및 마무리	**사회자** 오늘 토의에서는 전통의 가치와 현대적 변화 사이의 균형에 대해 다양한 의견을 나누었습니다. 한복을 현대화하거나 전통 음식을 퓨전 요리로 개발하고, 전통 마을 관광이나 교육 활동을 통해 전통과 현대를 접목시키고 경제적 가치를 창출하는 방법이 제안되었습니다. 또한, 새로운 기술을 받아들여 전통의 가치를 더 발전시키는 열린 태도의 필요성도 강조되었습니다. 오늘 토의를 통해 여러분도 각자의 생각을 실생활에서 적용하며 전통과 현대의 조화를 고민하고 실천해 보시길 바랍니다.

PART 5

마음속 불안과 갈등

"사람 마음속에는 어떤 고민이 숨어 있을까?
겉으로 보이지 않는 내면은 어떻게 드러날까?"

이 장에서는 인간의 내면세계를 탐구합니다. 겉으로는 평범해 보이지만, 마음속에는 불안과 갈등, 자아의 혼란이 숨어 있습니다. 캐서린 맨스필드의 「가든파티」, 헤르만 헤세의 「나비」, 헨리크 시엔키에비치의 「등대지기」, 그리고 워싱턴 어빙의 「뚱뚱한 신사」는 때로는 풍자적으로, 때로는 섬세하게 인물 내면의 고립을 표현합니다. 때로는 현실의 압박이, 때로는 인간관계와 책임이 마음의 갈등을 일으키며, 내면이 어떻게 흔들리고 그것이 삶에 어떤 영향을 미치는지를 생각하게 합니다.

01
가든파티

작가 소개

캐서린 맨스필드(1888-1923)는 뉴질랜드 출신의 작가로 런던에 정착한 뒤 본격적으로 작품 활동을 시작했고, D. H. 로렌스, 버지니아 울프 등 모더니스트 작가들과 교류했다. 인물의 섬세한 심리를 포착해 드러내는 단편소설을 주로 썼으며, 부르주아의 위선, 가부장제, 계급 의식 등 다양한 주제를 치밀하고 섬세하게 그렸다. 주요 작품으로 『서곡』과 단편집 『행복』, 『가든파티』, 『비둘기의 둥지』 등이 있다.

로라는 가든파티 준비로 바쁜 하루를 보내고 있었다. 그녀는 부유한 상류층이었지만 일꾼들에게도 친근하게 다가가는 순수한 소녀였다. 한창 파티 준비에 분주하던 중, 아랫마을의 젊은 마부 스코트가 갑자기 세상을 떠났다는 소식을 들었다. 비록 얼굴도 모르는 이웃이었지만 로라는 큰 충격과 슬픔을 느꼈다. 그녀는 이웃에 사는 사람이 죽었는데 가든파티를 하는 것은 올바르지 않다며 파티를 취소하자고 했다. 그러나 엄마와 언니는 바보 같은 짓이라며 그녀의 의견을 무시했다.

로라는 죽음 앞에서 냉정한 엄마와 언니의 태도에 혼란을 느꼈지만, 우연히 거울에 비친 아름다운 자기 모습에 심취하기도 했다. 그녀는 황금빛 데이지와 검고 긴 벨벳 리본이 달린 모자를 쓰고, 자신의 아름다움에 스스로 도취되어 죽은 마부를 잊은 채 파티를 즐겼다. 파티가 끝난 후 어머니는 남은 음식과 백합꽃을 상갓집에 가져다주고 오라고 했고, 로라는 파티 복장 그대로 죽은 마부의 집으로 향했다.

마부의 아내는 로라를 방으로 안내했다. 그곳에서 마부의 시신을 마주한 로라는 화려한 모자를 쓰고 온 자신의 모습이 부끄러워졌다. 마부는 평화롭게 잠든 듯 보였고, 조용히 눈을 감은 그의 얼굴에는 먼 세상으로 떠났음에도 모든 것이 좋다는 듯한 평온함이 느껴졌다. 로라는 자신을 기다리던 오빠를 보자마자 안기며 눈물을 흘렸다. 로라

는 혼잣말로 "인생이란……"이라고 중얼거렸고, 오빠는 그녀의 마음
을 이해하고 안아주었다.

작품 한눈에 보기

주제	사회적 위선을 자각하며 삶과 죽음의 공존을 깨닫고 성장
갈래	단편소설
시대적 배경	20세기 초, 가든파티가 열리는 하루
주요 등장인물	로라, 로라의 가족, 죽은 마부와 그의 아내
시점	3인칭 전지적 시점
작품 특징	· 의식의 흐름 기법을 통한 섬세한 심리 묘사 · 「원유회」라는 제목으로 번역되기도 함
현대적 의의	사회적 위선을 마주한 개인의 내적 성장

1. 작품의 내적 구조와 표현을 중심으로 읽기

구조론적 관점

#상류층 저택과 빈민가의 대비로 드러낸 삶의 모순 #아이가 어른이 되는 과정을 보여주는 집-밖-집 구조

성장의 길에서

「가든파티」는 주인공 로라가 하루 동안 삶과 죽음의 의미를 마주하는 순간을 담아낸 성장소설이다. 소설은 시간과 공간의 변화를 따라 로라의 내면이 어떻게 변화하는지를 섬세하게 그려낸다. 밝고 화려한 정원에서 시작된 이야기는 주택가 아래 어두운 마을을 거쳐 다시 집으로 돌아오는 여정을 따라간다. 이렇게 집-밖-집 구조를 따라 로라는 대저택과 빈민촌, 즐거운 파티와 장례식, 산 자와 죽은 자의 세계를 마주하며 성장통을 겪는다.

공간은 이야기에 사실감을 더하며, 시간과 맞물려 인물의 경험을 생생하게 전달한다. 그리고 시간과 공간의 변화는 인물의 심리와 성장 과정을 효과적으로 드러낸다. 로라는 어머니 셰리던 부인의 공간에서 죽은 마부의 공간으로 이동했다. 셰리던 부인의 공간은 넓고 푸르며

환하고, 꽃들 사이로 작은 새들이 노래하는 곳이다. 이곳은 또한 상류층의 특권과 안락함을 상징하는 곳이었기에 그곳에 머무는 한 로라는 평온한 삶을 누릴 수 있었을 것이다. 그러나 로라는 죽은 마부의 어둡고 적막한 공간으로 발걸음을 옮겼다. 아랫마을은 하층민의 고된 삶과 현실적인 어려움을 고스란히 보여주는 곳이었다. 늘 밝은 공간에 있던 로라가 사회의 불평등한 현실을 처음으로 직시하는 순간이다.

주목할 점은 빈민가를 마주한 로라의 깨달음이다. 처음 밖에서 바라본 아랫마을은 억지로 들어선 것처럼 눈에 거슬리고, 사라져야 할 곳처럼 보였다. 그러나 직접 본 마을은 전혀 다른 느낌으로 다가왔다. 로라는 죽은 마부의 평온한 얼굴에서 세상과 작별한 이의 평화를 느끼며 깨달음을 얻었다. 한편, 죽은 이를 방문하기에 어울리지 않는 자신의 화려한 모자에 부끄러움을 느끼기도 했다. 그곳에서 로라는 불평등과 특권, 그리고 어머니의 공간에 대해 새로운 인식을 하게 되었으며, 죽음이 공포가 아닌 평온함으로 다가올 수 있음을 깨달았다. 그리고 이전과는 다른 시선으로 세상을 바라보게 되었다.

성장통이란 말처럼 성장에는 고통이 따른다. 로라의 고통은 자신의 어머니가 완벽하지 않으며, 자신 역시 타인의 고통에 무감각해질 수 있다는 깨달음에서 비롯되었다. 어머니의 안락한 공간에서 아랫마을로의 공간 이동은 로라의 정신적 성장 과정을 보여준다. 로라는 아랫마을에서 사회의 불공평한 현실, 죽음에 대한 인식 변화, 그리고 삶이 예상과 다르게 흘러간다는 깨달음의 작은 조각을 얻고 다시 어머니의 공간으로 향했다.

로라가 아늑한 담장 안에서 자신의 행복만을 추구할지, 타인의 고통에 공감하는 삶을 살아갈지는 아직 알 수 없다. 그러나 독자는 "인생이란……" 말을 나지막이 읊조리는 로라의 모습에서 그녀의 성장을 분명히 느낄 수 있다. 소설은 열린 결말로 마무리되어 로라의 구체적인 결심이나 삶의 방향을 보여주지 않는다. 그래서 독자는 그녀의 미래를 자유롭게 상상해 볼 수 있다. 로라가 얻은 깨달음의 조각들이 그녀를 어디로 이끌지 상상하는 것은 결말을 닫지 않은 소설이 주는 즐거움일 것이다.

2. 독자에게 미치는 영향을 중심으로 읽기

효용론적 관점

#가든파티의 화려함과 죽음의 비극이 교차한 하루 #삶의 모순을 마주한 로라의 내적 성장

세상을 마주 볼 용기

성장은 알을 깨는 순간 시작된다. 익숙한 세계에 의문을 품고, 그 경계를 넘으려 할 때 비로소 가능하다. 행복한 왕자는 죽은 뒤 담장 밖 세상의 고통을 깨달았고, 홍길동은 스스로 담을 넘어 세상에 나가 부조리한 현실에 맞섰다. 그는 아버지를 아버지라 부르지 못하는 사회의 모순을 인식하고 변화를 선택했다. 중요한 것은 깨달음의 시기가 아니라, 자신을 둘러싼 알의 존재를 인식하고 그것을 깰 의지를 갖는 순간이다.

「가든파티」는 낯선 책임과 혼란, 그리고 깨달음을 거치며 소녀가 성장해 가는 순간을 담고 있다. 처음으로 파티 준비를 맡게 된 로라는 기대와 설렘을 느끼는 동시에 책임감의 무게에 혼란을 느꼈다. 자신 있게 행사를 주도하고 싶으면서도, 어른의 세계에 막 들어선 어린 마음에는 불안이 스며 있었다. 그런 가운데서도 로라는 세상을 편견 없이 바라보았다. 일꾼들을 바라보는 시선에서 계급을 차별하는 사회에 대한 의구심과 사람을 있는 그대로 존중하려는 태도가 드러났다.

하지만 난처한 상황에는 엄마를 찾는 모습에서 아직은 어리고 미숙한 면모가 엿보인다. 로라는 마부가 죽었다는 소식을 들었음에도 정원에 울려 퍼지는 파티 음악이 부적절하다고 느꼈다. 동시에 거울 속 모자를 쓴 아름다운 자신의 모습에 마음이 흔들리기도 했다. 파티를 멈추자고 말한 것이 옳은 판단이라 생각하면서도, 혹시 틀렸을지 모른다는 불안이 함께 자리했다.

혼란스러운 하루를 보낸 후 로라는 언덕 아래 죽은 마부의 집으로 향했다. 방에 들어서자 마부의 평온한 얼굴이 눈에 들어왔다. 그때 로라는 삶과 죽음이 동시에 존재하며, 죽음 또한 삶의 일부임을 깨달았다. 깨달음의 순간 화려한 모자를 쓰고 온 자신의 모습이 부끄러워졌다. 하루 동안의 혼란과 피하고 싶던 현실을 직시하며 로라는 성장했다.

이제 그녀는 인생이 마냥 아름답지도, 죽음이 마냥 두렵지만도 않다는 것을 알았다.

이처럼 로라는 무심코 한 행동을 돌아보며 성장했다. 우리도 일상의 사소한 실수에서 오는 후회나 갈림길에서 내리는 선택의 순간마다 자신을 되돌아보며 성장할 수 있다. 나이보다 중요한 것은 삶에 질문을 던지고, 그 답을 찾으려는 태도이다. 로라의 이야기는 자연스럽게 '나는 지금 잘 살고 있는 걸까'라는 생각을 하게 만든다. 이런 질문은 현실을 그대로 넘기지 않고, 더 나은 나로 나아가도록 도와준다. 이러한 개인의 성장은 나를 넘어 다른 사람과 사회를 변화시키는 힘이 될 수 있다.

물론 정신적 성장이 반드시 행복으로 이어지는 것은 아니다. 로라의 엄마 세리던 부인의 행복은 아랫마을에 대한 무관심과 마부의 죽음에 대한 외면에서 비롯되었다. 그녀는 사회의 불합리한 모순을 외면하고 안락한 삶을 선택했다. 외면할 것인가, 성장할 것인가. 누구에게나 선택의 순간이 온다. 성장하고 싶다면 자신을 둘러싼 알을 깨야 한다. 여러 갈림길에서 선택의 순간이 다가올 때 「가든파티」는 그 마음의 길을 밝혀주는 작은 불빛이 될 수 있다. 삶의 여정에서 이 작품이 의미 있는 이정표가 되어줄 것이다. _박현정

1. 더 알아보기

집-밖-집 구조는 주인공이 집처럼 편안하고 익숙한 공간을 떠나 낯선 곳에서 특별한 일을 겪고, 다시 집으로 돌아오는 이야기 구조입니다. 이를 통해 주인공의 성장 과정을 효과적으로 보여줄 수 있습니다. 이러한 구조는 고전 소설뿐만 아니라 아동 청소년 소설에서도 자주 등장합니다.

집-밖-집 구조의 소설들

집-밖-집 구조를 가진 이야기로는 다음과 같은 소설들이 있습니다.

라이먼 프랭크 바움의『오즈의 마법사』는 회오리바람에 휩쓸려 캔자스를 떠난 도로시가 환상의 세계 오즈에서 다양한 모험을 겪고 다시 집으로 돌아오는 이야기입니다. 도로시는 모험을 통해 용기와 지혜를 얻고 가족의 소중함을 깨닫습니다.

마크 트웨인의『톰 소여의 모험』은 주인공이 마을을 벗어나 미시시피강에서 여러 사건을 겪으며 성장하고 다시 마을로 돌아오는 이야기입니다. 모험을 통해 얻은 지혜와 용기로 성숙한 모습을 보여줍니다.

미하엘 엔데의『모모』는 시간 도둑들에게 빼앗긴 사람들의 시간을 되찾기 위해 그들의 음모를 막고 원형 극장으로 돌아오는 이야기입니다. 모모는 호라 박사를 도와 회색 신사에게서 시간을 되찾고, 원형 극장으로 돌아와 소중한 일상을 회복합니다.

이처럼 집-밖-집 구조를 가진 이야기들은 주인공이 낯선 세상에서 다양한 경험과 모험을 겪으며 성장하고, 다시 집으로 돌아와 변화한 자신을 발견하게 합니다.

2. 시대와 사회의 모습을 중심으로 읽기 POINT

반영론적 관점

「가든파티」는 1922년 발표된 소설로 1차 세계대전 직후의 사회를 배경으로 합니다. 당시 사회는 계급 구조가 뚜렷했습니다. 상류층은 호화로운 생활을 누렸지만, 하류층은 빈민가에서 힘든 노동을 하며 생계를 이어갔습니다. 소설은 이러한 계층 간의 대비 속에서 소녀 로라가 삶과 죽음, 사회적 불평등을 마주하며 성장하는 과정을 그리고 있습니다.

1. 뚜렷한 계급 구조가 로라의 행동과 생각에 어떻게 반영되었나요?

2. 상류층인 세리던 가족과 하류층 마부 가족의 생활은 어떻게 대비되며, 당시 사회의 계층 구조는 어떻게 나타나나요?

3. 파티와 마부의 죽음이라는 사건의 대비는 사회 현실을 어떻게 반영하고 있나요?

3. 교과 연계 글쓰기

성찰하는 시 쓰기 활동은 평범하게 지나친 일상의 순간들을 되돌아보고, 그 속에서 나만의 깨달음을 글로 표현하는 활동입니다. 로라가 성장한 것처럼 여러분도 시를 통해 자신을 새롭게 바라보세요.

〈성찰하는 시 쓰기〉 개요 예시

로라가 겪었던 혼란과 깨달음, 그리고 변화의 순간을 떠올리며, 여러분도 일상 속 경험과 연결해 나만의 성찰하는 시를 써봅시다.

구성	내용
준비하기	**생각 그물을 활용해 시의 행을 정리한다** 1. 일상에서 사소하지만 마음에 남았던 깨달음을 경험했던 순간을 떠올린다. 2. 그 경험을 의미하는 명사나 형용사를 쓴다. 3. 묘사나 비유적 표현을 넣는다. 4. 명사나 형용사와 호응하는 동사를 쓴다. 5. 생각 그물을 참고하여 정리한다. 6. 예시 　　딱지 = 상처가 아물어가는 과정 → 마음의 회복 (시 '딱지' 참고) 생각 그물 깨달음의 경험 — 명사나 형용사 — 묘사나 비유하는 표현 — 서술어 — 문장으로 정리

초고 쓰기	**표현법 정하고 초고 쓰기** 1. 생각 그물을 참고하여 처음-중간-끝을 정한다. 2. 비유, 상징, 반복, 의인화 중에서 어떤 표현법을 활용할지 선택한다. 3. 초고를 완성하며 감정 흐름과 이미지가 자연스럽게 연결되는지 점검한다.
고쳐쓰기	**창작 의도에 맞게 다듬기** 1. 시의 제목에 맞게 깨달음의 흐름이 잘 드러났는지 확인한다. 2. 소리 내어 낭독하며 리듬, 감정 표현, 반복 표현 등을 다듬는다.

02

나비

작가 소개

헤르만 헤세(1877-1962)는 시인, 소설가, 화가로서 인간 내면의 심리와 자아 탐색을 심도 있게 다룬 작품들로 세계 문학에 큰 족적을 남겼다. 독일 남부의 칼프에서 태어난 헤세는 어린 시절부터 동양 사상에 매료되어, 그의 작품에 신비롭고 철학적인 요소를 자연스럽게 녹여냈다. 20세기 초 개인의 성장과 내면의 갈등을 주제로 한 그의 문학은 당시의 사회적, 정신적 혼란 속에서 독자들에게 깊은 공감을 불러일으켰으며, 제2차 세계대전 이후 전 세계적으로 그의 문학적 영향력은 더욱 확산되었다. 대표작으로는 『데미안』, 『싯다르타』, 그리고 『유리알 유희』 등이 있다.

‘나’는 친구 하인리히에게 나비를 모으기 시작한 지 1년이 되었다고 말했다. 하지만 하인리히는 나비 이야기를 그리 달가워하지 않았고, 나비와 관련된 자신의 어린 시절의 기억을 들려주었다.

하인리히가 처음 나비를 잡기 시작한 것은 아홉 살 때였다. 그 후 그는 완전히 나비 채집에 빠져들었다. 당시 그는 가난했기 때문에 친구들이 가진 장비나 채집통이 없었다. 그래서 잡은 나비를 다른 친구들에게는 보여주지 않고 누이들에게만 살짝 보여주곤 했지만, 그래도 그는 무척 행복했다.

어느 날, 하인리히는 푸른 날개를 가진 특별한 나비 한 마리를 잡아 표본을 만들었다. 그는 이 진귀한 나비를 평소 열등감을 느끼던 친구 에밀에게 보여줄 생각에 우쭐해 있었지만, 정작 에밀은 감탄하기는커녕 흠만 잡았다.

그로부터 2년 뒤, 하인리히는 에밀이 매우 희귀한 점박이 나비를 애벌레부터 길러 성충으로 만든 뒤 표본으로 보관하고 있다는 사실을 들었다. 어느 날, 하인리히는 에밀의 방에 몰래 들어갔다. 눈앞에 펼쳐진 나비를 본 순간 갖고 싶은 충동이 그를 압도했고 결국 그것을 훔치고 말았다. 하지만 곧 양심의 가책이 밀려와 돌려놓으려 했지만 나비의 날개는 이미 망가져 있었다.

죄책감과 당혹감에 괴로워하던 하인리히는 어머니에게 모든 사실을 고백했고, 어머니는 에밀에게 찾아가 사과하라고 조언했다. 하인리히는 어머니의 말을 따라 에밀을 찾아가 자신의 잘못을 고백하며 진심으로 사과했다. 그러나 에밀은 사과를 받아들이지 않았다. 그는 화를 내진 않았지만, 한동안 하인리히를 바라보다가 이제야 너의 본모습을 알게 되었다고 말하며 싸늘하게 반응했다. 하인리히가 자신의 장난감을 모두 주겠다고 했지만 에밀은 거절했고, 그가 가진 나비 표본 전부를 주겠다는 제안에도 필요 없다고 말했다.

그날 이후, 하인리히는 그동안 정성을 다해 모아 두었던 나비들을 하나씩 꺼내어 손으로 비벼 모두 가루로 만들어 버렸다.

작품 한눈에 보기

주제	순수한 열정과 소유욕 사이에서 빚어지는 갈등과 성장
갈래	단편소설
시대적 배경	19세기 후반~20세기 초반 유럽
주요 등장인물	하인리히, 에밀
시점	1인칭 관찰자 시점과 1인칭 주인공 시점 서술의 혼합
작품 특징	원제의 직역은 '공작나방'이지만, 국내에서는 주로 「나비」라는 제목으로 출간
현대적 의의	소유욕을 경계하고, 진정한 우정과 내면의 순수한 가치를 지키는 삶의 중요성 일깨움

작품 감상

1. 작품의 내적 구조와 표현을 중심으로 읽기

구조론적 관점

#내적 갈등과 외적 갈등의 맞물림 #갈등 속에서 드러나는 성장의 상처

소년의 갈등과 성장

헤르만 헤세의 단편 「나비」는 주인공 하인리히의 내적 갈등과 친구 에밀과의 외적 갈등이 맞물려 전개되는 구조가 인상적인 작품이다. 나비를 매개로 한 사건은 개인의 욕망과 타인과의 관계가 충돌하는 순간을 섬세하게 포착하며, 두 갈등이 서로 영향을 주고받는 과정을 설득력 있게 보여준다. 작품은 이러한 갈등을 통해 인간 내면과 관계의 복잡한 모습을 드러낸다.

하인리히는 일시적인 흥미가 아니라 오랜시간 나비 채집에 푹 빠져 있었다. 그는 다른 친구들처럼 멋진 유리 채집 상자가 없어도 개의치 않았다. 자랑할 목적으로 나비를 채집하는 것이 아니었기 때문에 혼자 바라보는 것만으로도 충분히 행복했다. 그러나 에밀의 희귀하고 아름다운 나비를 본 순간, 그것을 소유하고 싶다는 욕망에 사로잡혀 충동적으로 훔쳐 주머니에 넣었다. 곧 후회했지만, 이미 나비의 날개는 망가져 있었다.

이 사건은 하인리히의 내적 갈등을 극대화했을 뿐 아니라 에밀과의 외적 갈등도 불러왔다. 하인리히는 진심으로 사과했지만 에밀은 단호하게 거절했다. 나비를 훔쳤다는 사실보다, 그것을 소중히 다루지 않고 망가뜨렸다는 것이 더 큰 이유였다. 하인리히는 에밀의 차가운 거절에 낙담하고 수치심도 느꼈다. 이는 그의 마음에 큰 상처가 되었고 그렇게 둘의 관계 역시 돌이킬 수 없을 만큼 멀어졌다.

마음의 상처는 나비 채집에 대한 열정마저 무너뜨렸다. 하인리히는 그동안 소중하게 모아 두었던 모든 나비를 하나씩 꺼내어 손으로 비벼 가루로 만들어 버렸다. 친구와의 갈등으로 깨진 관계가 나비 채집에 담았던 그의 순수한 기쁨까지 무너뜨린 것이다. 결국 하인리히의 욕망은 친구와의 관계를 파괴했고, 그 파괴된 관계는 다시 그의 내면을 무너뜨리는 악순환으로 이어졌다. 내적 갈등과 외적 갈등이 서로를 강화하며 맞물리는 구조는 하인리히의 복잡한 심리를 더욱 선명히 드러낸다.

이 소설은 하인리히의 내면 심리와 그 변화 과정을 세밀하게 그린다. 이야기는 나비를 훔쳐 망가뜨린 단순한 사건에서 시작되지만, 그 원인과 결과가 촘촘히 얽히며 주인공의 내적 갈등과 친구와의 외적 갈등을 함께 부각한다. 하인리히가 느낀 죄책감과 후회, 그리고 자신의 잘못을 친구에게 용서받지 못한 데서 비롯된 상실감은 소년이 겪는 성장의 고통을 설득력 있게 보여준다. 이를 통해 작품은 순수한 열정과 소유욕의 대립, 관계의 균열과 회복의 어려움까지 입체적으로 통찰하게 한다.

2. 작가의 경험과 세계관을 중심으로 읽기

표현론적 관점

#나비를 통한 내면 성찰과 가치 탐구 #자연과의 조화로운 삶을 향한 헤세의 철학

헤르만 헤세와 나비, 그리고 삶의 통찰

헤르만 헤세는 신비롭고 감미로운 색의 전이와 농도의 변화가 있는 나비의 날개를 보며 감탄했고, 탐욕적인 세상을 벗어나 자연의 경이로움과 마주하는 삶을 살았다. 어린 시절의 헤세는 나비의 화려한 날갯짓에 매혹되어 나비를 수집하고 싶어 했고, 청년기에는 희귀한 나비를 찾아다니며 채집에 몰두했다. 그러나 시간이 흐르면서 그는 나비를 소유하려는 집착에서 벗어나, 자유롭게 날아가는 나비 그 자체의 아름다움을 있는 그대로 즐기게 되었다. 이러한 변화는 그의 삶뿐 아니라 문학적 주제와 스타일에도 스며들어 자연과 인간, 삶의 덧없음과 아름다움이라는 그의 문학 세계를 더욱 풍요롭게 만들었다.

단편소설 「나비」는 그의 실제 경험을 바탕으로 쓰인 작품으로 알려져 있다. 소설의 주인공 하인리히는 나비 채집에 푹 빠져있으며, 나비를 잡을 때 느끼는 기쁨과 행복감을 순수하게 즐긴다. 그러나 하인리히의 열정은 친구 에밀이 어렵게 키워낸 희귀한 나비를 훔치면서 얼룩지고 만다. 이 사건을 통해 하인리히는 소유욕 때문에 자신이 순수하게 좋아했던 취미와 친구와의 관계를 망쳤다는 사실을 뼈저리게 깨닫게 되었다.

이 작품에서 나비는 단순한 곤충 이상의 상징적 의미를 지닌다. 헤세는 나비를 통해 인간의 소유욕과 자연의 본질적 아름다움 사이의 갈등을 섬세하게 표현했다. 작가는 작품 속 주인공 하인리히의 경험을 통해 우리는 종종 자신이 사랑하는 대상을 소유하고자 하는 욕망에 사로잡혀 그 대상 본연의 아름다움을 훼손하고 있지는 않은지 은유적으로 질문한다.

그의 문학은 자연에 대한 경외와 인간의 내면 성찰이라는 두 축으로 이루어진다. 그는 자연을 단지 감상하거나 소유의 대상으로 삼지 않고 자연의 질서를 존중하며 공존하려 노력했다. 실제 삶에서도 자연 보호를 위한 구체적인 실천을 이어가며, 자신의 작품을 통해 자연과의 조화로운 삶의 중요성을 지속적으로 강조했다. 이처럼 헤르만 헤세는 자연과 인간의 본질적 관계를 깊이 이해하고 이를 삶 속에서 일관되게 실천했던 사상가이기도 했다.

「나비」라는 짧은 이야기에는 헤르만 헤세의 삶과 사상이 고스란히 담겨 있다. 그는 우리가 일상에서 놓치기 쉬운 자연의 아름다움과 삶의 소중함을 다시 바라보게 한다. 또한 소유하고자 하는 욕망이 아니라 있는 그대로의 모습을 받아들이고 존중하는 태도가 필요하다고 강

조한다. 나비 채집이라는 일상적인 소재를 통해, 작가는 자연과 인간
이 조화롭게 어우러지는 삶의 모습과 더불어 그 속에서 찾을 수 있는
참된 의미를 생각하게 만든다. _김미진

글로 완성하는 나의 읽기

1. 더 알아보기

헤르만 헤세의 「나비」는 액자식 구성으로 이루어진 작품입니다. 이 작
품은 하인리히가 어린 시절 겪었던 나비와 관련된 경험을 '나'에게 들
려주는 방식으로 시작되며, 내부 이야기에서는 하인리히가 친구 에밀
과 나비를 둘러싸고 겪은 사건들이 펼쳐집니다. 액자식 구성에 대해
자세히 살펴봅시다.

액자식 구성

액자식 구성(frame narrative)이란 하나의 큰 외부 이야기가 또 다른 내
부 이야기를 포함하고 있는 문학적 구성 방식을 말합니다. 액자가 그
림을 감싸듯 큰 이야기가 테두리처럼 작용하여 내부의 각각 단편적인
이야기들을 연결하거나 그 이야기들이 놓여있는 맥락과 상황을 제시

하는 기법입니다.

독자는 내부 이야기와 외부 이야기를 오가며 긴장감과 몰입감을 느끼게 되고, 내부 이야기는 외부 이야기의 흐름과 맥락 속에서 의미가 더욱 풍성해집니다. 또한 이러한 구성은 다양한 시점과 목소리를 제시하여 독자의 이해와 공감을 확대하기도 합니다.

대표적인 예로는 세헤라자드가 왕에게 매일 밤 새로운 이야기를 들려주는 『아라비안나이트』, '나'가 대동강에서 한 남자를 만나 그의 이야기를 듣는 『배따라기』 등이 있습니다.

2. 독자에게 미치는 영향을 중심으로 읽기 POINT

효용론적 관점

헤르만 헤세의 단편 「나비」는 단지 나비를 잡으려는 소년들의 갈등만 다룬 이야기가 아닙니다. 이 작품은 누구나 한 번쯤 경험할 수 있는 욕심과 친구 사이의 우정, 그리고 잘못을 저질렀을 때의 책임감을 보여주고 있습니다. 처음엔 나비를 좋아하는 순수한 마음에서 시작된 일이었지만 지나친 욕심으로 인해 문제가 생깁니다. 주인공이 자신의 행동을 돌아보고 잘못을 깨닫는 장면은 우리에게도 큰 교훈을 줍니다. 이 작품을 읽으며 작품 속 주인공들의 마음을 이해하고, 스스로의 경험을 돌아볼 수 있을 것입니다.

1. 좋아서 시작한 일이 욕심 때문에 잘못된 결과로 이어진 적이 있었나요? 그때 내가 욕심을 부리게 된 계기는 무엇이었는지 생각해 봅시다.

2. 순간의 욕망이나 잘못된 선택이 소중한 사람들과의 관계에 어떤 영향을 미칠 수 있을지 생각해 봅시다.

3. 내가 잘못한 일이 있을 때, 용기 있게 인정하고 책임지는 태도를 가지려면 어떻게 해야 할까요?

3. 교과 연계 글쓰기

액자식 구성의 시 쓰기는 하나의 큰 이야기 속에 또 다른 이야기를 담아내는 구성 방식으로 시를 쓰는 활동입니다. 먼저 액자의 틀에 해당하는 큰 이야기를 정합니다. 현재의 화자가 특정한 계기를 통해 과거를 떠올리거나, 알고 있던 이야기를 들려주는 방식으로 큰 이야기의 흐름을 잡습니다.

〈액자식 구성의 시 쓰기〉 개요 예시

화자가 어머니와의 추억을 회상하는 형식으로 개요를 짜고, 그에 맞는 시를 지어 봅시다.

다시 만난 온기

구성	내용
현실의 장면 (액자의 틀)	**1. 현재의 구체적 상황을 감각적 이미지(장소, 물건, 냄새, 소리 등)로 그리며 시작한다.** **2. 과거로 이어질 수 있는 계기를 자연스럽게 만든다.** 예시) 조용한 오후, 책장을 정리하다 낡고 빛바랜 책 한 권을 만졌다. 책을 펼치자, 먼지 쌓인 기억도 함께 피어올랐다.
과거로의 회상 (액자 속 이야기)	**1. 어린 시절 경험을 생생한 감각과 비유로 표현한다.** **2. 당시의 따뜻한 감정, 행복했던 순간을 담는다.** 예시) 어린 시절, 어머니의 목소리는 내 귀에 속삭이는 자장가 같았다. 글자를 몰라도, 책 속 이야기는 햇살 같은 손길과 함께 내 마음에 스며들었다. 어머니 품에서 나는 책 속을 여행했다.
다시 현실로의 귀환 (액자의 틀)	**1. 현재로 돌아오며 회상에서 얻은 감정을 정리한다.** **2. 여운을 남기며 시를 마무리한다.** 예시) 책을 덮으니 추억도 덮인다. 나는 다시 방 안에 앉아 있지만, 내 마음 속에는 여전히 어머니의 따뜻한 품이 살아 있다.

03

등대지기

작가 소개

헨리크 시엔키에비치(1846-1916)는 역사 소설을 통해 폴란드 국민에게 민족적 자긍심을 심어주고자 했던 작가이다. 그는 대학을 중퇴한 뒤 신문 기자로 활동하며 창작 활동을 시작했다. 외세에 맞서 싸우는 영웅들의 이야기를 다룬 역사 소설 3부작 『불과 검』, 『대홍수』, 『판 보우오디요프스키』를 발표하여 폴란드의 국민 작가로 자리매김했다. 이어 1896년에 발표한 『쿠오 바디스』는 그가 1905년 노벨 문학상을 받는 데 크게 기여했다. 그 외 주요 작품으로 「음악가 얀코」, 「정복자 바르테크」, 「등대지기」 등이 있다.

조국 폴란드를 잃은 뒤 평생을 떠돌아다닌 스카빈스키는 여러 전쟁에 참전하고 수많은 직업을 전전하며 지치고 외로운 나날을 보냈다. 늙고 지친 그의 마지막 소망은 조용히 여생을 보낼 곳을 찾아 정착하는 것이었다.

그리고 마침내 파나마 애스핀월 항구의 외딴섬에서 등대지기가 되어 긴 방랑을 끝낼 안식처를 찾게 되었다. 복잡한 세상과 단절된 섬은 그에게 그토록 바랐던 고요함을 선물해 주었다. 등대라는 고립된 공간에서 그는 단조롭고 고독한 삶을 이어갔지만, 그 속에서 오히려 몸과 마음의 평온과 소소한 행복을 느꼈다.

그러던 어느 날, 뉴욕의 폴란드 작가 협회에서 폴란드어로 된 시집 한 권이 도착했다. 예전에 그가 신문 기사를 읽고 보낸 후원금에 대한 감사의 표시였다. 그는 안온한 삶 속에서 잠시 잊고 있던 조국을 떠올렸다. 그리고 오랫동안 잊고 지냈던 모국어를 읽는 순간 벅찬 감동에 휩싸였다. 그는 마치 그리운 조국으로 돌아간 듯 밤새도록 시집을 읽었고, 읽는 동안 잊고 지냈던 조국에 대한 그리움과 사랑이 마음속에 되살아났다.

그날 밤, 그는 깊은 감동에 젖어 등대의 불을 밝히지 못했다. 등대가 꺼진 어두운 바다를 지나던 한 척의 배가 암초에 부딪히는 사고가 일어났다. 이 일로 스카빈스키는 등대지기 일자리에서 해고됐고 섬을 떠나야 했다.

그는 모국어로 된 시집을 품에 안은 채, 조국에 대한 그리움과 희망을 안고 다시 방랑의 길로 나섰다.

작품 한눈에 보기

주제	인간의 고독과 조국에 대한 그리움
갈래	단편소설
시대적 배경	19세기, 폴란드가 러시아, 프로이센, 오스트리아 제국에 분할되어 정치적 탄압이 심했던 시기
주요 등장인물	스카빈스키(등대지기)
시점	3인칭 전지적 시점
작품 특징	· 나라 잃은 국민의 고독과 향수 · 민족적 정체성과 자긍심
현대적 의의	고독 속에서 드러나는 정체성의 본질과 나라와 문화를 소중히 여기는 마음

1. 시대와 사회의 모습을 중심으로 읽기

반영론적 관점

#조국을 잃은 방랑자의 삶 #등대에 담아낸 조국을 향한 그리움

독립을 향한 염원과 좌절

1881년 발표된 소설 「등대지기」는 나라를 잃은 국민의 삶을 담은 작품으로, 폴란드가 다른 나라의 지배를 받고 있던 시대 상황을 반영하고 있다. 주인공 스카빈스키가 70세가 넘은 폴란드인이며, 1830년 폴란드 봉기에 참여해 조국의 독립을 위해 투쟁했다는 서술을 통해 이러한 시대 상황이 직접적으로 드러난다.

폴란드는 18세기 후반부터 20세기 초까지 러시아, 프로이센, 오스트리아에 의해 분할 점령되었다. 하나의 나라가 다른 나라들에 의해 셋으로 나뉜 것이다. 이후 120년간 폴란드인들은 잃어버린 나라를 다시 찾기 위해 노력했으며, 주인공 스카빈스키도 국가의 독립을 위해 최전방에서 투쟁했다. 그는 1830년에 있었던 폴란드의 첫 번째 봉기에 참여해 고국의 독립을 위해 투쟁했지만, 폴란드의 봉기는 실패로 돌아갔다. 이후 스페인, 프랑스, 헝가리, 미국에서 전투에 참여하는 등

타국을 전전하며 살았다. 그렇게 폴란드를 떠난 지 40년이 지났지만, 여전히 그는 조국을 향한 그리움을 안고 떠도는 삶을 살고 있다. 작가는 주인공의 삶을 통해 조국을 잃은 국민이 뿌리내릴 곳 없이 살아가는 모습과 그로 인한 상실감을 보여주고 있다.

스카빈스키의 삶은 실패로 점철된 삶이었다. 40년 넘게 타지를 떠돌아다닌 그의 마지막 소망은 한곳에 정착해 조용히 살아가며 생을 마무리하는 것이었다. 그는 등대지기에 지원했고, 다행히도 등대지기로 사는 삶은 그에게 안온함을 주었다. 그는 마침내 정착할 곳을 찾았다고 생각했다. 그러나 평화는 오래 가지 못했다. 어느 날 폴란드어로 된 시집을 선물 받은 그는 밤새 조국을 떠올리게 하는 시들을 읽었다. 그는 오랫동안 잊고 살았던 자신의 모국어에 용서를 빌며 조국을 생각했고, 고향을 꿈꾸었다. 조국에 대한 그리움에 잠긴 그는 등대의 불을 켜는 것을 잊고 말았다.

소설에서 등대는 폴란드를, 등대의 불은 독립을 상징한다. 어둠 속에서 길을 잃은 어부들은 나라를 잃은 폴란드 국민의 절망적인 모습을 의미한다. 등대의 불이 저절로 켜지지 않고 등대지기에 의해 밝혀지듯, 독립과 희망도 국민의 의지에 의해 실현될 수 있다. 작가는 소설을 통해 조국을 잃은 슬픔과 상실감을 전달하며, 등대의 빛이 다시 밝혀지기를 바라고 있다.

등대지기로의 삶은 스카빈스키에게 고요함과 만족감을 주었다. 하지만 등대의 불을 켜지 못한 그는 떠나야 했다. 자격을 잃은 그에게 정착의 평화는 주어지지 않았고, 조국을 잃은 국민에게도 평화는 주어지지 않는다. 등대를 커지 못한 장면은 조국을 되찾지 못한 현실을 상징하며, 이를 통해 작가는 독립의 필요성을 강조하고 있다.

2. 작가의 경험과 세계관을 중심으로 읽기

표현론적 관점

#독립 없이는 불가능한 평화 #꺼진 등대, 어둠에 갇힌 배

등대를 지키지 못한 등대지기

「등대지기」는 주인공 스카빈스키의 빼앗긴 조국 폴란드에 대한 사랑과 그리움을 담은 소설이다. 동시에 등대를 지키지 못하고 다시 방랑의 길을 떠나는 한 노인의 이야기이기도 하다. 독자에게는 스카빈스키가 등대의 불을 밝히지 못하고 밤새 시집을 읽는 장면이 다소 의아하게 느껴질 수 있다. 굳이 이런 설정을 한 이유가 궁금해지기도 한다. 그러나 소설을 단순히 등대지기의 이야기로만 읽지 않고, 등대가 폴란드를 상징한다고 이해하면 이 장면을 자연스럽게 받아들일 수 있다.

주인공 스카빈스키는 젊은 시절 독립을 위한 봉기에 참여했지만 실패했다. 이후에도 두 차례의 봉기가 있었지만 끝내 폴란드는 독립하지 못했고, 러시아는 폴란드인에게 더 가혹한 정책을 펼치며 탄압을 강화했다. 등대지기가 등대를 지키지 못해 어민들이 길을 잃고 헤매

었듯 폴란드인들도 조국이라는 빛을 잃고 방황할 수밖에 없었다. 스카빈스키는 조국도, 등대의 빛도 지키지 못한 채 다시 방랑자의 길로 나섰다. 작가는 70대 노인의 마지막 소원을 이루어주지 않음으로써 평생을 독립운동에 헌신한 작가에게도 진정한 평온은 주어지지 않았음을 보여준다.

'펜은 칼보다 강하다'는 말이 하나의 격언이 아니라 현실이던 시대가 있었다. 글이 사람의 마음을 움직이고, 행동의 도화선이 되던 시절이 있었다. 헨리크 시엔키에비치는 그런 시대에 소설을 통해 폴란드 국민의 독립 의식을 고취하고 민족의 자긍심을 북돋운 작가였다. 그는 1905년 노벨 문학상을 받으며 조국 폴란드에 대한 사랑을 공개적으로 드러냈다. 이는 당시 폴란드인들에게 큰 자부심이 되었다.

작가는 제정 러시아가 폴란드를 통치하던 지역에서 태어나 죽기 전까지 폴란드의 독립을 위해 힘썼다. 실제로 그가 1차 세계대전 중에 스위스에서 창설한 조직은 독립 후 임시정부가 되었다. 결국 폴란드는 1918년 11월 11일 독립을 선언했지만 작가는 이미 세상을 떠나 독립을 보지 못했다. 만약 그가 생전에 조국의 독립을 보았다면, 주인공 스카빈스키의 삶은 어떤 방향으로 흘러갔을지 궁금해진다.

「등대지기」는 스카빈스키 개인의 비극을 넘어, 조국이라는 정체성을 잃었을 때 한 인간의 삶이 얼마나 흔들리고 방황할 수 있는지를 보여준다. 잠시 주어진 평화 속에서도 스카빈스키는 조국에 대한 그리움을 더 키웠고, 결국 다시 방랑의 길을 떠나야 했다. 늙은 몸을 끌고

다시 방랑의 길을 떠나는 주인공을 통해 작가는 독립의 간절함을 표현하고 있다. _박현정

글로 완성하는 나의 읽기

1. 더 알아보기

「등대지기」에 공감을 할 수 있는 이유는 우리 민족 역시 나라를 잃고 고통받았던 시기가 있었기 때문일 것입니다. 조국을 잃은 슬픔과 독립을 향한 염원은 국적과 시대를 초월해 많은 이들의 마음에 울림을 줍니다.

독립운동가가 등장하는 한국 소설

우리나라의 일제 강점기를 배경으로 한 소설 몇 편을 소개하겠습니다. 이 소설들에는 조국을 잃은 국민이 겪은 고통과 그들의 저항, 뿌리와 정체성을 지키려는 노력이 담겨 있습니다.

　조정래의 『아리랑』은 식민지 청년들의 고뇌와 투쟁을 그렸으며, 박경리의 『토지』는 조선 말부터 일제 강점기까지 격동의 시대를 살아가는 국민의 삶과 상처를 묘사하며, 한국 근현대사의 굴곡을 드러냅니

다. 김훈의 『하얼빈』은 이토 히로부미를 저격하기 전 안중근 의사의
마지막 7일을 집중적으로 조명하며 역사의 결정적 순간을 보여줍니
다. 최명희의 『혼불』은 일제 강점기에 삶의 정신과 정서를 지켜낸 사
람들의 이야기를 섬세하게 펼쳐 보입니다.

　이들 소설은 암울한 시대에도 조국의 독립을 꿈꾸며 살아간 선조들
의 고통과 갈등, 그리고 뜨거운 염원을 다양한 시각과 깊이 있는 서사
로 담아내고 있습니다. 독자들은 이 소설들을 통해 시대의 아픔을 기
억하고, 빛나는 인간의 의지와 정신을 발견할 수 있습니다.

2. 독자에게 미치는 영향을 중심으로 읽기 POINT

구조론적 관점

이 소설은 대립 구조, 상징 요소, 구조적 장치 등을 중심으로 읽을 수 있
습니다. 대립 구조로는 조국 폴란드와 타국인 미국의 대비, 주인공을
둘러싼 외부 세계와 내면세계의 대비를 들 수 있습니다. 또한 등대와
폴란드어로 된 시집 등의 상징 요소를 중심으로 읽거나, 구조적 장치로
서의 등대를 중심으로 고립된 주인공의 심리를 집중적으로 탐구할 수
있습니다.

1. 스카빈스키에게 등대지기 이전의 삶과 등대지기로 사는 삶은 어떻게 대비

되며, 이러한 대비가 작품 전체 구조에 어떤 효과를 주나요?

2. 시집과 같은 상징적 요소가 작품 구조 속에서 스카빈스키의 심리와 사건 전개에 어떤 역할을 하나요?

3. 외딴섬과 등대라는 고립된 공간이 작품 구조 속에서 스카빈스키의 내면과 사건 전개에 어떤 영향을 미치나요?

3. 교과 연계 글쓰기

뒷이야기 상상하기는 소설에 대한 깊은 이해를 바탕으로 자신만의 이야기를 만들어보는 창의적 독후 활동입니다. 이 과정을 통해 독자들은 이야기를 구성하는 능력을 키우고, 다양한 전개 가능성을 탐색하며 비판적 사고력도 함께 기를 수 있습니다. 또한 뒷이야기를 상상하기 위해서는 인물과 배경에 대한 충분한 이해가 전제돼야 하므로 인물 분석력이 향상되며, 이야기를 짜면서 서사 구조에 대한 이해와 서술 능력 또한 발달하게 됩니다.

〈뒷이야기 상상하기〉 개요 예시

폴란드가 독립했다는 소식을 듣고 폴란드로 향하는 스카빈스키의 이야기를 상상하며 뒷이야기를 써봅시다.

다시 찾은 조국

구성	내용
처음	**후회와 고독** 1. 등대를 켜지 않아 배가 사고를 당했다는 사실에 깊은 죄책감을 느낀다. 2. 섬을 떠난 후, 모국어로 된 시집을 읽으며 잃어버린 조국을 떠올린다.
중간	**조국의 독립 소식** 1. 방랑 중 폴란드가 독립했다는 신문을 보고 감격한다. 2. 독립을 위해 투쟁했던 젊은 시절을 회상한다. 3. 자신이 조국에 돌아갈 자격이 있는지 고민하지만, 결국 가기로 한다. **귀향** 1. 전쟁으로 달라진 조국의 모습에 관한 이야기를 듣는다. 2. 어릴 적 떠난 고향의 모습을 추억하며 지금의 모습을 상상한다. 3. 배가 항구에 가까워지며 기쁨과 동시에 두려움을 느낀다.
끝	**조국에서의 새로운 삶** 1. 노인이 되어 돌아온 그는 처음에는 낯설고 어색했지만, 자신을 반갑게 맞아주는 고향 사람들 덕분에 마음을 조금씩 열기 시작한다. 2. 예전 등대지기 경험을 살려 아이들에게 바다 이야기를 들려주고, 마을에 도움이 필요할 때 나서서 일을 도우며 사람들에게 다가간다. 3. 젊은이들은 조국을 위해 싸운 이야기를 듣고 그를 존경하고 따른다. 4. 사람들과 어울려 마을의 일을 하며 매일의 삶에 기쁨을 느끼고 오랜 외로움에서 벗어나 평온을 느낀다.

04

뚱뚱한 신사

작가 소개

워싱턴 어빙(1783-1859)은 19세기 미국을 대표하는 낭만주의 작가이다. 단편소설집 『스케치북』에는 유명한 단편 「슬리피 할로우의 전설」과 「립 밴 윙클」이 포함되어 있으며, 그는 이 책으로 세계적인 명성을 얻었다. 그의 작품은 유머, 풍자를 특징으로 하며 낭만주의적 경향을 지니고 있다. 또한 미국적인 배경과 소재를 활용하여 미국 문학의 정체성 확립에 기여했다. 그는 스페인에서 외교관으로 일하며 『알함브라 전설』을 집필하는 등 여행과 역사에 대한 관심을 작품에 반영했다. 그 외에도 주요 작품으로 『뉴욕사』, 『대초원 여행』, 『조지 워싱턴전』이 있다.

비 내리는 11월의 어느 날, 여행 중이던 주인공은 몸 상태가 좋지 않아 여관에 머물게 되었다. 쉽게 떨어지지 않는 열 때문에 꼼짝 못 하게 된 그는 외로움과 지루함을 못 견디고 여관 구석구석을 기웃거렸다. 그러던 중 주방 점원이 13호실 '뚱뚱한 손님'의 아침 주문 메뉴를 읊는 소리를 들었다.

무료했던 주인공은 뚱뚱한 손님이라는 말이 상상력을 자극한다는 핑계로 신사에 대해 생각하기 시작했다. 그는 주방 점원의 뚱뚱하다는 한마디만으로 신사의 체격, 키, 얼굴, 나이 등을 마음대로 떠올렸고, 그 상상을 바탕으로 신사를 제멋대로 평가했다.

주인공의 상상 속 신사는 나이 든 붉은 얼굴의 육중한 남자, 입맛이 까다롭고 호통을 치는 남자, 호이크 당원, 규칙적인 습관을 지닌 꼬장꼬장한 부자 노인 등으로 변했다. 또 다른 상상에서는 중년의 못생긴 남자, 배가 불룩 나온 맥주 애호가, 약간 끈적끈적한 인상의 남자, 세상을 두루 돌아다녀 직원들을 대하는 게 익숙한 남자, 술 한 잔에 말이 많아지는 남자, 급진파는 아닐 것 같은 남자, 혹은 영국 국가를 부르는 충성스러운 시민, 왕실 사람, 커다란 가죽 장화를 신는 의문의 남자 등으로 바뀌었다. 여관에서 일어나는 작은 사건이나 사람들의 말에 따라 정반대의 인물을 오가며 상상 속 신사의 모습은 끝없이 변했다.

주인공은 실제로 뚱뚱한 신사를 한 번도 본 적이 없었지만, 자신의 선입견과 기준에 따라 외모와 행동을 마음대로 판단했다. 그는 신사의 몸집이나 얼굴, 태도를 과장하거나 축소했고, 정치적 기준에 맞춰 평가하기까지 했다. 결국 주인공은 마차를 타러 가는 신사의 뒷모습만 보았을 뿐 끝내 얼굴은 볼 수 없었다.

작품 한눈에 보기

주제	선입견으로 타인을 판단하는 자기중심적 사고에 대한 풍자
갈래	단편소설
시대적 배경	19세기 초, 산업화와 기존 사회 위계가 공존하던 과도기
주요 등장인물	나, 뚱뚱한 신사
시점	1인칭 관찰자 시점
작품 특징	1인칭 관찰자의 신뢰할 수 없는 서술
현대적 의의	선입견으로 쉽게 타인을 평가하는 태도 비판

1. 작품의 내적 구조와 표현을 중심으로 읽기

구조론적 관점

#1인칭 관찰자의 서술에 따라 변하는 인물 이해 #타인을 통해 드러나는 자기 인식

신뢰할 수 없는 '나'의 시선

서술자는 독자에게 이야기를 전달하는 목소리다. 서술자는 단순히 사건을 전달하는 것을 넘어, 작품의 분위기를 형성하고 독자의 반응을 끌어내는 중요한 장치다. 서술자가 이야기 속 인물인지, 혹은 외부 관찰자인지에 따라 독자가 인물과 사건을 받아들이는 태도가 크게 달라진다. 서술자의 감정과 태도는 이야기의 분위기를 형성하고, 정보를 얼마나 드러내는지 혹은 감추는지에 따라 독자의 흥미와 긴장감이 조절된다. 더 나아가 서술자는 작가의 의도와 주제를 간접적으로 드러내는 중요한 역할도 한다.

「뚱뚱한 신사」는 1인칭 관찰자 시점으로 전개된다. 서술자는 뚱뚱한 신사를 직접 만나지 않고 주변의 단서와 자신의 상상을 통해 그를 그린다. 이 때문에 주관이 개입될 수밖에 없고, 독자는 오직 서술자의 묘사와 추측에 의지해 신사의 내면과 외면을 추론하게 된다. 그러나 서술자의 이야기는 계속 바뀐다. 책장을 넘길수록 독자는 그의 말에서 모순을 느끼고 그를 의심하게 된다.

서술자는 아프다는 핑계와 낯선 곳에서의 외로움을 이유로 신사를 멋대로 단정하기 시작했다. 그는 점원의 뚱뚱한 신사라는 말만으로 신사의 외모와 성격은 물론 재산과 정치적 입장까지 마음대로 상상했다. 달걀 취향, 신문 취향, 발소리 등 단편적인 정보만으로도 상상은 끝없이 이어졌다. 신사와 대화 한번 나눠보지 않고 집요한 추론을 이어가다 결국 신경질적인 증상까지 겪으면서도 평가를 멈추지 않았다.

아이러니하게도 추론이 이어질수록 독자는 뚱뚱한 신사보다 서술자에 대해 더 잘 알게 된다. 서술자는 타인을 올바로 이해하거나 소통하려는 노력 없이 제멋대로 판단하고 확신하지만, 그 확신은 곧 흔들리고 또 다른 판단으로 나아간다. 그 결과 독자는 신사보다 서술자의 성격을 더 잘 파악하게 되고, 결국 이 서술자가 신뢰할 수 없는 인물임을 깨닫는다. 1인칭 시점의 전형적인 효과를 의도적으로 비튼 것이다.

일반적으로 1인칭 시점의 소설을 읽는 독자는 서술자의 관점에서 사건을 경험하며 인물의 내면에 공감하게 된다. 그러나 「뚱뚱한 신사」의 서술자는 선입견에 사로잡혀 주관적으로 바라보기 때문에 그의 서술은 독자에게 왜곡된 형태로 전달된다. 따라서 독자는 서술자의 시선을 따라가다가 어느 순간 한 번도 본 적 없는 사람을 왜 그렇게 판단하는지 의문을 품게 된다. 나아가 타인을 일방적으로 판단하는 행위가 옳지 않다는 느낌을 받으며, 자신 역시 타인을 쉽게 판단하지는 않았는지 돌아보게 된다. 이러한 점에서 이 소설의 서술자는 신뢰할 수 없는 서술자로 볼 수 있으며, 작가는 이를 통해 독자에게 단순한 사건 경험 이상의 사고와 성찰을 요구한다.

2. 독자에게 미치는 영향을 중심으로 읽기

효용론적 관점

#양날의 검, 선입견 #자기 합리화의 함정

평가의 부메랑

「뚱뚱한 신사」의 주인공은 궂은 날씨에 열까지 올라 여관에 머물기로 했다. 그는 무료한 시간을 버티기 위해 여관 이곳저곳을 기웃거렸다. 그러다 '뚱뚱한 손님'이라는 말 한마디가 들리자, 단편적인 정보 몇 가지를 조합해 이름도 얼굴도 모르는 손님을 함부로 평가하기 시작했다. 동시에 평가하는 자신의 행동을 합리화했다. 선입견에 빠져 뚱뚱한 신사를 평가하는 주인공의 모습을 통해 우리는 얼마나 쉽게 타인을 판단하는지 되돌아보게 된다.

주방 점원의 뚱뚱한 손님이라는 한마디에 주인공의 신랄한 평가는 시작됐다. 한 번도 본 적 없는 인물을 육중하고, 나이 들었으며, 신분이 높을 것으로 추측했다. 또 얼굴이 붉고, 체격이 크며, 입맛이 까다로운 꼬장꼬장한 부자 노인일 것이라 단정 짓기도 했다. 심지어 뚱뚱하고 영국 국가를 부른다는 이유로 왕실 사람일지도 모른다고 추측했다. 그러나 소설은 뚱뚱한 신사가 정형화되는 것을 허락하지 않았다. 주인공이 신사를 한 가지 모습으로 단정 지으려 할 때마다 새로운 모습이 등장해 그의 평가가 틀렸음을 보여주었다.

뚱뚱한 신사는 어느새 배가 나오고 얼굴이 붉은, 술집 분위기에 익숙한 남자로 다시 평가됐다. 뚱뚱하다는 점만 같을 뿐 앞서 평가한 깐깐하고 정치적인 인물과는 완전히 다른 사람이었다. 주인공의 평가는 계속 엇나갔고, 그는 끝내 뚱뚱한 신사의 얼굴을 보지 못했다. 이 서술은 주인공의 평가를 의심하게 하고 남을 쉽게 판단하는 그를 비판할 여지를 남긴다. 결국 뚱뚱한 신사에 대한 섣부른 판단은 부메랑이 되어 주인공에게 돌아간다. 주인공은 타인을 평가한다고 생각했지만, 어느새 자신도 평가받는 신사의 위치에 서게 된 것이다.

주인공은 자기 연민을 방어기제로 삼아 자신을 합리화하는 인물이다. 그는 아프고 외로운 상황에 처했고, 싸움을 싫어하지만 호기심이 많다는 식으로 스스로를 포장했다. 어쩔 수 없이 뚱뚱한 신사에 집착하고 있다는 것이다. 이렇게 자신을 감싸는 한편, 타인을 평가하는 행동이 옳지 않다는 것을 알면서도 신사에 대해 마음대로 판단을 내렸다. 그는 여관에 머무는 내내 특수한 상황을 핑계로 끊임없이 자신을 정당화했다.

실제 생활에서도 우리는 타인을 평가하지만 결국 그 기준은 우리에게도 적용된다. 예를 들어 사람들은 마른 체형의 연예인에게 쉽게 호감을 보인다. 그러나 그 기준은 어느새 우리 자신을 판단하는 잣대가 되기도 한다. 마른 몸매를 찬양하는 문화가 결국 우리 스스로 검열하게 만드는 것이다. 우리가 타인을 쉽게 평가하는 만큼, 그 평가의 잣대가 자기에게 돌아온다는 것을 종종 잊는다. 「뚱뚱한 신사」의 서술자를 떠올려 보면 타인을 판단할수록 올바른 판단에서 멀어지는 것을 알 수 있다. 이 점을 기억한다면 타인을 함부로 평가하지 않고 또 그들의 평가에도 동요하지 않으며 살아갈 수 있을 것이다. _박현정

글로 완성하는 나의 읽기

1. 더 알아보기

「뚱뚱한 신사」는 자기 합리화에 빠진 주인공의 심리를 중심으로 읽을 수 있는 소설입니다. 이 외에도 인물의 다양한 심리를 중심으로 읽을 수 있는 소설들이 있습니다.

인물의 심리를 중심으로 읽을 수 있는 소설들

인물의 다양한 심리에 주목해 읽을 수 있는 소설 몇 편을 소개하겠습니다. 사람들은 자신이 인정하기 싫은 현실에서 혼란을 느끼곤 합니

다. 그 혼란에 어떻게 반응하고 수습하는지에 따라 다른 인간상이 드러납니다. 루쉰의「아Q정전」은 자신의 비참한 처지를 '정신 승리법'으로 끊임없이 정당화하는 인물을 그립니다. 도스토옙스키의『죄와 벌』은 범죄를 저지른 후 자신의 행동을 합리화하려는 주인공의 깊고 복잡한 심리를 탐구합니다. 카프카의『변신』은 인간이 벌레로 변신했다는 비현실적인 상징을 통해 정체성 혼란을 드러내어 독자가 주인공의 내면의 혼란을 함께 경험하게 합니다.

갈등 상황에 처했을 때 어떻게 반응하는지에 따라 인간의 독특한 심리가 드러납니다. 카뮈의『이방인』에서는 관습이나 상식에서 벗어나 비극적 상황을 무감각하게 받아들이는 인물을 만나볼 수 있습니다. 괴테의『젊은 베르테르의 슬픔』은 사랑과 현실 사이에서 갈등하는 인물의 인지 부조화와 감정 변화를 섬세하게 보여줍니다.

인물의 성장 과정에서 두드러지는 극단적인 심리와 자아 성찰의 과정을 묘사하는 소설들도 있습니다. 헤르만 헤세의『데미안』은 내면에 공존하는 양면성을 탐구하며 인물의 선과 악, 내적 갈등을 섬세하게 보여줍니다. 샐린저의『호밀밭의 파수꾼』은 청소년기의 혼란과 자아 탐색 과정을 세밀하게 묘사합니다. 마지막으로, 에드거 앨런 포의「검은 고양이」는 죄책감에 몰리고 자기 파괴적 충동에 휩싸이는 인물을 묘사합니다.

이처럼 다양한 소설을 통해 인간 심리의 복잡성을 확인할 수 있으며, 이를 통해 독자는 자신을 성찰할 기회를 얻을 수 있습니다.

2. 작가의 경험과 세계관을 중심으로 읽기 POINT

워싱턴 어빙은 19세기 초 미국을 대표하는 작가로, 유럽 문학의 영향을 받으면서도 미국 특유의 색채를 담은 이야기를 만들어냈습니다. 그는 근대 단편소설의 출발점으로 평가받는「스케치북」을 비롯해, 전통적인 옛날이야기 방식에 풍자와 독특한 시각을 더해 다수의 작품을 남겼습니다. 이러한 풍자는 당시 사회적 통념과 인간성에 대한 어빙의 비판적 시선을 반영합니다. 그는 인간의 성급한 판단과 편견을 꼬집으며 보이는 것이 전부가 아님을 강조했습니다. 또한 개인의 상상과 현실이 충돌하는 과정을 통해 19세기 초 사회 변화 속에서 흔들리는 인간 정체성을 보여주기도 했습니다.

1. 작가는 '나'라는 서술자를 통해 끊임없이 신사를 추측하고 평가하는 모습을 그립니다. 작가는 왜 이런 서술 방식을 선택했을까요?

2. '나'는 뚱뚱한 신사의 외모와 행동을 근거로 그의 성격, 직업, 심지어 정치적 성향까지 멋대로 상상하고 단정합니다. 작가는 이러한 인물을 통해 당시 사회에 어떤 메시지를 전하고자 했을까요?

3. 소설 속에서 '나'는 뚱뚱한 신사의 진짜 모습을 끝내 파악하지 못하고 계속 오해합니다. 이 주제에 주목한 이유는 무엇일지 생각해 보세요.

3. 교과 연계 글쓰기

귀납 논리로 주장하는 글쓰기는 개별적이고 구체적인 사례들을 제시한 뒤, 그 사례들의 공통점이나 반복되는 특징을 바탕으로 일반적이고 보편적인 결론이나 주장을 도출하는 방식을 말합니다. 이 글쓰기는 다양한 근거를 먼저 보여줌으로써 주장의 설득력을 높일 수 있습니다.

〈귀납 논리로 주장하는 글쓰기〉 개요 예시

사례를 바탕으로 주제를 도출하는 귀납 논리를 활용하여, 다양한 관점과 열린 마음의 필요성을 주장하는 글을 써보세요.

다양한 관점과 열린 마음의 필요성

구성	내용
서론	**문제제기** 1. 사람들은 타인을 충분히 알지 못하면서도 쉽게 판단하곤 한다. 2.「뚱뚱한 신사」의 주인공은 신사를 직접 만나지도 않고 단서와 상상만으로 평가한다.
본론	**소설 속 사례를 통해 배우기** 1. 성급한 판단의 위험성 주인공은 아주 적은 정보만으로 신사에 대해 멋대로 상상하고 판단한다. 이를 통해 충분한 정보 없이 타인을 판단하면 오해가 생길 수 있다는 점을 알 수 있다. 2. 고정관념의 위험성 주인공의 신사에 대한 상상은 계속 바뀌지만, 끝내 신사의 실체를 확인하지 못한다. 이를 통해 편협한 시선과 성급한 판단은 고정관념으로 굳어지기 쉽다는 것을 알 수 있다.

본론	3. 외모 중심 시선의 한계 주인공의 상상은 신사의 뚱뚱한 몸집이나 붉은 얼굴 등 외적 특징에 집중된다. 이를 통해 사람의 겉모습으로 판단하면 그 사람에 대한 진정한 이해는 어렵다는 것을 알 수 있다.
결론	**귀납적 결론** 「뚱뚱한 신사」를 통해 성급한 판단, 외모 중심의 시선, 선입견이 타인을 올바르게 이해하는 데 방해가 된다는 사실을 알 수 있다. 따라서 우리는 편견을 갖는 태도를 경계하고, 열린 마음과 다양한 시각으로 타인을 이해하려 노력해야 한다.

PART 6

현실을 넘어선 상상

**"만약 이상한 일이 진짜 일어난다면?
공포와 상징은 우리에게 무엇을 말해줄까?"**

이 장에서는 현실의 법칙을 벗어난 기묘한 사건과 상상을 다룹니다. 이러한 이야기들은 단순한 공포를 넘어, 인간의 욕망과 불안, 그리고 사회를 향한 풍자를 드러냅니다. 에드거 앨런 포의 「검은 고양이」는 내면의 광기를, 윌리엄 위마크 제이콥스의 「원숭이 발」은 욕망이 부른 비극을 보여줍니다. 프란츠 카프카의 「변신」은 초현실적 사건으로 인간 소외의 문제를 드러내고, 알퐁스 도데의 「황금 뇌를 가진 사나이」는 환상을 통해 인간의 욕망을 풍자합니다

01
검은 고양이

작가 소개

에드거 앨런 포(1809~1849)는 미국의 소설가로 어린 시절 부모의 사망으로 인해 사업가 가정에 입양된다. 대학에 입학했으나 방탕한 생활로 인해 양아버지의 지원이 끊기고 퇴학당했다. 그는 첫 시집으로 『태머레인과 다른 시들』을 익명으로 출판했으나 관심을 끌지 못했다. 1841년 「모르그 가의 살인 사건」을 발표한 후 큰 명성을 얻게 되어 '추리 소설의 아버지'라고 불리게 된다. 그의 주요 작품으로는 「황금 벌레」, 「검은 고양이」와 『어셔가의 몰락』 등이 있다.

나는 내일이면 죽을 목숨이다. 그전에 마지막 고백을 남기려 한다.

본래 나는 온순하고 인정이 많아 어릴 적부터 동물을 특별히 사랑했다. 결혼 후에도 아내와 함께 여러 동물을 길렀고 그중에서도 플루토라 이름 붙인 검은 고양이를 가장 아꼈다. 그러나 아내는 검은 고양이를 마녀가 변신한 존재로 여기며 달가워하지 않았다.

시간이 지나면서 나는 점차 신경이 예민해지고 술에 의존하게 되었다. 그러자 애완동물에 대한 애정은 잔혹한 증오로 바뀌었다.

어느 날, 플루토가 나를 피하는 모습을 보자 괜히 화가 치밀었다. 내가 억지로 고양이를 붙잡자 나를 할퀴었고, 분노에 사로잡힌 나는 그 눈을 도려내고 말았다.

그럼에도 분노가 가라앉지 않아 끝내 고양이 목을 매달아 죽였다. 그 직후 우리 집은 불에 휩싸였고 불탄 벽에는 목 매달린 거대한 고양이의 형상이 나타났다. 나는 이 광경 앞에서 극심한 공포와 불안을 느꼈다.

얼마 뒤 술집에서 우연히 플루토와 꼭 닮은 애꾸눈 검은 고양이를 발견해 집으로 데려왔다. 신기하게도 등에 있던 흰 반점은 점차 교수대 모양으로 변해갔다. 고양이는 나의 불안과 죄책감을 끊임없이 자극했고 마침내 나는 그 존재를 견딜 수 없게 되었다.

지하실에서 고양이가 내 앞길을 막자 나는 분노에 휩싸여 도끼를 휘둘렀다. 그러나 그 순간 아내가 나를 막아섰고, 나는 실수로 아내를 내리쳐 그 자리에서 죽이고 말았다.

나는 지하실 벽을 허물어 아내의 시신을 감추고 석회로 발라 마무리했다. 며칠이 지나도 고양이의 모습은 보이지 않았고 나는 안도하며 경찰 수사에도 태연한 척 굴었다. 아내가 죽은 지 나흘째 되던 날, 경찰이 집으로 찾아왔다. 경찰은 집 안 구석구석을 수색했지만 별다른 단서를 찾지 못했다. 경찰 앞에서 나는 자신만만하게 벽을 두드렸다.

그 순간, 벽 안에서 고양이 울음소리가 들렸다. 경찰이 벽을 허물자, 그 속에는 아내의 시신과 함께 숨어 있던 고양이가 있었다. 결국 내 범죄는 고양이의 울음으로 드러나고 말았다.

작품 한눈에 보기

주제	인간의 이중성과 내면에 숨겨진 폭력성
갈래	단편소설
시대적 배경	19세기 중반 미국, 인간의 내면세계에 대한 탐구가 활발했던 시대
주요 등장인물	'나', 아내, 첫 번째 고양이 플루토, 두 번째 검은 고양이
시점	1인칭 주인공 시점
작품 특징	· 자신의 과거를 고백하는 회고적 서술 형식 · 불안함과 긴장된 분위기의 고딕 소설
현대적 의의	인간 내면의 폭력성에 대한 도덕적 경각심

작품 감상

1. 작품의 내적 구조와 표현을 중심으로 읽기

구조론적 관점

#검은 고양이가 조성하는 분위기와 의미 #인물 관계에서 검은 고양이의 역할

검은 고양이, 이야기의 시작과 끝

에드거 앨런 포의 「검은 고양이」에서 '검은 고양이'는 소설의 제목이자, 사건의 발단과 전개에 있어서 중요한 역할을 하는 소재로 쓰인다. 이렇게 작가는 검은 고양이를 활용하여 갈등을 유발하고 소설의 긴장감과 분위기를 연출한다. 따라서 독자는 이 소설을 감상할 때, 검은 고양이의 의미가 무엇이고 소설 안에서 부여된 역할을 파악할 수 있다. 또한 고양이와 인물들과의 관계성을 고려하여 읽을 수 있다.

영국에서는 검은 고양이가 마녀의 동료이자 충직한 하수인으로 여겨졌다. 이러한 이유로 마녀를 화형대에 올리면서 검은 고양이도 함께 화형에 처했다고 전해진다. 이처럼 오랫동안 검은 고양이는 저주와 불길함을 상징했다. 소설에서 주인공은 첫 번째 검은 고양이였던 플루토를 학대했고 나뭇가지에 매달았다가 화재로 죽게 했다. 알코올 중독으로 정신착란 증상을 보였던 주인공은 두 번째 검은 고양이를 플루토와 동일시하여 죽이려다 아내를 살해했다. 검은 고양이는 첫 번째 희생물이자 불행의 발단이 된다.

소설에서 주인공은 아꼈던 첫 번째 검은 고양이의 이름을 플루토라고 지었다. 플루토는 그리스 로마 신화에 등장하는 하데스의 또 다른 이름으로 지옥의 신, 저승의 신을 뜻한다. 그러나 작가는 의도적으로 플루토라는 이름을 통해 죽음의 기운을 드러내고 있다. 플루토의 저주가 내린 것처럼 주인공은 아내를 살해하고 그 시체를 지하실 벽 안에 넣고 석회를 발라 버렸다. 그러나 그의 살해 행위는 벽 안에 함께 있었던 검은 고양이의 울음소리 때문에 발각되고 말았다. 이처럼 검은 고양이는 사건 종결에 중요한 소재로 기능한다.

소설에서 주인공과 아내는 검은 고양이를 대하는 태도가 대조적이다. 주인공은 플루토를 무척 아꼈지만 아내는 마녀가 검은 고양이로 변장한 전설을 들춰내며 부정적으로 대했다. 이와는 다르게 주인공은 두 번째 검은 고양이가 한쪽 눈이 애꾸라는 점까지 죽은 플루토와 닮았다는 점 때문에 증오했지만 아내는 이전과 달리 애정을 가지고 대했다. 주인공과 검은 고양이의 사이가 가까우면 아내는 멀어지고 아내와 검은 고양이의 사이가 가까워지면 주인공은 멀어진다. 이렇게 두 인물이 검은 고양이를 대하는 태도와 관계성의 거리가 대조적으로 나타나기 때문에 긴장감을 조성한다.

소설의 도입부에서 서술자이자 주인공인 '나'는 몹시 끔찍한 이야기를 들려주고자 한다는 직접 말하기 방식을 취해 사실적이고 공포스러운 분위기를 드러낸다. 특히, 검은 고양이 플루토의 이름에 얽힌 의미는 음산한 분위기를 더욱 짙게 한다. 검은 고양이는 사건 발단과 비밀을 밝혀내는 역할을 하여 이야기의 시작과 끝에서 주요한 역할을 하는 소재이다.

2. 작가의 경험과 세계관을 중심으로 읽기

표현론적 관점

#인물에게 투영된 작가의 불안정한 삶과 경험 #작가의 불안한 내면

거울처럼 투영된 작가의 모습

에드거 앨런 포는 어린 시절 부모님을 여의고 사업가 가정에 입양되었다. 대학에 입학한 후 의붓아버지의 지원에도 불구하고 그는 방탕한 생활에 빠져 학교로부터 퇴학 명령을 받았다. 이 일로 인하여 그는 의붓아버지와의 연이 끊겼다. 작가는 자신이 겪었던 불안한 환경적 요인으로 인해 부정적 자아를 갖게 되었고, 이는 「검은 고양이」 주인공 '나'에게 거울처럼 투영되어 나타난다.

작가는 감수성이 풍부하였으나 극도로 예민하여서 어려운 일을 직면할 때마다 견디지 못하고 다른 도피처를 찾았다. 그 도피처는 바로 술과 도박이었다. 이와 마찬가지로 소설에서도 주인공이 불안함을 떨쳐내기 위해서 술에 취했던 모습과 유사하다. 또 다른 유사점은 작가가 대학 시절 연인으로부터 파혼을 당했던 일로 큰 상실감을 겪었는데 소설에서 주인공도 플루토가 거리두기를 하자 좌절감을 겪었다는 점이다. 이처럼 작가 자신이 타인으로부터 겪었던 외면은 소설 속 주인공에게 투영되어 자신을 피하는 플루토를 증오하는 것으로 표현된다.

이처럼 주인공은 플루토를 사랑하면서도 신체적 학대를 가하는 양가적 감정을 드러낸다. 그는 플루토의 한 쪽 눈에 잔인한 학대를 저질렀는데 이는 플루토의 눈동자가 주인공 내면의 불안함을 꿰뚫어 보고 있다는 착각에 빠져 이런 행동을 한 것이다. 소설 속 주인공이 술에 취하면 검은 고양이에게 반복적으로 학대를 가했던 것처럼 작가도 늘 내면의 어두운 감정을 숨기고자 반복적으로 술과 도박을 일삼았던 모습과 흡사하다.

여러 편의 소설을 발표한 후, 작가는 전성기를 맞았지만 삶에서는 안정감을 느끼지 못했다. 이는 그가 친부모님의 사망, 의붓아버지와의 의절과 아내의 죽음을 겪으면서 느꼈던 불안과 우울에서 헤어 나오지 못했기 때문이다. 이렇게 반복된 폭음과 우울감 때문에 작가는 정신착란 증상까지 겪게 되었다. 소설에서 주인공도 폭음으로 인해 피폐해지고, 불안정한 심리 상태에 빠진다. 이런 심리 상태에서 주인공은 두 번째 검은 고양이를 죽이려다 아내를 살해했다.

소설에서 주인공은 자신의 잔악한 행위를 숨기고자 아내의 시체를 지하실 벽 속에 넣고 속이 안 보이게 석회로 발라 버렸다. 그는 자신의 범죄를 감출 수 있다고 생각했지만, 벽 속에서 울부짖던 검은 고양이의 울음소리 때문에 발각되었다. 이 장면에서 검은 고양이의 울음소리는 주인공의 반복된 음주와 폭력성의 막을 내리게 한다. 이는 작가가 자신을 옭아매는 불안함을 끝내고 싶었던 바람이 담긴 것으로 보인다. _정현숙

글로 완성하는 나의 읽기

1. 더 알아보기

에드거 앨런 포의 「검은 고양이」는 어둡고 공포스러운 분위기를 나타내는 고딕 소설입니다. 이와 같은 분위기를 나타내는 소설에 대해 알아봅시다.

고딕(Gothic) 소설

고딕은 중세 고딕 양식의 어둡고 장엄한 이미지에서 유래된 문학 장르입니다. 고딕 소설은 초자연적 공포와 불안, 몰락한 인간성, 운명과 죽음 등의 주요 요소가 나타납니다. 주로 몰락한 귀족, 광기 어린 인물, 망령과 유령이 등장인물로 나오며 비극적이고 무거운 분위기를 조성합니다.

　고딕 소설에는 에드거 앨런 포의 「검은 고양이」, 몰락해 가는 가문

과 인간의 정신 쇠락을 묘사한「어셔가의 몰락」, 인간이 생명을 창조하려다 탄생시킨 괴물과의 갈등으로 인해 비극을 맞게 되는 메리 셸리의『프랑켄슈타인』과 흡혈귀 드라큘라 백작이 인간에게 위협을 가하자 이를 막기 위해 인간들이 힘을 모아 싸우는 브램 스토커의『드라큘라』가 널리 알려져 있습니다.

2. 독자에게 미치는 영향을 중심으로 읽기 POINT

효용론적 관점

에드거 앨런 포의「검은 고양이」에서 주인공은 유년 시절, 동물을 좋아하는 온순한 아이였습니다. 그러나 성장하면서 주인공의 내면에 감춰진 괴팍한 성질이 발현되기 시작했고, 동물을 학대하며 결국엔 돌이킬 수 없는 화를 불러일으키게 됩니다. 이 소설에서 인물이 가지고 있는 이중적 태도는 무엇인지 살펴봅시다. 또한 그의 모습에 나타난 문제점을 통해 우리에게 어떤 도덕적 경각심을 주는지 생각하며 읽어봅시다.

1. 인물의 이중적 태도에서 나타나는 문제점과 그것이 초래하는 심각성은 무엇이라고 생각하나요?

2. 인물의 잔인한 행동으로 파국을 맞게 되는 결말이 우리에게 어떤 도덕적 경각심을 느끼게 하나요?

3. 이 소설을 통해 작가가 전달하고자 했던 메시지를 오늘날 우리 사회가 직

면한 문제와 연결 지어 본다면 무엇일까요?

3. 교과 연계 글쓰기

글을 쓸 때 속담과 관용어 같은 다양한 표현을 활용하면 참신하게 표현할 수 있는 효과가 있습니다. 속담은 옛날부터 사람들 사이에서 전해져 오는 교훈이 담긴 짧은 말입니다. 관용어는 오랫동안 관습적으로 쓰이며 특별한 의미를 갖는 두 개 이상의 단어로 이루어진 짧은 말입니다. 속담과 관용어를 활용하여 소설 「검은 고양이」의 감상문을 써 봅시다.

〈활용 가능한 속담과 관용어〉

「검은 고양이」에서 활용 가능한 속담과 관용어입니다.

속담	**1. 가는 말이 고와야 오는 말이 곱다.** 타인과의 관계에서 태도와 행동이 결국 자신에게 돌아온다. **2. 가랑비에 옷 젖는 줄 모른다.** 술과 폭력, 무감각한 죄의식이 쌓이며 결국 파국에 이른다. **3. 죄는 지은 대로 받는다.** 죄를 지은 자는 결국 그 죄의 대가를 치른다. **4. 세 살 버릇이 여든까지 간다.** 어릴 때 형성된 나쁜 습관이나 성격은 나이가 들어서도 쉽게 고쳐지지 않는다. **5. 콩 심은 데 콩 나고 팥 심은 데 팥 난다.** 자신이 저지른 죄와 폭력의 결과가 결국 자신에게 돌아온다.

| 관용구 | 1. 눈 가리고 아웅
주인공이 범죄를 감추려는 어설픈 시도를 했지만 발각된다.
2. 눈에 불을 켜다.
주인공이 분노와 광기에 사로잡혀 있는 상태이다.
3. 속이 검다.
주인공의 내면에 숨겨진 악의와 폭력성을 나타낸다.
4. 자업자득이다.
주인공의 악행이 결국 자신에게 불행을 가져온다.
5. 제 발로 무덤을 파다.
주인공이 자신의 범죄를 스스로 드러낸다.
6. 양심의 가책을 느끼다.
주인공이 죄의식과 심리적 고통을 느낀다. |

〈속담과 관용어 활용한 감상문 쓰기〉 개요 예시

위에 제시된 속담과 관용어를 활용하여 감상문을 써봅시다.

자업자득의 결말, 죄는 결국 드러난다

구성	내용
처음	소설의 주인공은 정이 많은 성격이었지만 술에 빠지면서 점차 눈에 불을 켜고 아내와 애완동물들에게 폭력적으로 변했다. 특히 그가 키우던 검은 고양이 플루토에게 저지른 잔혹한 행동은 그의 속이 검다는 내면을 보여준다. 결국 화재 사건으로 죽은 벽에 플루토의 형상이 남아 있는 것을 발견한 그의 죄책감은 양심의 가책으로 남아 그를 괴롭혔다. 하지만 그는 죄는 지은 대로 받는다는 속담처럼 두 번째 검은 고양이의 등장으로 점점 더 불안과 광기에 휩싸였다. 그는 지하실 계단에서 도끼를 휘둘러 검은 고양이를 죽이려다 만류하던 아내를 살해했다. 그는 시신을 벽 속에 숨겼지만 제 발로 무덤을 판 셈이 되어 결국 경찰 앞에서 자신의 범죄를 드러내었다. 이처럼 주인공은 자업자득의 결과로 파멸에 이르며 소설은 인간 내면의 어둠과 죄의식, 인간의 이중성을 드러냈다.

중간	소설에서 가장 인상 깊은 점은 지하실 벽 속에서 죽은 아내의 시체와 함께 울고 있는 검은 고양이가 발견된 장면이다. 주인공은 자신의 악행을 숨기려고 죽은 아내를 벽 속에 넣고 속이 안 보이게 석회로 발라 버렸다. 그의 행동은 눈 가리고 아웅인 것이다. 왜냐하면 그의 범행은 사라졌던 검은 고양이의 울음소리 때문에 결국 발각되기 때문이다. 콩 심은 데 콩 나고 팥 심은 데 팥 난다라는 속담처럼 그의 폭력성과 악행의 결과는 아내를 살해한 범죄자가 되어 법의 심판을 받게 되었다는 것이다.
끝	이 소설에서 주인공은 가랑비에 옷 젖는 줄 모르는 것처럼 잦은 술과 폭력, 애완동물에게 가한 학대에 대해 무감각한 죄의식이 쌓이며 결국 아내를 살해하게 되는 파국에 이른다. 세 살 버릇 여든까지 간다라는 속담처럼 어릴 때 형성된 나쁜 버릇이나 성격은 나이가 들어서도 쉽게 고쳐지지 않는다는 점을 깨닫게 한다.

02

변신

작가 소개

프란츠 카프카(1883-1924)는 체코 프라하에서 태어난 독일어권 작가로, 법학을 전공한 후 보험회사에서 일하며 글을 썼다. 인간 소외와 관료제의 억압, 불합리한 세계 속에서 방황하는 개인의 모습을 심도 있게 그려냈다. 생전에 발표된 작품은 적었지만, 친구 막스 브로트가 사후에 유고를 정리해 출간하면서 현대 문학에 지대한 영향을 미쳤다. 대표작으로는 『변신』, 『심판』, 『성』 등이 있으며, 그의 독특한 문체와 주제의식은 '카프카적'이라는 표현으로 남아 현대 문학에서 중요한 의미를 갖게 되었다.

어느 날 아침, 주인공 '그레고르 잠자'는 자신이 거대하고 흉측한 벌레로 변한 것을 깨달았다. 그는 출근 기차 시간에 늦을까 봐 마음이 급했지만 변해버린 몸은 뜻대로 움직여주지 않았다. 문밖에서는 어머니와 여동생이 출근 준비를 재촉했고 그의 상황을 확인하러 직장 상사까지 집으로 찾아왔다. 문이 열리는 순간, 가족과 상사는 그레고르의 끔찍한 모습을 보고 경악했다. 상사는 허둥지둥 자리를 떠났고, 아버지는 그를 방 안으로 몰아넣으며 문을 닫아버렸다.

처음에는 어머니와 여동생이 그레고르에게 음식을 가져다주고 방 안의 가구를 치우는 등 그의 생활을 도와주었다. 특히 여동생은 오빠가 좋아할 만한 음식을 골라 가져다주거나 방 안 공기가 답답하지 않도록 창문을 열어주기도 했다. 그러나 시간이 흐를수록 점점 그레고르 돌보는 일을 부담스러워했다.

그레고르가 가족이 모여 있는 거실로 기어 나온 날, 아버지는 격분하여 사과를 집어 던졌다. 사과는 그의 등에 깊이 박혀 상처를 입혔고 그 상처는 좀처럼 아물지 않아 그의 기력을 더욱 약화시켰다. 이후 그는 방 안에서 점점 쇠약해졌다.

그레고르의 수입에 의존하던 가족은 그의 변신 이후 생계를 유지하기 위해 집 일부를 하숙인들에게 빌려주었다. 하숙인들은 예민하고 까다롭게 굴었지만, 가족은 그들의 비위를 맞추느라 온갖 신경을 썼다. 그러던 어느 날 하숙인들이 우연히 그레고르를 발견하고는 심한 불쾌감을 드러내며 곧바로 집을 떠나버렸다.

이 사건을 계기로 여동생은 부모에게 그레고르를 집에서 내보내야 한다고 주장했다. 가족들의 변해버린 태도와 완전한 고립 속에서, 그레고르는 더 이상 자신이 가족에게 아무런 도움이 되지 않는다는 절망과 깊은 소외감을 느끼며 홀로 조용히 숨을 거두었다.

다음 날 아침, 하녀가 평소처럼 청소하러 들어와 바싹 말라 축 늘어진 그의 시신을 발견했다. 그녀는 그의 시신을 쓰레기통에 담아 집 밖으로 내다 버렸다. 방 안이 깨끗하게 비워진 것을 확인한 가족은 무거운 짐을 벗은 듯 안도감을 느꼈다. 그날 오후, 그들은 봄 햇살이 비치는 도시 외곽으로 소풍을 나갔다.

작품 한눈에 보기

주제	개인의 소외와 인간성 상실
갈래	중편소설
시대적 배경	20세기 초 오스트리아-헝가리 제국, 도시 중산층 가정
주요 등장인물	그레고르 잠자, 여동생, 어머니, 아버지, 하숙인들
시점	3인칭 전지적 시점
작품 특징	·주인공의 변신을 통한 부조리한 상황 설정과 심리 묘사 ·가족 관계의 변화와 소외 과정을 사실적으로 드러냄
현대적 의의	·경제적 가치로 인간을 평가하는 사회 구조 비판 ·인간 존엄성에 대한 성찰 촉구

1. 작품의 내적 구조와 표현을 중심으로 읽기

구조론적 관점

#그레고르의 내적 갈등과 정체성 혼란 #변신을 통한 인간 존재의 본질 탐구

변신 모티프를 통해 본 인간의 내적 갈등과 소외

문학에서 '변신'이라는 소재는 인물의 내적 갈등과 정체성 혼란, 고립감과 사회적 소외를 효과적으로 드러내기 위한 장치로 자주 활용된다. 예를 들어 『지킬 박사와 하이드』에서는 인간 내면의 선과 악이라는 이중성을 변신을 통해 드러내고, 『미녀와 야수』에서는 외형적 변신을 통해 내면의 아름다움과 성숙한 인간성을 발견하는 과정이 강조된다. 프란츠 카프카의 「변신」은 인간 존재와 정체성을 탐구하는 대표적인 작품으로, 변신 모티프를 통해 인물의 심리적 변화와 사회적 소외를 극적으로 드러낸다.

어느 날 아침, 주인공 그레고르는 자신이 거대한 벌레로 변해 있음을 발견한다. 작품은 그가 왜, 어떻게 변했는지에 대한 구체적인 이유나 과정을 전혀 설명하지 않는다. 이러한 의도적인 배제는 독자가 변신의 원인보다 그 사실 자체에 집중하도록 만든다. 하루아침에 닥친 충격적이고 기이한 사건은 주인공의 당혹감과 위기감을 고스란히 전하며, 독자를 앞으로 이어질 서사 속으로 자연스럽게 끌어들인다. 덕분에 독자는 변신 이후 전개되는 상황과 주변 인물들의 반응에 더욱 몰입하게 된다.

그레고르는 아버지의 빚을 갚는 등 오랫동안 가족을 부양하며 생계를 책임졌다. 출장이 잦은 회사 업무 역시 성실하게 감당했지만, 벌레로 변한 이후 자신의 정체성을 잃고 혼란스러워한다. 가족과 사회의 구성원으로서 더 이상 어떤 역할도 하지 못하게 되자 극심한 무력감과 불안감에 시달린다. 비록 그의 외형은 벌레로 변했으나 내면에는 여전히 인간의 의식이 남아 있어, 가족들의 차가운 외면과 냉대는 그에게 더욱 큰 괴로움과 혼란을 안겨 주었다.

만약 그레고르가 인간의 모습으로 방 안에 머물렀다면, 그의 내적 갈등이나 고립감이 그토록 극적으로 전달되지 못했을 것이다. 하지만 벌레라는 극단적인 변신은 그의 고통과 외로움을 더욱 생생히 표현한다. 또한 변신은 가족 내에서 그레고르의 위치와 존재감에도 커다란 영향을 미친다. 처음에는 가족들이 그를 보살피려 했지만 시간이 지나면서 점차 그를 부담스럽고 혐오스러운 존재로 여기게 된다. 경제력을 상실한 그레고르는 무가치한 존재로 전락했고, 그의 죽음은 마치 한 마리 벌레의 죽음처럼 어떠한 애도나 장례 과정 없이 끝이 났다.

작가는 이러한 변신 모티프를 통해 인간 존재의 의미를 질문한다. 벌레가 된 이후에도 그레고르는 여전히 인간적인 사고와 감정을 유지하지만, 주변 사람들은 점차 그를 인간이 아닌 존재로 취급한다. 내면과 외면의 괴리는 독자로 하여금 인간성의 본질이 무엇인지 깊이 고민하게 만든다. 아울러 그레고르의 가족이 결국 그를 가족으로 대하는 것을 포기하고, 그의 죽음 이후 일상을 회복하는 과정을 통해 사회적 역할을 잃은 개인이 소외되는 현실을 적나라하게 드러낸다. 이처럼 카프카의 「변신」은 변신이라는 극단적 설정을 활용하여 인간의 정체성과 사회적 역할의 관계에 대해 성찰하게 만드는 작품이다.

2. 독자에게 미치는 영향을 중심으로 읽기

효용론적 관점

#자본주의의 비극적 현실 #자유에 대한 갈망과 두려움의 아이러니

그레고르가 우리에게 전하는 경고

프란츠 카프카의 소설 「변신」의 주인공 '그레고르 잠자'는 어느 날 갑자기 벌레로 변한 자신의 모습을 보고 충격을 받는다. 그러나 그는 자신의 변한 모습보다는 출장을 가지 못해 업무에 차질이 생길 것을 먼저 걱정한다. 일반적으로 사람이 갑자기 벌레가 되었다면 가장 먼저 원래 모습으로 돌아갈 방법을 찾거나 타인의 도움을 구할 것이다. 하지만 그레고르는 출근과 업무 문제부터 떠올리며 해결하려고 한다.

그레고르는 왜 이토록 업무에 집착하는 모습을 보일까? 이는 단순히 직업에 대한 열정이나 성공을 향한 야망 때문이라고 보기는 어렵다. 오히려 그는 이 직업을 후회하고 있었다. 그는 늘 기차 시간에 쫓기며 불규칙한 식사를 하고, 가까운 동료 하나 없이 외로운 생활을 견디고 있었다. 하지만 가족을 부양해야 하는 가장의 책임감 때문에 일을 멈출 수 없었다. 아버지의 파산 이후 가족의 생계를 책임지고, 여동생을 음악학교에 보내겠다는 꿈을 이루기 위해 그레고르는 수면 부족과 불만족스러운 직장 생활을 감내할 수밖에 없었던 것이다.

그는 벌레로 변하고 나서야 비로소 출근하지 않을 정당한 이유가 생겼다. 스스로 쉬는 것은 불가능했지만, 변신이라는 강제적인 상황 덕분에 업무의 굴레에서 벗어난 것이다. 그러나 외형의 변신을 통한 강제적인 해방이 마냥 달가운 것만은 아니었다. 일을 하지 않아 생긴 자유는 오히려 가장으로서의 죄책감을 누르는 무거운 돌이 되었다. 그는 더 이상 노동자로서의 사회적 역할을 수행할 수 없게 되었으며, 이에 따라 가족의 경제적 부담만 늘리는 존재로 전락했다는 죄책감과 불안감 때문에 마음이 편치 않았다.

벌레의 모습은 단순히 신체적 변화만을 나타내는 것이 아니라, 노동력을 잃었을 때 그레고르가 사회적으로 무가치한 존재가 되었다는 자각과 이로 인한 극심한 불안감을 상징적으로 나타낸다. 카프카는 이러한 상황을 통해 노동력이라는 경제적 가치를 상실했을 때 인간의 정체성마저 흔들리고 무너지는 현실을 묘사함으로써, 인간을 오로지 생산적 가치로만 평가하고 있는 자본주의 사회의 비극적 단면을 지적하고 있다.

「변신」은 오늘날의 독자들에게도 큰 공감을 불러온다. 반복적인 일상과 끊임없이 쌓이는 업무의 압박 속에서 자신을 잃고 숨어버리고 싶은 순간은 누구나 경험할 수 있는 감정이다. 특히 한국 사회는 치열한 입시 경쟁과 '금수저·흙수저'로 상징되는 보이지 않는 계층 격차로 인해 많은 사람이 강한 압박감을 느끼고 있다. 소설 속 그레고르처럼 일을 멈추고 업무의 굴레에서 벗어나는 순간을 꿈꾸지만, 현실에서 그런 자유는 오히려 사회적 역할과 가치를 잃을지도 모른다는 두려움과 함께 찾아온다. 이는 우리가 겪고 있는 현대 사회의 문제를 돌아보게 하고, 진정한 행복과 삶의 의미가 무엇인지 다시 생각하게 만든다. _김미진

글로 완성하는 나의 읽기

1. 더 알아보기

변신을 모티프로 한 다른 소설을 더 알아보고, 카프카의 「변신」과 어떤 점이 비슷하거나 다른지 비교하며 살펴봅시다.

최인호 『타인의 방』(1971)

카프카의 「변신」과 최인호의 『타인의 방』은 모두 인간이 겪는 소외와

정체성 위기를 '변신'이라는 모티프로 다룬 작품입니다. 그러나 두 작품은 변신의 형태와 그 표현 방식에서 분명한 차이를 보입니다.

카프카의 「변신」에서는 주인공이 벌레라는 충격적이고 비현실적인 신체 변형을 겪습니다. 반면, 최인호의 『타인의 방』은 신체적 변화가 아닌 심리적이고 내적인 변화를 중심으로 변신을 묘사합니다. 주인공은 급속히 변화하는 도시의 아파트라는 익숙한 공간 속에서 점차 이질감을 느끼게 되고, 자신이 생활하던 방 안에서조차 이방인처럼 소외됩니다. 결국 그는 존재감을 잃고, 마치 하나의 사물처럼 살아가게 됩니다. 이 작품에서 변신은 현대 사회가 만들어낸 관계의 단절과 인간성의 상실로 인한 '인간의 사물화'를 세밀하게 그려냅니다.

두 작품은 인간 존재의 소외와 정체성의 상실을 공통으로 다룹니다. 카프카는 비현실적인 변신과 상징적 표현을 통해 내적 위기를 나타내지만, 최인호는 현실적인 공간과 상황에서 현대인의 내적 공허와 고독을 구체적이고 현실감 있게 표현한다는 점에서 차이를 보입니다.

2. 시대와 사회의 모습을 중심으로 읽기 POINT

반영론적 관점

이 작품은 20세기 초 산업화 시기의 노동 현실과 인간 소외 문제를 반영하고 있습니다. 주인공 그레고르 잠자는 가족의 생계를 책임지기 위해 외판원으로 일하며 기계적으로 살아갑니다. 그러나 그가 벌레로 변하자 가족은 그를 소외시키고 방치하여 결국 죽음에 이르게 합니다. 이 같은 상황은 산업 사회에서 노동자가 단지 생산의 도구로 여겨지며, 더 이상 경제적 가치를 발휘하지 못하면 쉽게 버려지는 현실을 상징적으로 드러냅니다.

1. 변신 이전에 외판원으로 일하던 그레고르의 모습은 산업 사회 속 '기계적 노동'의 현실을 어떻게 보여주고 있나요?
2. 당시 사회가 노동자를 바라보는 시선은 어떠한가요?
3. 변신 이후 그레고르가 죽음을 맞기까지의 과정은, 산업화 시대 사람들이 겪었던 고립감과 자기 상실의 문제를 어떤 방식으로 드러내고 있을까요?

3. 교과 연계 글쓰기

결말 바꿔쓰기는 원작의 결말과는 전혀 다른 새로운 결말을 상상하여 문학 작품을 창의적으로 재구성하는 방식입니다. 이를 통해 소설의 이야기 흐름이나 주제를 새롭게 설정할 수도 있습니다. 가령 그레고르가 다시 인간으로 돌아오거나, 벌레의 모습으로 세상 밖으로 나가는 등 어떤 새로운 결말을 써볼 수 있을지 자유롭게 상상해 보며 한 편의 글을 완성해 보세요.

〈결말 바꿔쓰기〉 개요 예시

원작에서 그레고르는 벌레의 모습으로 방에서 쓸쓸히 죽음을 맞이합니다. 이번에는 그레고르가 죽기 직전 다시 인간의 외형을 회복한다는 설정으로, 이 작품의 새로운 결말을 상상하여 글을 써봅시다.

두 번째 변신

구성	내용
처음	**인간의 외형을 회복하는 그레고르** 1. 방 안에서 쓸쓸히 죽어가던 그레고르 잠자가 음식을 조금씩 먹기 시작한다. 2. 서서히 기력이 회복되면서 목소리가 먼저 돌아오고, 차츰 인간의 외형을 회복해 간다. 3. 가족들은 처음에는 놀라고 두려워하지만, 이내 그를 다시 가족으로 받아들이고 간호한다. 4. 그레고르는 점차 회복하여 다시 완전히 인간다운 모습을 되찾는다.
중간	**아버지의 사과와 그레고르의 용서** 1. 아버지는 과거의 행동을 반성하며 그레고르에게 사과한다. 2. 어머니와 여동생도 눈물을 흘리며 그가 원래의 모습을 되찾은 것을 기뻐한다. 3. 그레고르는 가족을 용서하고, 다시 평범한 일상으로 돌아가려 한다. **가족들의 태도 변화** 1. 하지만 시간이 지나면서 가족들은 그레고르에게만 경제적인 부양을 맡기려고 한다. 2. 가족들은 예전처럼 그레고르가 돈을 벌어와 자신들을 돌보는 것이 당연하다고 주장한다. 3. 가족들은 그래야 모든 것이 제자리를 찾고, 가족 모두가 예전처럼 행복하게 살 수 있다고 믿는다.

| 끝 | **그레고르의 실망과 결심**
1. 가족들의 이기적인 태도에 그레고르는 크게 실망한다.
2.그는 자신이 다시 인간으로 돌아온 것이 가족에게 단순히 '경제적 도구'로서의 의미밖에 없단 것을 깨닫게 된다.
3.그는 가족과의 관계가 본질적으로 달라지지 않았음을 깨닫고 새로운 삶을 찾아 떠나기로 결심한다.

집을 떠나는 결말
1. 그레고르는 가족을 뒤로한 채 자신만의 삶을 찾기 위해 집을 떠난다.
2. 문을 나선 그레고르는 비로소 진정한 해방감과 자유로움을 느낀다. |

03

원숭이 발

작가 소개

윌리엄 위마크 제이콥스(1863-1943)는 영국 런던 출생으로 우체국 공무원으로 근무하면서 소설을 발표했다. 그의 첫 소설집 「많은 화물」이 발표된 이후, 본격적으로 작가의 길에 들어섰다. 그의 작품에는 뱃사람들의 이야기가 많이 나오는데 그 이유는 어린 시절 템즈강에서 겪었던 경험들이 반영된 것이다. 주요 작품은 「선장의 구혼」, 「야간경비원」, 「유람선의 숙녀」 등이 있다. 기이한 소재가 등장하는 「원숭이 발」이 가장 많이 알려진 소설이다.

화이트 씨는 아내, 아들과 함께 평범하게 살아가고 있었다. 그러던 어느 날, 화이트 씨와 알고 지내던 모리스 씨가 집을 방문했다. 체격이 크고 우람한 모리스 씨는 다른 나라의 낯선 풍물과 대담무쌍한 모험, 전쟁과 역병, 그리고 이국적인 문화 속에 사는 사람들에 대해 이야기해 주었다.

화이트 씨는 몇 년 전 들었던 인도의 원숭이 발에 대해 궁금해했다. 모리스 씨는 그것이 마술 나부랭이에 불과하다며 이야기를 꺼리는 듯했지만 화이트 씨 가족은 그 이야기를 들려달라고 청했다. 결국 모리스 씨는 원숭이 발이 세 사람에게 각각 세 가지 소원을 들어주는 마법이 있으며 자신은 이미 소원을 이루었다고 말했다.

이 말을 들은 화이트 씨 가족은 원숭이 발에 강한 호기심을 품게 되었다. 그러나 모리스 씨는 이 원숭이 발에는 운명을 거스를 수 없다는 스님의 특별한 주문이 걸려 있다고 했다. 그는 원숭이 발이 이미 많은 불행을 초래했기 때문에 태워 버리는 게 낫다며 불 속에 던졌다. 하지만 화이트 씨는 재빨리 그것을 불 속에서 꺼내 손에 넣었다.

그날 밤, 화이트 씨의 아들 허버트는 첫 번째 소원으로 200파운드를 빌자고 제안했고 화이트 씨는 소원을 말했다. 다음 날, 허버트는 끔찍한 사고로 목숨을 잃었고 화이트 씨 부부는 그 소원으로 빌었던 돈을 아들의 사망 보상금으로 받게 되었다.

충격과 슬픔에 잠긴 부부는 두 번째 소원으로 죽은 허버트가 살아 돌아오기를 간절히 빌었다. 그때 문을 두드리는 소리가 요란하게 울려 퍼졌고 화이트 씨의 아내는 황급히 문을 열려고 했다. 하지만 문고리의 빗장은 쉽게 풀리지 않았다. 화이트 씨는 그 소리가 되살아난 허버트라고 생각했고 바깥에 있는 것이 집 안으로 들어오기 전에 원숭이 발에 마지막 세 번째 소원을 말했다.

그 순간, 문을 두드리던 소리가 뚝 그쳤고 문이 열렸다. 그곳에는 인적 없는 길을 가로등만이 쓸쓸히 비추고 있었다.

작품 한눈에 보기

주제	인간의 탐욕과 욕망이 불러온 비극적 결말
갈래	단편소설
시대적 배경	19세기 후반에서 20세기 초반, 영국 산업혁명 후 영국의 제국주의 시대
주요 등장인물	모리스 씨, 화이트 씨, 화이트 씨 부인과 아들 허버트
시점	3인칭 전지적 시점
작품 특징	원숭이 발의 주술성과 아이러니한 결말
현대적 의의	노력과 대가 없이 꿈꾸는 성공을 향한 헛된 욕망의 문제점

1. 작품의 내적 구조와 표현을 중심으로 읽기

구조론적 관점

#유혹하는 자와 유혹당하는 자 #소원의 아이러니

원숭이 발의 아이러니

세 가지 소원을 들어준다는 원숭이 발은 독자의 호기심을 불러일으키는 동시에 주술적 분위기를 자아내는 핵심 소재이다. 이 원숭이 발은 사건의 불씨를 제공하며, 이야기 전개의 중심축으로 기능한다. 주술적 물건을 건네는 모리스 씨와 그것을 손에 쥐게 된 화이트 씨 가족의 행동에는 각 인물의 성격과 가치관이 고스란히 드러난다. 이들이 원숭이 발을 대하는 태도에서 그것의 위험성을 알고도 단호하게 행동하지 않았던 유혹하는 자와 소원에 눈이 멀어 위험성을 경시했던 유혹당하는 자라는 이분법적 구도로 구분해 이해할 수 있다.

먼저, 원숭이 발을 전하는 모리스 씨는 '유혹하는 자'의 특징이 나타난다. 그는 원숭이 발이 소원을 들어준다는 이야기로 화이트 씨 가족의 눈길을 끌었다. 또한 자신은 소원을 다 이루었다고 말하여 화이트 씨 가족이 원숭이 발에 미혹되게 했다. 그러나 이 물건에는 스님의 저주가 걸려 있어서 많은 불행한 일을 일으켰다. 이 때문에 모리스 씨는 원숭이 발을 팔 수 없었다고 말한 뒤 원숭이 발을 불에 던졌지만, 화이트 씨는 그것을 주웠다. 이때, 모리스 씨는 단호한 태도로 그가 원숭이 발을 꺼내지 못하도록 막아야 했다. 그러나 모리스 씨는 오히려 화이트 씨 가족에게 소원의 덫을 놓고 그들의 선택에 맡겼다. 결과에 대해 자신의 탓을 하지 말라는 그의 무책임한 태도는 유혹하는 자의 모습이다.

반면에 화이트 씨와 그의 가족들은 원숭이 발에 '유혹당하는 자'의 특징이 나타난다. 그들은 원숭이 발의 위험성을 들었으나 주의를 기울이지 않았다. 특히, 화이트 씨는 불에 던져진 원숭이 발을 줍고, 가족 모두를 유혹에 빠지게 하는 인물이다. 화이트 씨 아들 허버트는 첫 번째 소원으로 돈 200파운드를 빌자고 제안했다. 모리스 씨는 소원을 빌 때, 뭔가 그럴듯한 소원을 빌라고 했으나 화이트 씨 가족은 그러지 않았다. 허버트는 소원을 이루게 해주는 원숭이 발에 미혹되어 모리스 씨가 말했던 주의점을 간과했다. 그의 경솔했던 행동은 참혹한 결과를 가져왔고, 화이트 씨 가족이 빌었던 첫 소원은 허버트의 사망 보상금으로 돌아왔다.

이와 같이 화이트 씨 가족은 원숭이 발에 소원을 빌었다가 오히려 비참하게 된다. 이는 원숭이 발이 행운이 아니라 불행을 일으키는 소원의 아이러니로 기능한다. 원숭이 발은 동전의 양면성처럼 주술적 유혹과 더불어 위험성도 가지고 있었다. 그러나 이것에 대해 미련을 갖고 없애지 못했던 모리스 씨는 유혹하는 자로 나타나며 소원에 눈이

밀어 위험성을 간과했던 화이트 씨 가족은 유혹당하는 자가 된다. 이렇게 인물의 특성을 구분해서 생각해 보면, 원숭이 발의 양면성을 온전히 이해하지 못했던 인물의 편향적 시각과 태도가 더 잘 파악된다.

2. 독자에게 미치는 영향을 중심으로 읽기

효용론적 관점

#유혹에 흔들렸던 인물의 결말 #헛된 욕망에 대한 경각심

소원의 함정 원숭이 발

윌리엄 위마크 제이콥스의 「원숭이 발」은 세 가지 소원을 들어주는 원숭이 발에 관한 이야기이다. 이 원숭이 발에는 특별한 주문이 걸려 있는데, 이는 함부로 운명을 바꾸려는 사람들은 오히려 불행해진다는 것이다. 왜 사람들은 자신들의 운명을 바꾸고 싶어할까. 이는 현재 자신의 삶에 만족하지 못하거나 자신이 처한 현실에서 벗어나 그 이상의 삶을 바라기 때문일 것이다. 화이트 씨 가족 역시 더 나은 삶을 위해 소원을 빌었지만, 오히려 그 일로 인해 비극적인 결말을 맞게 된다.

소설의 인물들은 모두 소원을 들어준다는 원숭이 발의 유혹에 흔들린다. 먼저, 모리스 씨는 원숭이 발을 통해 세 가지 소원을 모두 이루었으나 그것이 불행한 일을 많이 일으켰기 때문에 다른 사람에게 팔 수 없어 간직하고 있었다. 그가 원숭이 발의 위험성을 알고 있었다면 그것을 버러야 했다. 하지만 그는 소원을 들어준다는 원숭이 발에 대한 미련을 버리지 못했고, 그것으로 인해 화이트 씨 가족은 원숭이 발의 희생자가 되었다.

화이트 씨 집을 방문했던 모리스 씨는 원숭이 발의 위험성을 알고 있었기 때문에 없애 버리기 위해 불에 던졌다. 그러나 화이트 씨는 모리스 씨의 경고에도 불구하고 불에 던져진 원숭이 발을 줍는다. 그의 모습에서 인간의 욕망은 우리가 이성적 판단을 할 수 없게 하는 눈속임과 같다. 옆에 있던 가족들 또한 원숭이 발의 유혹에 사로잡힌다.

이들이 원숭이 발의 유혹에 흔들린 이유는 무엇일까. 먼저, 모리스 씨는 자신이 이룰 수 있는 소원을 다 이루었어도 원숭이 발에 대한 미련을 버리지 못했기 때문이다. 그리고 돈 200파운드를 소원으로 빌었던 화이트 씨 가족은 어떤 노동의 대가를 지급하지 않고 경제적 부를 이루려는 요행을 부렸기 때문이다. 마치 동화책에 나오는 요술램프 지니에게 주문을 걸듯이 자신들의 사리사욕을 채우려고 한 것이다. 그들이 소원으로 빌었던 돈은 아들의 사망 보상금이 된다.

소설에서 스님은 운명을 거스를 수 없다는 걸 보여주기 위해 원숭이 발에 주문을 걸어두었다. 운명이란 이미 정해져 있는 목숨이나 처지 혹은 원래부터 그렇게 정해진 것을 뜻한다. 하지만 화이트 씨 부부는 두 번째 소원으로 죽은 아들이 다시 살아 돌아오기를 빌었다. 신이 아니고서야 죽은 자가 다시 살아날 수 없다. 이들의 모습을 통해 우리는 삶의 순리를 거스르는 헛된 욕망에 대한 경각심을 가져야 함을 깨닫게 된다.

작가는 원숭이 발이 비단 소설 속의 이야기만이 아니라 우리가 살고 있는 현실로도 이어질 수 있음을 말하고 있다. 우리가 바라는 건강, 공부, 경제적 부, 출세와 성공과 같은 꿈은 어떤 노력과 대가 없이 이루어질 수 없다. 그러므로 누군가 우리에게 원숭이 발처럼 유혹하는 제안을 한다 해도 소원의 함정에 빠지지 않기 위해 경각심을 가져야 한다. 우리의 삶은 스스로 개척해 나갈 때 그 의미와 가치가 크기 때문이다. _정현숙

글로 완성하는 나의 읽기

1. 더 알아보기

「원숭이 발」은 세 사람에게 각각 세 가지 소원을 들어주는 기이한 물건입니다. 숫자 3과 관련한 의미와 배경지식을 알아봅시다.

숫자 3의 의미

숫자 3은 동양과 서양의 옛이야기에서 빈번히 등장하는 숫자입니다. 동양에서 숫자 3은 완전수를 의미하는데 양(陽)을 나타내는 숫자 1과 음(陰)을 나타내는 숫자 2를 합했을 때 나오는 숫자이기 때문입니다. 동양 철학 중 유교와 도교에서 말하는 우주의 기본 구성 요소는 '하늘

(천), 땅(지), 사람(인)'입니다. 이처럼 동양 철학에서는 세 요소의 조화가 인간 삶의 균형을 이루는 것으로 바라봅니다. 불교에서는 인간의 삶이 한 번으로 끝나지 않고, 과거와 미래의 생에 연결되는 삼생의 개념이 있습니다. 바로 '전생, 금생, 내생'으로 윤회 사상과 관련 있습니다. 중국에서는 3이 발음상 생(生)과 유사해 생명과 번영을 상징하기도 합니다. 제사나 의식에서 세 번 절하거나 세 가지 음식을 올리는 등 숫자 3은 정성과 예를 표현하는 숫자입니다.

또한 서양에서 숫자 3은 고대인들의 달 숭배 사상과도 관련이 있는데 달이 초승달, 그믐달과 보름달의 세 가지 형태로 이루어져 있어서 신성하게 여기기도 합니다. 기독교는 '성부, 성자, 성령'의 삼위일체를 상징합니다. 고대 그리스 철학에서는 삼단 논법을 논리적 사고의 기본 구조로 보았고, 이야기 구조에서도 세 마리 곰, 세 가지 소원과 세 가지 시련처럼 숫자 3은 우리에게 친숙한 숫자입니다.

이 밖에도 가위, 바위, 보를 할 때 삼세판 하기, 세 가지 불빛의 신호 등, 서로 아주 친한 세 사람을 비유적으로 표현하는 삼총사와 결심이 사흘을 가지 못한다는 뜻의 작심삼일과 같이 우리는 주변에서 숫자 3을 쉽게 찾아볼 수 있습니다.

2. 시대와 사회의 모습을 중심으로 읽기 POINT

윌리엄 위마크 제이콥스는 19세기 후반부터 20세기 초반까지 활동했던 영국의 작가입니다. 19세기 후반은 산업화로 인하여 영국 경제와 사회 구조에서 큰 변화가 있었던 시기였습니다. 전통적인 농업 사회에서 산업화 사회로 전환은 노동 계층의 성장과 도시화를 가속했습니다. 하지만 이에 따라 부의 불평등에 따라 빈곤과 사회적 불평등이 나타났고, 도시 노동자의 길고 힘든 노동시간과 열악한 환경이 문제로 나타났습니다. 이러한 사회적 변화 속에서 사람들은 불확실성과 불안을 겪었습니다. 이에 따라 심리학, 최면술, 영매술 등의 신비적이고 초자연적인 요소들이 사람들의 관심을 끌던 기였습니다.

1. 화이트 씨 아들 허버트가 200파운드를 첫 번째 소원으로 빌었습니다. 그의 소원을 통해 드러나는 당시 사람들의 현실적 문제점은 무엇인가요?

2. 소원을 들어준다는 원숭이 발에 미혹된 인물들은 당시 사람들의 어떤 모습을 반영하고 있나요?

3. 스님은 운명을 거스를 수 없다는 주문을 원숭이 발에 걸어두었습니다. 이 주문은 당시 사람들에게 어떤 의미를 전달하고 있나요?

3. 교과 연계 글쓰기

질문하기 모형은 읽은 소설에 대해 크게 세 가지 단계로 질문하는 방식입니다. 첫 번째 단계는 소설의 구성 요소인 인물, 사건, 배경에 관한 사실적 질문, 두 번째 단계로 깊이 생각하는 심화적 질문을 만듭니다. 마지막 세 번째 단계는 나와 주변의 삶에 적용하는 적용 질문을 만듭니다. 이렇게 단계별로 질문하는 과정을 거치면서 독자는 소설을 심층적으로 이해하고, 감상할 수 있습니다.

〈질문하기 모형 활용한 글쓰기〉 개요 예시

질문하기 모형에 따라 「원숭이 발」에 관해 질문을 만들어 보세요.

질문을 활용한 「원숭이 발」 분석

구성	내용
1단계 사실 질문 만들기	**소설의 구성 요소에 관한 사실 질문 만들기** 1. 인물 ① 모리스 씨가 원숭이 발을 불에 던진 이유는 무엇일까? ② 화이트 씨는 왜 불 속에서 원숭이 발을 꺼냈을까? 2. 사건 ① 원숭이 발 때문에 일어난 사건에는 어떤 것들이 있을까? ② 두 번째 소원이 이루어진 뒤, 어떤 일이 발생했나?
2단계 심화 질문 만들기	**소설의 구성 요소에 관한 심화 질문 만들기** 1. 인물 ① 모리스 씨가 원숭이 발에 미련을 버리지 못한 이유는 무엇일까? ② 비극적 결말은 모리스 씨와 화이트 씨 중 누구의 잘못이 클까? 2. 사건 ① 소원을 빌었던 사건이 화이트 씨 가족을 불행에 빠뜨린 아이러니는 독자에게 어떤 효과를 줄까? ② 화이트 씨 가족의 비극적 사건은 어떤 주제를 전하고 있나?

<table>
<tr><td>3단계
적용 질문
만들기</td><td>**나와 주변 삶에 관한 적용 질문 만들기**
① 후회하지 않으려면 나는 어떤 태도를 가져야 할까?
② 주변에서 노력이나 대가 없이 요행을 바라는 모습을 본다면 나는 어떻게 행동해야 할까?</td></tr>
</table>

04

황금 뇌를 가진 사나이

작가 소개

알퐁스 도데(1840-1897)는 프랑스의 소설가로 따뜻한 감성과 사실적인 묘사가 돋보이는 작품을 많이 남겼다. 그는 형편이 어려운 가정 속에서 어린 시절을 보냈으며, 젊은 시절 교사로 일하면서 문학 활동을 시작했다. 작품 속에 프랑스 남부 프로방스 지방의 풍경과 정서를 자주 담았다. 그의 작품은 자연주의와 사실주의적인 특징을 가지면서도 서정적인 분위기를 띠고 있다. 대표작으로 「별」, 「마지막 수업」, 「코르니유 영감의 비밀」 등이 있다.

남프랑스의 햇빛 가득한 언덕 위에서 한 남자가 먼 곳에 있는 부인에게 이야기를 전하려 한다. 처음엔 유쾌하고 재치 있는 이야기를 들려주려 했지만, 어느새 그는 슬프고 기묘한 이야기를 편지로 써 내려가고 있었다.

옛날 한 시골 마을에 머릿속 뇌가 온전히 순금으로 된 아이가 태어났다. 의사들은 그 무게와 크기로 인해 오래 살지 못할 것이라 했지만 다행히도 아이는 씩씩하게 자라났다. 다만 무거운 머리는 늘 사고를 불렀고, 어느 날 계단에서 굴러 황금 조각이 드러나자 부모는 아들의 비밀을 알게 되었지만 아무에게도 알리지 않았다.

아이가 열여덟 살이 되었을 때, 부모는 키워준 보답으로 아들의 머릿속 황금을 조금만 떼어 달라고 부탁했다. 아들은 주저하지 않고 호두알만 한 금덩이를 건넸다. 이후 그는 집을 떠나 도시로 나가 황금을 물 쓰듯 쓰며 향락과 허영 속에서 살았다. 그러나 황금을 쓸수록 뇌는 조금씩 줄어들었고, 생기와 힘을 잃어갔다. 방탕한 생활을 청산하겠다고 결심한 어느 날, 믿었던 친구가 몰래 황금 조각을 훔쳐 달아나 버렸다.

그 무렵 그는 우연히 금발의 아름다운 여인을 만나 사랑에 빠졌다. 여인은 값비싼 옷과 장신구를 좋아했고, 그는 그녀를 기쁘게 하려고 다시 머릿속 황금을 꺼내 주었다. 그녀가 변덕을 부려도 그는 청을 거절하지 않고 그는 늘 그녀의 요구를 들어주었다.

그러나 행복은 오래가지 않았다. 여인은 이유를 알 수 없는 병으로 세상을 떠났고, 그는 남은 황금을 그녀의 장례식을 위해 모두 써버렸다. 그의 뇌에는 금 부스러기만 남아있을 뿐이었다. 우연히 여인이 생전에 좋아했을 법한 구두를 본 그는 마지막 남은 황금 조각마저 긁어 구두 값을 치르려다 고통스러워하며 쓰러졌다.

남자는 편지를 마무리하며, 이 이야기가 꾸며낸 것이 아니라는 점을 강조했다. 세상에는 여전히 자신의 가장 소중한 것을 허망하게 소모하며 사는 사람들이 있다는 사실을 전하며 편지를 끝맺는다.

작품 한눈에 보기

주제	능력과 욕망의 무절제가 초래한 파멸
갈래	단편소설
시대적 배경	19세기 후반 프랑스
주요 등장인물	황금 뇌를 가진 사나이, 그의 부모, 친구, 금발 여인(부인)
시점	1인칭 관찰자 시점과 3인칭 전지적 시점 서술의 혼합
작품 특징	· 환상적 요소와 사실적 묘사의 결합 · 편지글 형식
현대적 의의	물질적 풍요와 타고난 능력에만 의존하는 삶의 위험성 경고

작품 감상

1. 작가의 경험과 세계관을 중심으로 읽기

표현론적 관점

#작가의 고통스러운 삶이 반영된 비극적 인물 묘사 #타고난 능력을 헛되이 낭비하는 삶에 대한 경고

화려함 뒤에 숨겨진 고통

알퐁스 도데는 17세경부터 끊임없이 육체적 고통을 겪으며 지내야 했다. 39세가 되었을 때는 병이 척수까지 퍼져 통증이 극심했다. 척수 신경 손상으로 다리 감각마저 점차 잃게 되었고 결국 그는 목발을 짚은 채 걷게 되었다. 당시 널리 사용되던 독성 강한 치료제를 장기간 복용한 탓에 심각한 중독 증상까지 나타났다. 육체의 고통이 심해질수록 정신 또한 점점 피폐해져 갔다. 그는 이러한 상황 속에서 단편 「황금 뇌를 가진 사나이」를 집필했다.

　작품 속 주인공은 찬란히 빛나는 황금 뇌를 가지고 태어났지만, 그 능력 때문에 오히려 견딜 수 없는 고통을 겪는다. 특별한 능력에도 불구하고 그는 행복한 삶을 살지 못했다. 믿었던 친구들에게 배신당하고, 사랑하는 가족을 위해 금을 사용하려 했지만 절제하지 못한 결과,

결국 주변엔 아무도 남지 않았다. 빈털터리가 되었을 때 그는 텅 빈 뇌로 피 흘리며 고통스러운 죽음을 맞게 되었다. 화려하게 빛나는 황금 뇌와 대비되는 비참한 결말은 작가 도데 자신의 삶을 그대로 비추는 듯하다. 황금 뇌를 가진 주인공처럼, 알퐁스 도데 역시 탁월한 글 솜씨를 지녔으나 평생 고통 속에서 살아야 했다.

그러나 작가는 이 작품을 단지 비극적인 자전적 이야기로 그치지 않고, 더 깊은 메시지를 담아내고자 했다. 그는 이야기의 말미에서 이 소설을 "환상적이지만 실제로 일어날 법한 이야기"라고 설명하며, 주인공처럼 자신의 뇌와 골수를 소모하며 살아가는 사람들이 실제로 존재한다고 말한다. 이는 사회적 성공과 인정을 얻기 위해 자신의 본질적인 가치를 희생하며 살아가는 사람들의 모습을 은유적으로 나타낸 것이다. 작가는 '황금 뇌'라는 상징을 통해 자신의 가치를 끊임없이 팔아야만 인정받는 현실을 비판하며, 그러한 삶이 결국 외로움과 고통 속에 끝나게 될 것임을 경고한다.

이 소설은 작가의 개인적 고통과 시대적 현실이 결합된 작품으로, 인간의 진정한 가치가 무엇인지 돌아보게 한다. 자신의 진정한 자아를 발견하고 본질적인 가치를 존중해야 한다고 말하고 있다. 타인의 평가와 세속적 성공에만 집착하며 살아가는 삶은 결코 행복할 수 없음을 강조한다. 알퐁스 도데는 자신의 고통스러운 경험을 문학적으로 승화시켜, 주인공의 비참한 결말을 통해 특별한 능력을 헛되이 낭비하지 말 것을 경고한다. 이 작품은 독자들이 개인의 참된 가치와 삶의 진정한 의미를 성찰하는 계기를 마련해 준다.

2. 독자에게 미치는 영향을 중심으로 읽기

효용론적 관점

#진정한 행복의 가치 #황금만능주의에 대한 환상 비판

황금 뇌를 가진 사나이의 슬픈 자화상

「황금 뇌를 가진 사나이」의 주인공은 태어날 때부터 뇌가 황금으로 이루어진 특별한 사람이었다. 처음에 그는 자신을 키워준 부모님을 위해 황금 뇌의 일부를 사용한다. 이를 시작으로 친구와 주변 사람들에게 아낌없이 자신의 재산을 나누어 주며 흥청망청 소비했다. 그중에서도 가장 많은 황금을 사랑하는 아내를 기쁘게 해주기 위해 사용했고, 아내가 세상을 떠난 뒤에는 남은 황금을 모두 장례식과 무덤을 꾸미는 데 쓴다. 이후 그는 거리를 헤매다 아내가 좋아했을 법한 구두를 발견하고, 그것을 사기 위해 마지막 남은 황금 조각마저 긁어내며 이야기는 씁쓸한 결말을 맞는다.

그의 황금 뇌 덕분에 막대한 부를 누리며 풍족한 삶을 살 수 있었지만, 결국에는 모든 것을 잃고 비극적인 결말을 맞이한다. 그는 자신의 능력과 재산을 신중하고 지혜롭게 관리하지 못했고, 순간적인 감정과 욕망에 휘둘려 무분별하게 사용함으로써 스스로 파멸의 길로 들어선 것이다. 남들이 부러워하는 황금 뇌를 가졌지만, 가진 것을 남용함으로 오히려 불행을 초래했다. 자신이 가진 특별한 능력의 진정한 가치를 깨닫지 못한 채, 그는 끝내 모든 것을 탕진하고 말았다.

주인공의 이야기는 우리에게 부나 타고난 능력 그 자체가 삶의 성공을 보장하거나 행복의 궁극적 목표가 될 수 없음을 일깨워준다. 이 소설의 주인공은 빛나고 값비싼 황금 뇌를 가졌지만 그것을 가치 있게 사용하는 법을 몰랐다. 알퐁스 도데는 이 작품을 통해 아무리 뛰어난 능력과 부를 타고났다고 해도 그것을 절제하고 현명하게 사용할 줄 모른다면 결국 불행에 이를 수밖에 없다는 교훈을 전하고 있다. 진정한 행복은 우리가 가진 것을 소중히 여기고, 절제와 지혜를 통해 바르게 활용할 때 찾아온다는 것이다.

또한 이 소설은 황금만능주의에 대한 비판을 담고 있다. 돈만 있으면 모든 것을 얻을 수 있고 행복해질 수 있다는 환상을 비판한다. 많이 가질수록 행복해질 것이라는 잘못된 믿음과 돈을 최상의 가치로 두는 것이 어리석다는 점을 강조한다. 또한 돈이 인간관계를 오히려 왜곡하고 인간성을 훼손할 수 있음을 지적한다. 황금으로 뭐든지 다 해결할 수 있을 것 같지만, 사랑이나 우정같이 소중한 것들을 멍들게 할 수도 있음을 상기시킨다. 이는 우리가 살아가는 현실에서도 쉽게 마주치는 문제이다.

현대 사회를 살아가는 우리 역시 타고난 능력을 자만하거나 물질적 풍요만을 추구하다가 불행에 빠지는 사례를 어렵지 않게 찾아볼 수 있다. 결국 중요한 것은 자신에게 주어진 능력을 겸손히 관리하는 지혜이며, 돈과 성공이라는 외적 가치보다 내면의 가치와 소중한 인간관계를 더욱 중요하게 생각하는 태도다. 이 작품의 교훈을 현실에 적용하여 우리가 가진 능력과 물질적 자원을 현명하고 절제 있게 사용한다면, 보다 진정한 행복과 삶의 의미를 찾을 수 있을 것이다. _김미진

글로 완성하는 나의 읽기

1. 더 알아보기

오스카 와일드의 동화 「행복한 왕자」와 「황금 뇌를 가진 사나이」 두 작품을 함께 읽으며, 삶에서 우리가 진정으로 추구해야 할 것이 무엇인지 생각해 봅시다.

「행복한 왕자」와 「황금 뇌를 가진 사나이」 비교

오스카 와일드의 동화 「행복한 왕자」는 나눔과 희생의 가치를 감동적으로 보여주는 작품입니다. 이 이야기는 생전에 부유한 삶을 누리던 왕자가 죽은 뒤 아름답게 치장된 동상이 되어 비로소 세상의 가난과 아픔을 보며 눈물 흘리는 것으로 시작됩니다. 왕자는 따뜻한 나라로 날아가지 못한 제비에게 부탁하여 자신의 몸을 장식하고 있던 귀한 보

석과 금 조각들을 하나씩 떼어내 가난한 이웃들에게 나누어 줍니다. 제비는 왕자 곁을 지키며 돕다가 추위 속에서 생명을 잃게 됩니다. 왕자의 동상 역시 모든 장식을 잃고 초라해져 결국 사람들의 손에 철거되고 그의 녹슨 심장만 남습니다. 신은 그들의 희생과 나눔의 정신을 높이 평가하며 그들을 천국으로 인도합니다.

「행복한 왕자」는 물질적인 풍요보다 나눔과 희생에서 비롯된 행복이 진정한 가치임을 전해줍니다. 「황금 뇌를 가진 사나이」가 물질적 풍요와 타고난 능력을 잘못 관리하여 파멸하는 인물을 그렸다면, 「행복한 왕자」는 나눔을 통해 물질적 풍요를 가치 있게 만드는 것을 보여줍니다.

2. 작품의 내적 구조와 표현을 중심으로 읽기 POINT

구조론적 관점

이 소설은 어느 부인에게 보내는 편지글 형식을 취하고 있으며, 그 안에 주인공에 대한 이야기가 담겨 있습니다. 편지 형식은 독자가 편지를 읽는 사람과 같은 위치에서 이야기를 접하게 함으로써, 작품 속 사건과 인물들을 더욱 생생하게 느끼고 공감하게 만들어줍니다.

작품의 제목에 등장하는 '황금 뇌'라는 상징은 특별한 재능과 부를 의미합니다. 그러나 이 상징은 단순한 행운의 징표가 아니라, 주인공을 파멸로 이끄는 요소로 기능합니다. 막대한 부와 재능을 지녔음에도 이를 제대로 활용하지 못한 채 몰락해 가는 주인공의 모습은, 작품 전체에서 '황금 뇌'가 어떻게 아이러니한 의미로 전환되는지를 보여주고 있습니다. 이러한 상징적 장치와 형식적 특징은 텍스트의 구조 속에서 서로 맞물리며, 독자가 작품의 주제를 더 깊이 이해하도록 이끕니다.

1. 편지 형식은 작품의 전개와 독자의 몰입에 어떤 효과를 만들어내고 있나요?
2. 작품 속에서 '황금 뇌'라는 상징은 사건 전개를 어떤 방식으로 이끌고 있나요?
3. 이 작품에 나오는 인물들이 함께 보여주는 공통된 생각이나 메시지는 무엇일까요?

3. 교과 연계 글쓰기

등장인물에게 편지쓰기는 독자가 작품 속 특정 인물에게 하고 싶은 말을 편지 형식으로 표현하는 글쓰기 활동입니다. 이 활동을 통해 작품 속 인물의 행동과 생각을 깊이 이해하고, 그 인물에게 독자의 감정이나 생각을 직접적으로 전달할 수 있습니다. 등장인물에게 편지를 쓸 때에는 편지를 쓰는 목적과 그 인물에게 하고 싶은 말들을 명확히 정리하는 것이 중요합니다.

〈등장인물에게 편지쓰기〉 개요 예시

알퐁스 도데의 단편소설 「황금 뇌를 가진 사나이」의 주인공에게 편지
를 써봅시다.

황금 뇌를 가진 사나이에게 보내는 편지

구성	내용
처음	**받는 사람의 호칭** 사나이의 이름이나 적절한 호칭을 쓴다. **인사말** 현재의 계절이나 그가 처한 환경에 알맞은 인사를 전한다. **상대방과 자기의 안부** 최근 그의 건강과 생활에 대한 안부를 묻고, 자신의 근황에 대해서도 간략히 전한다.
본문	**편지를 쓰게 된 동기** 그의 고통스러운 삶과 특별한 능력의 과도한 소모가 염려되어, 조금이라도 도움이 되고자 진심 어린 마음으로 조언을 드리기 위해 편지를 쓰게 되었음을 밝힌다. **하고 싶은 말** 1. 황금 뇌라는 특별한 능력이 무절제하게 쓰인다면 결국 모두에게 불행을 가져올 수 있음을 경고한다. 2. 그가 가진 재능을 무조건 소비하는 것이 아니라, 자신의 건강과 행복을 지키는 방향으로 사용해야 함을 강조한다. 3. 진정한 행복은 끝없는 부의 추구에 있지 않고, 마음의 평온과 삶의 균형 속에 있다는 점을 잊지 말 것을 당부한다.
맺음말	**맺음말** 앞으로는 그가 자신을 지키며 진정한 의미의 행복을 찾기를 바라는 마음으로 편지를 끝맺는다. **편지 쓴 날짜** 편지를 작성한 날짜를 적는다. **보내는 사람 이름** 상대방과의 관계에 알맞은 호칭이나 자신의 이름을 적는다.

memo

수행평가,
이렇게 하면 완벽합니다

수행평가에서 만점을 받는 학생은 핵심을 정확히 읽고, 요구사항을 명확히 파악하는 학생입니다. 지문이나 책을 읽을 때 저자의 주장과 중심 문장을 표시해 보세요. 책의 주제를 한 줄로 요약할 수 있다면 이미 절반은 성공한 것입니다. 평가의 출발점은 언제나 '읽기'입니다.

1. 평가 기준을 꼼꼼히 확인하기

수행평가는 많은 학생들이 지필고사에 비해 그 중요성을 가볍게 여기는 경우가 많습니다. 수행평가 결과만으로 교과 성취도를 평가하기도 할 만큼 그 비중이 큽니다. 따라서 평가 기준을 정확히 이해하고 준비하는 것이 무엇보다 중요합니다. 주제, 분량, 형식은 수행평가의 '규칙'입니다. 요구사항을 벗어나면 아무리 잘 써도 감점됩니다. 기준에 맞는 방향으로 정확히 서술하는 능력이 필요합니다.

2. 질문에 근거 있게 답하기

수행평가는 질문의 의도를 정확히 파악하고, 근거를 들어 답하는 것이 중요합니다. 예를 들어 "이 장면에서 인물의 감정은 무엇인가?"라는 질문이라면, 인물의 감정을 마음대로 해석하기보다 지문 속 표현과 행동을 근거로 판단해야 합니다. 지문과 상관없는 개인적인 의견이나 막연한 추측은 감점의 원인이 됩니다. "질문에 맞게, 근거는 지문에서 찾기." 이것이 수행평가 답변의 기본 원칙입니다.

3. 논리적으로 생각을 드러내기

좋은 글은 구조가 분명하고 생각이 구체적입니다. 짧은 글이라도 ① 주장 → ② 근거 → ③ 예시 또는 마무리의 흐름을 지키세요. 서론-본론-결론이 뚜렷하면 글이 안정되고, 평가자에게 명확하게 전달됩니다. 또한 읽은 내용을 단순히 요약하는 데서 멈추지 말고, 그 속에서 '나의 생각'을 분명히 드러내세요. 막연한 감상보다는 구체적인 이유와 근거를 제시할 때 글의 설득력이 높아집니다.

4. 다양한 교과 수행평가로 진로를 생각해보기

국어 교과에서 길러진 글쓰기 역량은 모든 교과 수행평가의 기본이 됩니다. 과학 교과에서는 실험 결과를 정리하고 분석하는 실험 보고서

쓰기, 사회 교과에서는 사회 문제를 주제로 한 설득이나 문제 해결 글쓰기, 영어 교과에서는 존경하는 인물이나 나의 꿈을 영어로 소개하는 글쓰기처럼 각 교과는 사고력과 표현력을 함께 평가합니다. 이러한 수행평가는 지식을 확인하는 데 그치지 않고, 자신의 흥미와 강점을 발견하며 진로를 탐색해 가는 과정이기도 합니다.

5. 미리 연습하기

수행평가 시간은 짧기 때문에 즉흥적으로 쓰면 논리적인 구성을 갖추기 어렵습니다. 게다가 여러 교과의 수행평가가 비슷한 시기에 동시에 진행되는 경우도 많습니다. 평가 주제가 공지되면, 미리 나의 경험이나 생각을 간단히 정리해 두는 연습을 해 보세요. 교과마다 일정이 겹쳐 한꺼번에 여러 과제를 준비해야 할 수도 있으니, 평소에 책을 읽고 생각을 정리하는 습관을 들여 두면 좋습니다. 이런 준비가 되어 있다면 어떤 주제라도 자연스럽게 이해하고 논리적으로 표현하기가 훨씬 쉬워집니다. 꾸준한 연습이 곧 수행평가에서의 자신감으로 이어집니다.

수행평가의 핵심은 글을 잘 쓰는 기술이 아니라 생각을 명확히 드러내는 능력입니다. 읽은 내용을 바탕으로 핵심을 파악하고, 자신의 생각을 논리적으로 정리해 문장으로 표현하는 학생이 결국 높은 점수를 얻게 됩니다. 즉, 수행평가 글쓰기는 '배운 것을 자기 언어로 재구성하는 힘'을 기르는 과정입니다. 수행평가는 학년이 올라갈수록 그 중요성이 커집니다. 중학교에서는 사고력과 표현력을 다지고, 고등학교에서는 그 결과가 진로와 대학 입시로 이어지는 과정이 됩니다. 그 경험이 쌓여 여러분의 생각을 단단하게 만들고, 그 과정이 곧 스스로 성장하는 공부가 될 것입니다.

격려의 마음을 담아, 저자 일동

수행 만점 독서법

ⓒ 김미진, 김방환, 박현정, 정현숙, 2025

초판 1쇄 인쇄 2025년 11월 15일
초판 1쇄 발행 2025년 11월 28일

지은이　김미진, 김방환, 박현정, 정현숙
그림　　재이

펴낸이　이성림
펴낸곳　성림북스

책임편집 홍지은
디자인　북디자인 경놈

출판등록 2014년 9월 3일 제25100-2014-000054호
주소　　제주특별자치도 제주시 한경면 고산서3길 135
대표전화 064-772-5762　**팩스** 064-773-5762
이메일　sunglimonebooks@naver.com

ISBN　　979-11-24072-04-2 (43800)